Emma Smith
I choose you, Sweetie

EMMA SMITH

I CHOOSE YOU, SWEETIE

Deutschsprachige Erstausgabe Dezember 2018
Copyright © 2018 Emma Smith
Alle Rechte vorbehalten
Nachdruck, auch auszugsweise, nicht gestattet
Das Werk, einschließlich seiner Teile, ist urheberrechtlich geschützt. Jede
Verwertung ist ohne Zustimmung des Verlages und des Autors unzulässig.
Dies gilt insbesondere für die elektronische oder sonstige Vervielfältigung,
Übersetzung, Verbreitung und öffentliche Zugänglichmachung.
Emma Smith - c/o AutorenServices.de
Birkenallee 24 - 36037 Fulda
Cover/Umschlaggestaltung: Sabrina Dahlenburg
Lektorat/Korrektorat: Katrin Schäfer
2. Korrektorat: Anna Werner
Satz: Wolkenart - Marie-Katharina Wölk www.wolkenart.com
Herstellung und Verlag: BoD – Books on Demand, Norderstedt
1. Auflage
Paperback ISBN: 9783748142102

Aller guten Dinge sind drei ...

PROLOG

GIN

Ich starrte Beth an. Wohlgemerkt: immer noch.

»Wiederhole das bitte noch mal.«

Sie hatte mich um Mitternacht angerufen und wollte sich unbedingt in diesem heruntergekommenen Diner treffen. Jetzt saß ich hier in Schockstarre und wusste echt nicht, was gruseliger war. Der rabenschwarze Kaffee, in dem der Löffel praktisch stand, oder eben sie.

Beth rollte mit den Augen. »Also, mein Dad hat diesen alten Benzinkanister in seiner Garage herumstehen, er braucht ...«

Ich hob die Hand, damit sie aufhörte. »Den Teil habe ich schon verstanden. Aber der andere Teil, als du mir weismachen wolltest, dass du in Corey Winters Wohnung eingebrochen bist und diese eben genannte Bude abfackeln wolltest, will nicht so wirklich in meinen Kopf.«

Sie schnaubte. »Ich kam doch nur bis in den Flur!«

»Du kamst nur in den Flur? Das ist deine Antwort?«

»Er hat mich erwischt.«

»Winter hat dich erwischt?«, wiederholte ich wie ein Papagei.

»Jepp«, antwortete sie und nippte an ihrem Kaffee. Ob dieser Kaffee jetzt wirklich das Richtige war?

»Er hat nicht die Cops gerufen?«

Sie schüttelte seelenruhig den Kopf.

»Herrgott, Beth! Warum hat er das nicht getan?«

»Der Mülleimer brannte, er war abgelenkt.«

»Der Mülleimer ...« Ich konnte den Satz nicht mal mehr beenden.

Vor genau drei Wochen hatte ich Beth vor den Jungs gewarnt. Als sie mich das erste Mal in Sport angesprochen hatte, wusste ich noch nicht, dass sie durchgeknallt war. So verrückt, dass sie dachte, einen Typen wie Corey Winter umpolen zu können. Ich fand sie nett, man quatschte während der Sportstunde immer mal wieder, aber das jetzt?

Ich hatte mir Sorgen gemacht, weil sie mich um kurz nach elf angerufen hatte. Und nur um im Nachhinein herauszufinden, dass sie auch eines dieser naiven Dinger war, die es einfach nicht raffen wollten.

»Du weißt schon, dass du ein Verbrechen begangen hast, Beth. Das weißt du doch, oder?«

Vielleicht wusste sie es nicht. Vielleicht war sie unzurechnungsfähig. Hatte eine psychische Störung oder etwas anderes.

»Er hat es nicht anders verdient, Gin. Ehrlich jetzt!«, feuerte sie zurück.

Okay, sie war wütend. Damit konnte ein qualifizierter Therapeut doch arbeiten!

»Es ist Winter, Beth«, versuchte ich ihr es etwas sanfter beizubringen. Nicht, dass ich es nicht schon seit drei Wochen versuchte. Aber hey! *Wer nicht wagt, der nicht gewinnt.*

»Jetzt weiß ich das auch! Dieser Mistkerl ...«

»Du solltest einfach hoffen, dass *dieser Mistkerl* dich nicht anzeigt.«

»Das soll er sich mal wagen!«

Beth' Augen glühten vor Wut und ich seufzte. Tat ich nicht seit fast drei Jahren alles, damit ich in diesen Collegekindergarten nicht mit hineingezogen wurde? Klappte ja super.

»Gin.« Sie biss sich auf die Unterlippe und sah mich erwartungsvoll an. Wieder seufzte ich, weil die Ungeduld mich fast umbrachte.

»Raus damit.«

»Wenn er mit mir reden will, würdest du ...«

Eigentlich sollte sie sich mehr Sorgen um die Cops machen, aber gut ... ich konnte sie schon verstehen. Wenn sie nicht gerade dabei war, Winter schöne Augen zu machen, war Beth eher schüchtern. In dem Moment, als Winter seine Krallen nach ihr ausgestreckt hatte, wurde aus der süßen Beth eine Verrückte, die sich jetzt in Schwierigkeiten befand.

»Ich bin da, wenn du mich brauchst.«

Sie lächelte mich strahlend an.

COREY

»Ich glaube, ich riech immer noch nach Rauch. Stimmt's?«

Ich hielt Blake meinen Arm hin, der schlug ihn von sich.

»Alter, ich habe es dir bereits zweimal gesagt. Beim dritten Mal werde ich dafür sorgen, dass du wirklich nach Rauch riechst.«

Wir liefen in die Mensa, weil wir dringend was zu trinken brauchten. Das Training heute war mal wieder genau das, was ich gebraucht hatte. Nach dieser Nacht allemal. Es lag nicht etwa daran, weil ich meinen Schwanz im Dauereinsatz gehabt hatte. Nein, ich musste das verdammte Feuer in meinem Papierkorb löschen.

Wir kauften uns Müsliriegel und Wasser und setzten uns in unsere übliche Ecke.

»Und? Gestank aus der Bude bekommen?«, fragte Nick uns, während er wieder mal eines seiner Bücher las.

»So gut wie«, antwortete Blake ihm und sah mich genervt an.

»Ja, ist gut. Ich habe Scheiße gebaut.«

Blake schnaubte.

»Du hast Scheiße gebaut, weil du wieder mal irgendeinem Mädchen Hoffnungen gemacht hast«, musste Nick wieder mal seinen Senf dazugeben. Und weil er mich provozieren wollte, schaute er nicht mal auf. Penner!

»Alter, Hoffnung bedeutet, es könnte ein zweites Mal passieren. Sehe ich so aus, als wäre ich so dumm, zweimal dieselbe Mieze zu vögeln?«

Nick schüttelte den Kopf, Blake aß seinen Müsliriegel.

»Und du hast wirklich nicht gesehen, welches Weibsstück vorhatte unsere Bude abzufackeln?«, hakte Blake mit vollem Mund nach. Nur weil an der Hausfassade »*Fick dich, Winter*« stand, wussten wir überhaupt, dass die Aktion an mich gerichtet war.

Ein paar Mädels liefen an uns vorbei, kicherten und starrten offensichtlich in unsere Richtung. Blake nickte ihnen zu, ich zwinkerte und Nick ... der las weiter.

Der Typ war so hoffnungslos verloren.

»A-ha, keinen Schimmer«, antwortete ich abwesend, lehnte mich etwas nach vorne, weil die eine da hinten einen echt tollen Hintern hatte, als mir jemand auffiel.

»Bin gleich wieder da.«

Keiner der beiden fragte nach. Sie dachten sich ihren Teil, nur dass ich gerade echt an alles dachte, nur nicht ans Vögeln.

Sie lief aus der Mensa, hatte mich nicht kommen sehen.

»Anhalten!«

Die Kleine mit dem roten Haar drehte sich um und bekam große Augen. Bingo!

Ihre Schritte wurden schneller.

Sie schaffte es noch aus dem Gebäude raus, dann griff ich mir ihr Handgelenk.

»Hab ich dich!«

»Lass mich los!«

»Du wolltest mein Zuhause anzünden. Ich denke, ich habe ein gutes Recht, zu erfahren ...«

»Gin!«

Was? Sie rief nach einem Drink?

Ich ließ ihr Handgelenk los, weil sie plötzlich nicht mehr allein rumstand. Eine andere Tussi stellte sich provozierend vor Beth.

Fragend zog ich meine Augenbrauen in die Höhe. Was sollte das werden?

»Beth wird dir nichts erklären. Es war ein dummer Fehler, das weiß sie und sie wird es nie wieder tun.«

Meine Augenbrauen wollten gar nicht mehr aufhören zu arbeiten. Die kleine Mieze vor mir hier kannte ich nicht, aber die gelben Strähnchen in ihren dunklen Haaren konnte man nicht einfach so übersehen. Und dieses angriffslustige Funkeln in ihren Augen hatte etwas an sich. Nicht schlecht!

Aber dann machte sie weiter den Mund auf.

»Haben wir uns verstanden, Winter?«

»Keine Ahnung, wer du bist, Sweetie. Aber deine Freundin und ich hätten da noch etwas zu klären.«

»Beth. Ihr Name ist Beth!«

»Es ist mir scheißegal, wie sie heißt. Die Kleine ist zu weit gegangen. Und da ich generell keine Vornamen rufe, wenn ich vögel, wusste sie ganz genau, dass ihr Name mich einen Scheiß interessiert!«

Beth schnaubte hinter der Strähnchentussi, aber sagte nichts weiter dazu. Das war so typisch. Erst machten sie mir schöne Augen, dann waren sie ja *so* verletzt, wenn ich ihren Namen nicht mehr kannte. Immer wieder dieselbe Scheiße. Wenn man meinen Schwanz lutschen durfte, durften sie mir nicht gleich auch ihren Stempel auf den Schwanz drücken. Nicht mit mir!

»Natürlich«, schnaubte Gin jetzt. »Würde es dir gefallen, wenn sämtliche Mädchen deinen Namen nicht mehr kennen würden, nachdem sie Sex mit dir gehabt haben?«

»Das würde nie passieren«, antwortete ich ihr selbstsicher.

»Und wenn es dann doch passiert? Fühlt sich bestimmt toll an, oder? Wenn man wie ein Stück Fleisch betrachtet wird.«

»Hey, jetzt schalte mal einen Gang runter, okay! Sie hat nichts getan, was sie nicht wollte. Sie sollte damit klarkommen. Aber nein, stattdessen hätte sie mich und die Wohnung fast abgefackelt.«

Wäre ich gestern nicht so beschäftigt mit einer Hausarbeit gewesen, wäre ich auf einer Hausparty gewesen. Aber ich war zu Hause und bekam Beth'

›netten‹ Auftritt mit. Vor Blake und Nick tat ich so, als hätte ich die Kleine nicht erkannt.

»Es tut ihr leid«, antwortete sie mir.

»Und das heißt was genau? Ich hab nämlich keinen Bock, dass ich darauf warten muss, im Schlaf zu verbrennen!«

»Sie wird es nicht wieder tun. Sie hatte ihre Rache und fertig!«

Ich schaute über ihre Schulter. Beth starrte zur Seite, als könnte sie mir nicht mal ins Gesicht schauen. Ihr rotes Haar erinnerte mich wieder an die Flammen aus dem Papierkorb. Aber die Erinnerung an unseren Fick? Ne, da tat sich nichts in meiner Birne.

»Ich hab die Cops nicht informiert, werde es aber tun, wenn ich merke, dass sie weiteren Scheiß abzieht«, erklärte ich ihr. *Oder ich werde es nicht mehr können, weil ich längst tot bin.*

»Wird sie nicht!«

Die Strähnchentussi blinzelte nicht einmal, während ich sie anschaue. Normalerweise taten die Weiber das. Sie alle.

»Ich nehme dich beim Wort. Dein Name?« Keine Ahnung, warum, aber ich wollte unbedingt wissen, welcher Name für die gelben Strähnchen verantwortlich war.

»Sag ihm den nicht, Gin«, flüsterte Beth ihr jetzt zu. Die Strähnchentussi verdrehte die Augen, während ich mich fragte, warum die Kleine immer wieder nach

14

Gin verlangte. War sie Alkoholikerin? Vermutlich. Das würde zumindest den brennenden Papierkorb erklären.

»Gut, wenn das geklärt ist«, begann Beth' Freundin und drehte sich zu ihr um. »Darf ich jetzt gehen? Aus dem Kindergartenalter bin ich nämlich schon raus!«

Ich runzelte die Stirn.

Beth musste genickt haben, gesagt hatte sie nämlich nichts. Die Kleine mit den Strähnchen sah mich nicht mal mehr an, als sie ging. Mein Blick folgte ihr automatisch. Okay, der runde Arsch in dieser Jeans zog mich schon an. Ich war kein Kostverächter.

Dass sie echt die Nerven hatte sich einzumischen. Unfassbar.

Wobei ... unfassbarer war es, dass sie sich nicht ein einziges Mal umdrehte, um mich Prachtexemplar anzusehen.

COREY

Es gibt genau zwei Typen Mann auf der Welt.

Typ Nummer eins war der Idiot, der sich an ein Mädchen hing und es unbedingt haben wollte. Er vergaß den geilen, unkonventionellen Sex mit zig Studentinnen. Er vergaß sogar seine Eier, wenn er nur diesem einem Mädchen jeden Wunsch von ihren intriganten Lippen las.

Er war der Typ, der sein Herz mit reinzog und es unwiderruflich irgendwann bereuen würde.

Und dann gab es Typ zwei.

Der, der alles tat, was er wollte. Ohne ein Anhängsel. Der vögelte und vögelte und verdammt noch mal Spaß dabei hatte. Dieser Typ war ich. Überraschung!

Man würde jetzt sagen, Maaann, wie bescheuert musste man sein, wenn man Typ eins sein wollte. Denn die Vorteile für Typ zwei waren doch offensichtlich. Aber die Pfeifen gab es. Seit kurzer Zeit auch in meinem eigenen Team, in meinem engsten Umfeld.

Warum ich euch das erzähle?

Ganz einfach. Dieser ganze Scheiß veränderte alles

und wenn ich etwas nicht gut konnte, dann auf Veränderung reagieren. Es machte mich nervös, ich wusste nie, was kam. Wer stand schon auf so etwas?

Nahmen wir mal meine ganzen schnellen Nümmerchen auf der Toilette. Es war praktisch. Ich musste nicht erst zig Mäuse für irgendein beschissenes Restaurant ausgeben und Interesse heucheln. Alles was ich von den Mädels wollte, war ihre Pussy und ich suggerierte nichts anderes. Und dann war das noch mit der Zeit. Zeit kostete Nerven und Geld. Und meine Zeit war mir heilig.

Sie blies meinen Schwanz. Mein Kopf lag in meinem Nacken und ich entspannte mich, als ich den letzten Schuss in ihrem Mund verströmte. Die Kleine, heute war es eine süße Blondine mit mittelgroßen Titten, stellte sich wieder hin und grinste mich stolz an. Das taten sie alle. Jedes Mal. Jeden Tag.

Die Toilettenkabine gab gerade so viel Platz, dass es noch Spaß machte. Auch ich grinste, als ich die unverhohlene Begierde und vor allem Neugierde sah, die sie verströmte.

Es fing mit den Nummern in den Toiletten schon in meinem ersten Jahr an. Hierher verirrten sich die wenigsten Typen, und diejenigen, die es taten, verstanden schnell, dass sie sich am falschen Platz befanden.

»Was willst du jetzt mit mir machen, Winter?« Ihr Schmollmund war nichts Neues für mich und setzte sich von all den anderen Lippen auch nicht ab, die man mir bereits gezeigt hatte. Aber hey, es waren Lippen, die meinen Schwanz vor einer Minute noch gelutscht hatten! Was beschwerte ich mich hier eigentlich?

»Etwas, dass dich um den Versta …«

»Winter!!!«

Ich verdrehte die Augen, weil das jetzt echt nur einer meiner Teamkollegen bringen konnte. Es war Nick, der nicht nur Teamkollege, sondern auch mein Mitbewohner war.

»Ignoriere ihn, Winter«, flüsterte mir die Kleine ins Ohr und biss zu. Ich drückte mich automatisch fester an ihre Titten. Sie kicherte.

»Winter!!!«

Es nervte! Er nervte!

»Was verdammt noch mal ist so wichtig?«

»Ist er da drin?«, sprach jetzt Jill. Natürlich. »Beweg deinen Arsch sofort aus der Kabine! Aber dalli!«

»Sorry«, sprach ich zu der Kleinen, die mich fassungslos anstarrte. Ja, was hatte sie denn erwartet? Dass sie wichtiger war als Jill? Innerlich schnaubte ich. Jill war ein Engel und vermutlich noch unterzuckert. Wenn sie kein Muffin am Morgen hatte, war das nie ein gutes Zeichen. Und eine unterzuckerte Jill war kein guter Start in den Morgen.

Ich öffnete die Kabinentür und kam heraus. Jill hielt schon meinen Rucksack in der Hand. Ihr Blick war mörderisch und galt erst der Kleinen, die schnell die Toilette verließ, dann natürlich mir.

»Jetzt sag mir nicht, dass du mich gestört hast, weil du mich vermisst hast.«

Seit sie fest, also echt fest mit Nick zusammen war, nahm sie meine Sprüche nicht mehr ernst. Und das nervte mich auch. Mich nervte alles, wenn es um diese Paare hier ging. Und wiederum der Gedanke, dass es mich nervte, nervte.

»Hörst du eigentlich zu, wenn man mit dir redet?«, fragte sie mich jetzt und stolzierte aus der Toilette. Ich folgte ihr. Nick stand an der Wand gegenüber und lächelte wieder dieses 1000-Watt-Lächeln, wenn er seine Mieze sah.

»Sorry, was hast du gesagt?«

Jills Blick wurde noch finsterer. Wow. Mir schlotterten tatsächlich kurz die Knie, aber nur kurz.

Abwehrend hob ich die Hände. »War nur ein Witz. Also, was gibt es so Wichtiges, dass ihr mir wieder mal die Tour vermasseln müsst?«

Fünf Minuten später sah ich mir das Schauspiel an.

»Er hat dich angesehen!«, fuhr Blake die Hornbrille an. Also, die Hornbrille war seit ein paar Wochen seine Freundin. Könnte auch schon länger her sein, seit sie Blakes Eier genommen und ihm nie zurückgegeben hatte.

Wie so oft hatten die beiden die Aufmerksamkeit zig Studenten auf sich gezogen. Sie standen mitten auf dem Campus.

»Du meinst, er hat mich einfach so angesehen? Oh, mein Gott. Am besten rufen wir seine Mom an und sagen ihm, wie unfassbar schmutzig es ist, eine Studentin anzusehen!«, konterte Amber.

»Wie lange war Blake jetzt in der Reha?«, fragte ich Jill, die wie Nick neben mir stand und sich die Szene vor uns ansah.

»Vier Wochen.«

Ich seufzte. »Und für dieses Wiedersehen musstest du mich unbedingt herholen?«, fragte ich sie.

»Du findest morgen schon eine Neue, die du auf dem Klo vernaschen kannst«, antwortete sie mir, wie es die vielen anderen Weiber taten, die irgendwie ein Problem mit meiner Lebensweise hatten. Die meisten davon waren eben diese Weiber, die mit mir in die Kabine gingen.

Nick schnaubte, ich ignorierte den Idioten.

»Du vergisst, dass er *meine* Freundin angestarrt hat!«

Blake stand dicht vor ihr. Sie funkelten sich wütend an. Mann, die beiden checkten nicht mal, dass wir alle die Szene beobachteten. Das konnten die beiden schon früher. Deswegen machte es auch immer ziemlichen Spaß, wenn sie aufeinander trafen.

»Du bist der eifersüchtigste Kerl, den ich kenne!«, rief sie frustriert aus.

»Ah, also kennst du mehrere!«

Ich hörte Jill neben mir laut seufzen, auch Nick schien Blakes Ausraster etwas übertrieben zu finden. Jedoch fand ich es ziemlich amüsant.

»Du bist ein Arschloch, Blake!«, stauchte sie ihn zusammen.

»Dein Arschloch, Honey. Das bin ich«, antwortete er viel sanfter. Dann absolute Stille.

»KÜSS SIE, ALTER!«, rief einer der Studenten, gefolgt von zustimmenden Gemurmel.

Blake grinste, Amber wirkte auch nicht mehr ganz so genervt. Und dann küssten sie sich. Die Menge jubelte, ich pfiff zur Einstimmung mehrmals, auch wenn diese ganze Beziehungsscheiße nichts für mich war. Aber Blake war unser Captain, auch wenn er zurückgetreten war. Er lief nicht mehr mit Krücken herum, die Reha schien etwas gebracht zu haben.

Vor ein paar Wochen war er angefahren worden, weil der Idiot unbedingt Held spielen musste. Sein Knie war so im Arsch, dass die Footballsaison für ihn erledigt war. Für mich wäre es der Horror gewesen, unseren Captain schien das jedoch nicht so sehr zu interessieren. Womöglich lag es auch an Hornbrille, aber wie gesagt, über Beziehungsscheiße machte ich mir keinen Kopf.

Bevor die beiden völlig vergaßen, wo sie sich befanden, machte Jill sie darauf aufmerksam, dass Blake die Hand nicht in Ambers Höschen verschwinden lassen sollte. Nicht mitten auf dem Campus. Nun, ich war anderer Meinung, aber gut.

Wir saßen zusammen in der Mensa und frühstückten erst einmal. Training fiel heute aus, also konnte ich ohne große Probleme auch noch eine Portion Fritten vertilgen.

»Dir ist klar, dass wir nicht mal zehn haben«, kommentierte Jill mein Essverhalten. Genau sowas war nervig. Frauen, die schon am Essen eines Sportlers herumnörgelten.

»Sei froh, dass ich ...« Mein Blick schoss auf ihr Tablett. Wie immer fanden sich dort mehrere Muffins, die ich selbstverständlich nicht kommentierte, da Nick mir gerade einen mörderischen Blick schenkte. Jill schien auf meine Worte zu warten, aber ich biss dann doch lieber wieder in eine Fritte.

Das Schmatzen von Blake und Ambers Rumgeknutsche war genau die Ablenkung, die ich gerade gebrauchen konnte. Jill sah mich nämlich immer noch kritisch an.

»Gott, sucht euch ein Zimmer«, sagte ich und warf automatisch eine Fritte nach ihnen.

Blake zeigte mir den Mittelfinger, während sich seine Lippen nicht ein einziges Mal von ihren lösten. Ich verdrehte die Augen.

»Ich find es süß«, seufzte Jill. Nick drückte sie an sich und küsste ihren Scheitel.

»Du findest auch Dwayne Johnson süß«, erklärte ich ihr.

Nick lachte, weil er sich noch zu gut an den einen

Abend erinnerte, in dem Dwayne in seinem neuesten Film zwei Männern praktisch die Eingeweide herausprügelte, und Jill es mit »süß« kommentierte. *Versteh einer die Frauen!*

»*Du* bist süß, Babe«, hörte ich Nick flüstern. Ich verdrehte die Augen.

Da saß ich also jetzt. Links von mir knutschten Blake und Amber und rechts von mir kicherte Jill, weil Nick irgendwas Versautes erzählte ... okay, vermutlich war unser Romeo hier wieder scheißromantisch und flüsterte ihr irgendwas Bescheuertes ins Ohr, was er ständig in seinen Büchern las.

Ich stand auf, als meine Fritten aufgegessen waren.

»Wo willst du hin?«, fragte Jill.

Sie war echt hübsch, trotz der paar Kilos mehr auf den Hüften. Ich hatte sie gern, würde ich behaupten. Wenn ich nicht so abgefuckt wäre, wäre sie vielleicht die Frau gewesen, die mich irgendwann gezähmt hätte.

Nick strich ihr über den Rücken und sah mich an.

Ne, sie hätte mich nie gewählt. Nick war der Richtige für sie. Der ruhige, intelligente und oftmals sanfte Nick. Er konnte zwar ordentlich zuhauen, aber er war nun mal der »Stabilste« von uns. Perfekt für die unsichere Jill.

»Ich brauche dringend ein bisschen mehr Testosteron. Das hier ist mir zu viel Blümchen.«

Ich hörte zwar Blake schnauben, ging dann aber lieber mal. Es war ja irgendwie in Ordnung, wenn Blake und Nick jetzt auf monogam und so machten. Die Mädels waren cool. So cool wie es für Mädels irgendwie ging. Aber ich brauchte das nicht ständig um mich. Sie um mich.

Gerade war ich dabei, die Mensa zu verlassen und um die Ecke zu biegen, als warme Flüssigkeit mein Shirt tränkte.

»Och verdammt!«

Ich sah sofort hin, als mir klar war, dass ich mit einer Mieze zusammengestoßen war und wurde noch mal überrascht ... die Mieze war tatsächlich die bunte Kleine ... mit dem verrücktesten Spitznamen den ich je gehört hatte. Es musste ihr Spitzname sein, denn welcher vernünftige Mensch würde seine Tochter Gin nennen?

Sie war Ambers Mitbewohnerin, die mehr als einmal bewies, dass sie gar nicht so kratzbürstig war, wie sie immer tat. Als Jill damals ins Krankenhaus musste, tauchte sie auf. Gin arbeitete dort und kümmerte sich auch um Nicks und meine Verletzung. Aber als ich etwas zu viel »Zuwendung« von ihr wollte - immerhin hatte ich einen Überschuss an Adrenalin zu verarbeiten - trat sie mir tatsächlich mit ihrem kleinen Knie in die Eier und traf mitten ins Ziel. Irgendeine kleine Stimme in meinem Kopf meinte sogar, sie hätte noch andere Ziele bei mir getroffen ...

»Kannst du nicht aufpassen?«, fuhr sie mich an.

Ihr Shirt war auch voll Kaffee.

»Dir ist schon klar, dass du die mit dem Becher in der Hand bist!«, grinste ich sie an.

Ihr Blick schoss zu mir hoch und da war es wieder ... dieses Funkeln. Nicht das Funkeln, das ich sonst immer von jeder Mieze geschenkt bekam. Sondern dieses Funkeln, das bedeutete: »Fick dich, du dummer Idiot!«

Auch wenn ich mir einredete, dass es nicht so war, aber sie interessierte mich und deswegen wunderte es mich, warum sie plötzlich wieder auf dem Campus zu sehen war. Denn die letzten zwei Wochen war sie es nicht. Das hätte ich mitbekommen.

»Ach Scheiße!«, fluchte sie und bemerkte, dass ihr Shirt rettungslos verloren war. Sah man etwa den BH darunter? No way!

Das Starren begann, als ich bemerkte, dass sie nicht mehr an ihrem Shirt zupfte. Unsere Blicke begegneten sich.

»Gaffst du mir auf die Titten?«

Normalerweise würden die meisten Studentinnen jetzt ganz wohlerzogen »Busen« sagen oder »Ausschnitt«, aber nicht diese hier. Nicht Gin, die diesmal mit pinken Strähnchen in ihrem Pony herumlief. Sie wäre das perfekte Opfer für so manch einen gewesen, hätte sie nicht ständig diesen verbissenen Gesichtsausdruck, der jedem die Eier gleich ein paar Zentimeter schrumpfen ließ.

»Ich könnte lügen, aber ich glaube, das wäre bei dir die pure Verschwendung«, antwortete ich ihr und grinste.

Sie grinste zurück und stellte sich direkt vor mich. Es war kein Parfum, das sie trug. Es roch nach Frühling und einfach frischer Wäsche. *Nichts Aufgesetztes ... außer ihrem Lächeln gerade.*

»Das Wort Verschwendung solltest du wohl bestens kennen.«

Was meinte sie denn ... eine heiße Blondine lief verräterisch nah an mir vorbei und zwinkerte mir zu. Ich zwinkerte zurück und sah ihr nach, bis ihr süßer Hintern nicht mehr zu sehen war. Dann erst schaute ich wieder zu Gin, die die Augen verdrehte und den Kopf schüttelte.

»Was?«

»Hey, Gin!«

Amber kam mit einem leeren Tablett auf uns zu.

Gin lächelte und es irritierte mich zu sehen. Das war nicht aufgesetzt.

»Na, Mitbewohnerin, du lebst noch? Gut zu wissen, dass der Quarterback kein Serienkiller ist.«

Amber lächelte.

»Eher wäre sie die ...«, sagte ich, bekam aber von Amber einen Schlag auf den Oberarm. »Hey!«

Sie ignorierte mich und sah wieder zu Gin.

»Wie gehts dir denn? Wir haben uns schon Wochen nicht mehr gesehen und Jill will dir sicher noch danke sagen, weil du ...«

Gin winkte ab. »Ist mein Job.«

»Sehen wir nicht so«, antwortete Amber. »Was macht dein Freund?«

Gin suchte kurz meinen Blick, sehr kurz, dann schaute sie wieder zu Amber.

»Er gafft mir auf jeden Fall nicht so sehr hinterher wie Blake dir.«

Wir drehten uns alle um und begegneten Blakes Blick, der daraufhin lächelte. Ich verdrehte die Augen.

»Ja, so ist er«, seufzte Amber und klang dabei ganz und gar nicht genervt. Eklig.

»Ich muss weiter. Man sieht sich.«

Gin war schneller wieder losgezogen, als ich sie aufhalten konnte.

»Du hast ihr T-Shirt ruiniert«, meckerte Amber mich an.

»Hallo? Sie ist die mit dem Becher!«, verteidigte ich mich und rieb mir noch immer den Oberarm, damit sie begriff, dass das immer noch kribbelte.

Amber sah mich mit hochgezogener Augenbraue an, als würde sie sagen wollen: Und das interessiert mich, weil?

»Sie hat einen Freund«, sprach sie plötzlich.

»Und das ist eine Information, die ich ...«

»Die du tief in dir aufnehmen, speichern und akzeptieren solltest.«

Gespeichert hatte ich sie bereits. Deswegen hatte ich vor Wochen schon herumgefragt, aber niemand kannte diesen »ominösen« Freund, von dem Amber immer wieder sprach.

»Hast du ihren Freund mal kennengelernt?«

»Sag mal, spreche ich gegen eine Wand?«

Ich zuckte mit der Schulter.

»Ich nehme das mal als Kompliment.« Ich spannte den Bizeps an, aber Amber verdrehte natürlich nur die Augen.

»Du bist ein Idiot.«

»Und du nervst!«

Ambers Augen verkleinerten sich zu Schlitzen. Unheimlich!

»Es wird der Tag kommen, an dem du genau das bekommst, was du verdienst.«

»Und das wäre was bitte?«

Sie grinste so fies, dass ich eine Gänsehaut bekam. Mann, ich beneidete Blake gerade ganz und gar nicht.

»Eine Frau, die dir so den Kopf verdrehen wird, dich aber nicht will.«

Ich schnaubte, aber warum auch immer, mein Blick schoss in die Richtung, in die Gin gegangen war und das bemerkte Amber. Plötzlich hustete sie und sprach tatsächlich: »Und meine Rache ...«

»Was hast du gesagt?«, fragte ich nach, weil ich mich vielleicht auch geirrt hatte. Aber dieses kleine Miststück lächelte nur und ging dann zurück zu Blake, den ich heute Abend in meine Gebete einschließen würde, würde ich überhaupt beten.

GIN

Ich lief bis mittags mit diesem dummen Kaffeefleck herum. Natürlich war es kein kleiner, der leicht zu übersehen war. Ich roch nach dem Zeug und jeder konnte es von einer Meile aus auch erkennen.

Gut, vielleicht übertrieb ich auch etwas, aber ausgerechnet Winter? Ausgerechnet der einzige Typ, dem ich hier so gut wie nie begegnen wollte. Und selbstverständlich war es der einzige Typ, der mir immer wieder wortwörtlich vor die Füße lief.

Professor Hitchens sprach gerade über das Thema Wiederbelebung bei einem Herzstillstand, während ich versuchte, diesen Gestank zu ignorieren. Also ... meinen Gestank. Ich hatte heute einfach keine Zeit, ins Wohnheim zu laufen und mich umzuziehen. Mein Stundenplan war randvoll, weil ich es mir nicht leisten konnte ständig in der Mensa herumzulungern und ein Arschloch zu spielen. Winter ... Ich verdrehte die Augen, weil er mir viel zu sehr durch den Kopf sprang. Er verdiente meine Zeit nicht. Er verdiente ... so vieles nicht, dieser blöde arrogante Heini.

Okay Gin, wir sprachen schon über dein Problem,

Footballspielern oder allgemein der High Society auf diesem College etwas zu viel Aufmerksamkeit zu schenken. Scheiß auf sie! Du machst dein Ding und wirst es allen zeigen!

Ich schrieb auf meinem Block herum, während ich nur den Kopf schütteln konnte. Bis vor wenigen Wochen interessierte mich das Leben um mich herum überhaupt nicht. Aber das war eben vor ...

Keine Ahnung, was sich genau änderte. Aber seitdem Amber mit diesem Mittelklasse-Quarterback zusammen war, sah ich sie zwar weniger in unserem gemeinsamen Zimmer, dafür aber öfter auf dem Campus. Und als ihre Freundin auf meiner Station vollgepumpt mit K.-o.-Tropfen landete, fanden sie alle, dass sie noch netter zu mir sein mussten. Was völliger Schwachsinn war. Ich hatte meinen Job getan, denn die 22 Dollar die Stunde waren verdammt wichtig für mich, wenn ich ein paar Mal im Monat dort arbeiten konnte. Also war es einfach mein Job, zu helfen. Auch wenn ich vielleicht meine Kompetenzen überschritt, als ich vor dem Arzt Jill darüber informierte, was mit ihr passiert war. K.-o.-Tropfen waren nicht ohne, und das war zumindest ihrem blonden Prinz Charming Nick bewusst, der wie verrückt an ihrem Bett campierte. Liebe konnte schon manchmal echt ...

»Miss Borrow, können Sie mir sagen, was neben einer Herzdruckmassage noch helfen könnte?«, hörte ich Professor Hitchens mich direkt fragen.

Ich antwortete auf die eben genannte Frage, erklärte die Herzdruckmassage und die eventuellen anderen Möglichkeiten, um dem Patienten das Leben zu retten. Wenn er meinte, er könnte mich mit so einer leichten Frage aus dem Konzept bringen, irrte er sich.

»Ja, ähm ... gut. Also weiter im Text«, redete er weiter und kümmerte sich dann wieder um die anderen Studenten.

Wenn er glaubte, mir eins reinwürgen zu können, weil meine Gedanken für ein paar Minuten mal nicht auf das Seminar gerichtet waren, irrte er sich.

Auch wenn der Kaffeegeruch mich immer noch ablenkte, war ich mir bewusst, dass der Tag sicher doch noch besser werden würde. Ich hatte noch zwei Seminare, die wirklich interessant waren, und heute Abend würde ich mir dann auf Netflix *Gilmore Girls* reinziehen. Bestätigend nickte ich, als würde noch jemand meine Gedanken lesen können.

Das war doch wieder das perfekte Beispiel! Ich musste niemandem aus dem Weg gehen, ich bekam es hin, mich auf das zu konzentrieren, was wichtig war.

Urplötzlich schoss mir ein Bild durch den Kopf, das ich fast vergessen hatte.

Ich stand vor meinem Zimmer, wollte gerade hineingehen, als ich ein Gekreische hörte.

»DU MIESES ARSCHLOCH!«

Stirnrunzelnd blickte ich den langen Flur des Wohnheims entlang. Einige Studentinnen schauten neugierig aus ihren Zimmern, während eine Gestalt, eine männliche Gestalt nur mit Boxershorts bekleidet, in meine Richtung rannte. Was zum ...

»*RENN DOCH ZU DEINER NÄCHSTEN, DU BLÖDER ...*«

Das Gekreische ignorierte ich, als tatsächlich - oh Überraschung - Corey Winter an meinem Zimmer vorbeirannte, mir zuzwinkerte mit diesem arroganten Grinsen auf den Lippen und dann um die Ecke bog.

Mein Gedanke war vorüber, als die Studenten um mich herum aufstanden. Das Seminar war beendet. Wieder ignorierte ich, dass dieses Verhalten überhaupt nicht zu mir passte, als ich meinen Block ergriff, den ich in meine Tasche packen wollte. Der gesamte Zettel war mit Footballs bekritzelt worden. Auch wenn ich *DAS* nicht ignorieren sollte. Ich tat es dennoch.

Ich verließ das Gebäude zwei Seminare später Richtung Wohnheim. Gestern kam ich erst spät hier an, deswegen fehlte mir Schlaf und Ruhe. Netflix würde es richten.

»Hey, Gin.«

Ich bekam nicht mal mit, dass Jason mich abfing und ein Stück mit mir lief.

»Hey«, begrüßte ich ihn halbherzig. Auch wenn ich es vielleicht wieder übertrieb, aber womöglich hätte ich ihm vor ein paar Wochen nicht meine Aufzeichnungen in Physik geben sollen. Seitdem suchte er ständig meine Nähe.

»Wie gehts dir? Ich habe dich schon seit ein paar Tagen nicht gesehen.«

Es waren zwei Wochen, die ich nicht hier war.

»Hatte zu tun«, war meine ausweichende Antwort.

»Ah okay. Ich hab auch momentan viel vor. Nächste Woche haben wir ein wichtiges Spiel und ...«

Wie immer schaltete ich auf Durchzug, wenn er begann über sich zu reden. Also ständig. Jason war attraktiv, gut gebaut und Footballspieler. Wenn Letzteres kein Ausschlusskriterium gewesen wäre, dann aber seine viel zu große Überzeugung, dass jeder wissen wollte, was bei ihm los war. Jason würde wohl nie begreifen, dass sein zu viel egozentrisches Gehabe einfach total unattraktiv wirkte.

»Jason ...«, begann ich und blieb stehen, damit er vielleicht bemerkte, dass es wichtig war, jetzt einmal *mir* zuzuhören.

Er lächelte mich an. *Ein hübsches Lächeln.*

Jason McCoy gehörte zur Elite. Ich wusste, dass er passabel Football spielte, Single war und gut aussah, mit dieser gebräunten Haut und den blonden Haaren. Aber sobald er den Mund aufmachte, wurde es schwieriger.

Und seit ein paar Wochen meinte er, ständig mit mir reden zu müssen.

Jason lächelte immer noch, bis er auf mein Shirt blickte. »Du hast da einen Fleck.«

»Jepp, und genau deswegen würde ich gerne ...«

»Ich habe mich gefragt... «, redete er einfach weiter, »... vielleicht könnten wir mal etwas Trinken gehen.«

Obwohl ich es geahnt hatte, überraschte mich sein Angebot und deswegen war ich kurzzeitig sprachlos.

»Also ...«

»Hey, Jason.«

Kelly Sanders und ihre Truppe gingen an uns vorbei. Kelly trug ihre Cheerleaderuniform, biss sich auf die Unterlippe und zwinkerte ihm zu. Jason winkte kurz, schaute ihr dennoch länger als normal nach.

Kopfschüttelnd stellte ich fest, dass genau *das* der Grund war, warum ich mit diesem ganzen Kindergarten nichts zu tun haben wollte.

»Und? Was sagst du?« Jetzt hatte ich wieder Jasons Aufmerksamkeit.

»Lass mal, Jason. Ich habe keine Zeit.« Dann ließ ich ihn stehen, um endlich aus diesem T-Shirt herauszukommen. Erst Winter und dann Jason. Ich hasste Football!

COREY

»Deckung!«, rief der Coach genervt, aber nichts da ...
Ich pfefferte Pete mit einem Ruck auf den Boden.

Ein Pfiff ertönte, ich half Pete mit einem zufriede-
nen Grinsen hoch.

»Gut gemacht, Winter! Pete, das war beschissen!«,
kommentierte der Coach kurz und gab weitere Befehle.
Okay, er bellte sie eher. Blake laberte davon, dass seine
Frau ihn verlassen hätte, bla bla bla ... aber das war vor
Monaten. Er sollte sich mal wieder einkriegen.

Wir nahmen wieder Position ein, während ich zu
Jason und Blake sah, die sich die Formation anschauten. Blake trug keine Footballausrüstung. Merkwürdig,
ihn so zu sehen. Er würde immer zum Team gehören,
ob er spielte oder nicht.

»Winter! Geh raus, ich will sehen, ob Pete es auch
mit Bob aufnehmen kann«, bellte der Coach, bevor es
losging.

Ich wollte eigentlich ansetzen, dass Bob nur halb
so gut war wie ich, aber da ich keinen Bock hatte am
Wochenende auf der Bank zu sitzen, blieb ich still und
bewegte mich zum Spielfeldrand.

»Sie ist schwer zu knacken«, hörte ich Jason reden.

»Amber meint, sie hat einen Freund«, antwortete Blake mit verschränkten Armen vor der Brust. Er schaute sich konzentriert die Spielzüge an.

Seufzend zog ich den Mundschutz und den Helm ab.

»Einen Freund? Ich habe nie einen gesehen!«, behauptete Jason.

»Wie heißt sie?«, fragte ich unbekümmert und sah mir den Spielzug auch an.

»Kennst du nicht«, murmelte Jason.

Ich runzelte die Stirn, während Blake begann zu schmunzeln. Was war daran so witzig?

»Der war gut. Also, wie heißt sie? Es gibt keine, die ich ...«

Blakes Blick traf meinen. Er wirkte immer noch amüsiert. Zu amüsiert.

»Es ist Gin«, antwortete Jason genervt.

Mein Stirnrunzeln vertiefte sich. »Gin. Du meinst die Gin, die immer mit einem säuerlichen Gesichtsausdruck herumläuft? Die, die je nach Stimmung ihre Haare färbt?«

Jason sah mich an, ruhig und völlig gelassen. In mir sah es gerade ganz anders aus. Was zum Teufel wollte McCoy von ihr? Gut, ich konnte es mir vorstellen, wollte es aber nicht!

»Ich weiß, wie sie aussieht und wie sie ist, deswegen will ich ja ...«

»Habt ihr überhaupt mal ein Wort miteinander

gewechselt?«, versuchte ich es jetzt anders. Wenn das nämlich der Fall wäre, würde er sich bestimmt nicht mit ihr treffen ...

»Glaubst du, ich bin nicht fähig, mit Frauen zu reden?«

»Weiß nicht. Bei Amber hast du es auch verkackt, und das nur mit digitalen Nachrichten, oder Blake?«, fragte ich ironisch nach, aber dieses Thema anzusprechen, war nicht gerade förderlich für Jasons und Blakes Freundschaft.

Im Sommer hatte Jason nämlich versucht, bei Amber zu landen. Das ging in die Hose, und Blake trat auf die Bühne. Für Jason war das über Wochen ein großes Problem gewesen.

»Das ist ne alte Geschichte«, mischte Blake sich ein, sah dann aber zu Jason. »Ist sie doch, oder?«

Jason schnaubte. »Sicher.«

Ich sah zwischen den beiden Männern hin und her, die sich stumm anschauten.

»Besser ist es«, antwortete Blake mit einer Intensität in der Stimme, die selbst mir kurzzeitig die Eier schrumpfen ließ.

»Gin ist genau mein Kaliber«, begann Jason weiter über eine Frau zu reden, die niemals im Leben *sein* Kaliber war.

Ich griff mir eine Wasserflasche von der Bank und trank sie halb leer. Dann biss ich mir auf die Zunge, um mich irgendwie zu beruhigen.

»Alles klar, Alter?«, fragte Blake mich, und ich

konnte seine verdammte Belustigung ganz und gar nicht witzig finden.

»Sicher, alles ist bestens«, antwortete ich und klang ganz sicher nicht wie ich, aber das war mir gerade egal.

Der Coach pfiff den Spielzug zu Ende und ich ging wieder aufs Spielfeld.

»Winter, Bob ist noch nicht ...«, fuhr mich der Coach an, aber das interessierte mich recht wenig.

Und da Bob im zweiten Team war, mischte er sich nicht ein und verzog sich an den Spielfeldrand.

»Wir trainieren für die erste Mannschaft, Coach. Ich sollte den anderen zeigen, wie es läuft«, rief ich ihm zu und ein paar stimmten grölend zu.

Mein Blick schoss kurz zu Jason und Blake. Jason schien ziemlich zufrieden mit sich zu sein. Pisser!

»McCoy, beweg deinen Arsch hierher!«, rief ich ihm genervt zu.

»Coach?«, fragte er erst wie ein Baby bei ihm nach.

Dieser seufzte. »Pete, komm raus. Jason geht rein.«

Jason nickte und kam auf mich zu. Ich setzte zufrieden den Helm auf.

»Alles in Ordnung?«, fragte Nick mich, der neben mir stand.

»Jetzt schon!«

Wir positionierten uns. Jason direkt vor mir. Der Pfiff ertönte und ich rammte mich mit voller Wucht in Jason. Dessen Beine gaben sofort nach und stöhnend fiel er auf seinen Arsch.

Der Coach beendete den Spielzug mit einem Pfiff.

»Fuck«, rief Jason und lag noch immer auf dem Boden.

Ich grinste.

Zufrieden mit meiner Leistung im Training schloss ich den Spind und griff nach meiner Tasche.

»Was sollte das?« Jason kam aus der Dusche. Der fette Bluterguss quer über seiner Brust war nicht zu übersehen. Wäre ich nicht ich, hätte ich vielleicht Mitleid mit ihm gehabt. Aber ich war ich, deswegen versuchte ich mein Grinsen nicht zu unterdrücken, was Jason natürlich mitbekam.

»Das war ein Spielzug, McCoy. Solltest du kennen. Immerhin lässt du dich Footballspieler nennen.«

»Findest du das witzig?« Wir waren gleich groß, aber ich war um Längen muskulöser. Das lag einfach daran, dass ich nicht Daddys Kohle besaß und einfach mal so zum Spaß Football spielte. Das hier war mir ernst.

»Wir spielen Football, McCoy. Kein Tennis oder …«

Jason warf vor Wut eine offene Spindtür zu, die durch den Schwung sofort wieder offen stand. »Meinst du, ich weiß das nicht? Deswegen solltest du dir gut überlegen, ob du meinst, schon beim Training den gro-ßen Macker markieren zu müssen!«

»Ach, meinst du das?«

»Ja, meine ich!«

Wir standen uns so nah, dass nur noch eine

Bewegung fehlte, eine klitzekleine, und wir hätten uns beide ...

»Okay, Leute, die Show ist vorbei«, rief Nick in die Runde. Jeder im Team schien plötzlich aus seiner Erstarrung zu fallen und bewegte sich wieder.

»Wollt ihr euch gegenseitig spielunfähig kloppen oder kriegt ihr euch wieder ein?«, fragte Nick uns. Ich hasste Nicks Verstand, auch wenn er gerade recht hatte.

Ich beendete den Blickkontakt zu McCoy und griff mir meine Klamotten. Mein Ziel war es, hier herauszukommen, bevor ich wirklich noch dafür sorgte, dass wir beide am Wochenende nicht spielen konnten.

Meine Reaktion war völlig übertrieben gewesen. Das wurde mir im Laufe des Tages immer bewusster. Warum zum Teufel hätte ich mich fast geprügelt? McCoy war kein Mönch. Er hurte oftmals genauso herum wie ich. Vorzugsweise mit Studentinnen. Wir waren auf dem College, Herrgott noch mal!

Weil ich keine Ahnung hatte, warum ich mich so aufgeregt hatte, stocherte ich nur in meinem Mittagessen herum. Es gab Lasagne und ich spielte nur in meinem Essen herum. Fantastisch.

»Hey, alles klar?«

Jill setzte sich mir gegenüber.

»Es ist immer alles klar.«

Ihr Blick fiel auf mein nicht angerührtes Essen, als hätte ich damit längst eine Antwort gegeben, die ich nie ausgesprochen hätte.

»Nick sagt, du ...«, begann sie. Ich stöhnte genervt auf.

»Wenn ein Satz mit ›Nick sagt‹ beginnt, ist es meist ein sehr langweiliger Satz. Lass es einfach, Jill.«

»Gut, dann sag ich es eben: Ich mache mir Sorgen um dich.«

Mein Stirnrunzeln konnte sie nicht übersehen.

»Tust du das ...«

»Natürlich. Erst Blake und Amber und jetzt Nick und ich. Du fühlst dich allein. Du fühlst dich ...«

Großer Gott. Ich hatte ja erwartet, dass Nick und sie sich ähnlich waren, aber das hier war wirklich beängstigend.

»Jill!«

»Wir sind da für dich, wir alle und ...«

»Jill!«

Endlich hörte sie auf, den Psychologen zu spielen.

»Glaubst du wirklich, dass ich einsam bin, wenn ich allein bin?«

Verwirrt sah sie mich an.

»Wenn ich allein bin, will ich das so. Und wenn ich *Gesellschaft* suche ...« Die Betonung entging ihr ganz sicher nicht. »Dann nehme ich sie mir.«

Eigentlich war mein Ziel, dabei Jill ganz konzentriert anzusehen, aber im Augenwinkel erkannte ich jemanden, der mehr Zeit in meiner Birne verbrachte, als gut für sie und mich war.

Als ich aufstand, entschlossen, sie mir aus der Birne zu bekommen, tat ich das instinktiv.

»Wenn du reden willst, dann ...« Ich winkte ab und lief zu meinem Problem. Das gleich keines mehr wäre.

Ich folgte ihr durch die Mensa. Sie telefonierte. Als mir bewusst wurde, dass sie genau in die richtige Richtung lief, grinste ich. Der Tag würde doch noch gut enden. Mehr als das.

Zehn Meter später legte sie auf und ich nahm den letzten Meter Abstand zwischen uns, um sie anzusprechen.

»Die Kaffeetante!«

Sie sah auf. Ich hatte gar nicht bemerkt, wie konzentriert sie auf ihr Handy gesehen hatte. Mit wem hatte sie wohl gesprochen? Mit ihrem Freund?

Da ich von ihr erwartete, dass sie provozierend antwortete, überraschte mich ihr Ausdruck umso mehr. Sie blinzelte mehrmals, als müsste sie Tränen wegbekommen, die sich in ihren Augen gesammelt hatten.

»Was willst du?«

Ich musste es mir eingebildet haben. Denn jetzt war sie wieder voll da, um wenigstens den Versuch zu starten, mich einzuschüchtern.

Wenn sie nicht so wahnsinnig verbissen schauen würde, wären ihre Züge weich. Sehr weich, vielleicht so weich wie ihre Haut. Sie musste weich sein.

Meine Gedanken drifteten viel zu schnell ab.

»Ich habe mir gedacht ...«, begann ich, doch sie schnaubte.

»Du kannst denken?«

Ich biss mir auf die Innenseite meines Mundes, hörte aber nicht auf, sie anzuschauen.

»Warum so verbissen, Gin?«

Ihre Lippen öffneten sich leicht. Noch nie zuvor nahm ich jede einzelne Reaktion von einer Frau so interessiert auf wie von ihr. Und genau solche Gedanken machten mich wütend. Warum interessierte mich das so? Warum interessierte *sie* mich so?

»Hey, Winter!«

Zwei Miezen liefen kichernd an uns vorbei. Ich grinste.

Gin schnaubte und schon bekam sie wieder meine volle Aufmerksamkeit.

Eine Augenbraue von ihr war in die Höhe gezogen worden.

»Was?«

»Nichts Winter. Absolut gar nichts«, antwortete sie und diese Ruhe in ihrer Stimme, dieses Gefühl von »Von dir habe ich nichts anderes erwartet« gefiel mir nicht. Ganz und gar nicht.

Sie drehte sich um und war im Begriff zu gehen. Wie lange standen wir hier zusammen? 60 Sekunden? 90 Sekunden? Aber in den Sekunden wirkte Gin nicht wie Gin.

»Gin! Warte!«

Sie blieb tatsächlich stehen und drehte sich dann zu mir um. Abwartend schaute sie mich an und ich hatte absolut keine Ahnung, was ich als Nächstes sagen sollte.

»Warum?«, fragte sie leise nach. Sehr leise und trotzdem konnte ich sie verstehen.

Warum? Warum? Warum?

Ich kannte Gin nicht. Wusste nichts über sie und früher war mir das egal gewesen. Jede war eben wie jede.

Ich zuckte unbeholfen mit der Schulter, weil Gin natürlich immer noch auf eine Antwort wartete. Sie holte tief Luft und kam dann wieder auf mich zu. Sie wirkte etwas ruhiger, ihre Augen lagen konzentriert auf mir.

»Einmal. Nur einmal, richtig?«, fragte sie mich. Jetzt war ich es, der die Stirn runzelte.

»Dann beachtest du sie nicht mehr.«

Ich starrte sie an und als ich es begriff, nickte ich einfach, weil Gin angespannt auf meine Antwort zu warten schien. Dann küsste sie mich.

GIN

Wir stolperten küssend in die Toilette. Winter hob mich hoch, keuchend schloss ich die Beine um seine Hüfte. Seine Zunge traf auf meine. Er stöhnte. Ich stöhnte.

Wie auch immer wir in der Kabine gelandet waren, war mir schnurzpiepegal. Seine Hände auf meinem Körper waren genau das, was ich gerade brauchte.

Er drückte mich an die Kabinenwand, während seine großen Hände meine Brüste drückten. Trotz des T-Shirts kniff er mit genau dem richtigen Druck meine Brustwarze.

»Oh Gott.«

»Ganz genau, stets zu Diensten!«

Ich ignorierte ihn und küsste ihn weiter. Meine Arme drückten seinen Kopf noch enger zu mir. Es machte ihm nichts aus.

Seine Erektion gab mir noch einen Kick und ich rieb mich an ihm. Der Druck wurde stetig schlimmer, weil ich endlich kommen wollte.

»Weg damit!«, murmelte er gegen meine Lippen, stellte mich ab, öffnete meinen Reißverschluss, ohne natürlich dieses Grinsen zu lassen, und schob dann tatsächlich meine Hose die Beine herunter.

Er kam nicht wieder hoch. Ich biss mir auf die Unterlippe, als ich seinen Blick sah. Sein Grinsen war verschwunden. Mit funkelnden Augen schaute er mich an, während seine Hände meine Beine entlangglitten. Keinen einzigen Moment ließ er mich dabei aus den Augen, bis er an meinem Slip stoppte. Der Biss in meine Unterlippe wurde schmerzvoller.

Plötzlich küsste er meinen Slip, der sicher schon feucht war. Ich atmete scharf die Luft ein, als ich spürte, dass der Druck immer größer wurde. Kaum zu ertragen.

Mit einem Ruck zog ich ihn hoch und küsste ihn wieder, dann sah ich ihn an.

»Fick mich. Sofort!«

Sein kehliges Lachen war mir egal. Selbst, als er sich extra Zeit ließ, die Kondompackung mit den Zähnen zu öffnen. *Nein, das findest du jetzt nicht heiß!*

Und die Frage, woher er das so schnell hat, lässt du jetzt auch erst einmal nicht zu!

Ich schloss die Augen und machte ein genervtes Geräusch.

»Wenn du weiter so lang brauchst, werde ich es mir gleich ...« Mir blieben die letzten Worte im Halse stecken, als ich seinen Schwanz an meinem Eingang spürte. Er hatte mir meinen Slip zur Seite geschoben und mich noch fester an die Wand gedrückt. Wenn ich nicht so scharf darauf gewesen wäre, hätte ich Panik vor dieser Enge hier bekommen. Sein Gesicht war nur Zentimeter von meinem entfernt. Keiner von uns beiden blinzelte. Konnte es nicht, denn als er sich langsam in mich schob, war das Gefühl so intensiv, dass ich mich an ihn klammerte um den Halt nicht zu verlieren. Was eigentlich eh kein Thema war, denn Winter hielt mein gesamtes Gewicht nur an dieser Wand gedrückt.

Langsam, zu langsam, schob er sich in mich. Ich schluckte, weil das Gefühl, *dieses* Gefühl schon fast zu viel war.

Als er plötzlich stoppte, drückte er seine Stirn gegen meine.

»Scheiße ...«, hörte ich ihn murmeln.

»Na, vielen Dank auch«, murmelte ich zurück.

Ich spürte ihn lächeln, dann den Kopf schütteln. Aber er sagte kein einziges Wort mehr.

Er holte tief Luft, seine Brust vibrierte genau an meiner und dann bewegte er sich. Endlich ...

Winter küsste mich, ich reagierte und küsste zurück. Sein Drängen, seine Bewegungen wurden schneller, hektischer.

Bei jedem Stoß fühlte ich, wie die Anspannung in mir immer größer wurde.

»Gott ja, schneller!«, rief ich aus, weil der Druck immer schlimmer wurde.

Winter gab ein Schnauben von sich, als hätte ich gerade wieder etwas gesagt, was er sowieso getan hätte und tatsächlich ... er wurde schneller.

Meine Nägel bohrten sich wie aus Selbstschutz in seinen Rücken und dann … zersprang in mir irgendwas und ich kam. Ich war weder zu laut noch zu leise, ich war einfach froh, dass ich endlich …

Winter klammerte sich an mich, drückte mich noch fester an die dünne Wand und dann kam er mit einem Fluchen.

Er war völlig außer Atem und ich war … Panisch öffnete ich die Augen und starrte in die kleine Kabine und dann auf die Toilette. Ich hatte nicht wirklich Sex auf der Toilette, oder?

Ich verdrehte die Augen. Hatte ich doch.

Winter zog sich nicht aus mir heraus, als er mich wieder anschaute. Keine Ahnung, was ich erwartet hatte zu sehen, aber sein ruhiges, ausdrucksloses Gesicht machte mich leicht nervös. War es so schlecht gewesen?

Nein. Für mich sicher nicht!

Ich war bereits im Kopf dabei, meinen Rückzug anzutreten, als ich spürte, wie er wieder hart wurde.

»Das ist nicht dein Ernst!«, sprach ich.

Winter zuckte mit der Schulter, ohne mich aus den Augen zu lassen.

»Was soll ich sagen …«

»Sag gar nichts!«

Auch wenn er immer noch in mir war, und schon wieder hart wurde, stieß ich ihn sanft weg, sodass ich wieder in meine Jeans kommen konnte.

Als ich den Reißverschluss geschlossen hatte, sah ich

zu ihm rüber. Er stand an der anderen Seite der Kabine. Seine Jeans war noch nicht geschlossen.

»Was?«

Er verschränkte die Arme vor der Brust. »Du hast gesagt, ich soll nichts sagen.«

»Und seit wann hältst du dich daran?«

Er schmunzelte. »Seit ich weiß, wie du ...«

»Hör zu!«, sprach ich ihm dazwischen. »Ich weiß, wie das sonst so läuft. Also mach dir keine Sorgen.«

Er runzelte die Stirn, sagte aber wieder nichts. Großer Gott, warum war er so ruhig?

»Einmal. Nie wieder!«

Dass ich dabei den Rücken durchdrückte und mein Kinn hob, hatte absolut nichts damit zu tun, dass ich mir selbst etwas beweisen wollte. Sex ohne Gefühle war nichts Neues. Aber Sex hier mit Corey Winter schon!

Winter ließ mich immer noch nicht aus den Augen. Er schien nicht mal bereit hinauszugehen.

»Dann ... danke.«

Einer musste den Anfang machen, also war ich es.

Ich öffnete die Tür, quetschte mich an Winter vorbei, der verdammt gut roch, wenn man das so sagen durfte, und war froh, aus der Kabine raus zu sein.

Plötzlich ging die Tür auf, und ... Jill spazierte herein. Sie lächelte mich an, als ihr Blick auf Winter fiel, der wiederum mich anstarrte, als er aus der Kabine kam. Ihr fielen die Augen aus dem Kopf. Ja, so konnte man ihren derzeitigen Gesichtsausdruck beschreiben.

»Danke?«, fragte Winter, als hätte ich gerade das Rad neu erfunden.

Ich fuhr mir durch mein Haar, das sicher total durcheinander war. Aber umdrehen, um in den Spiegel zu sehen traute ich mich ganz einfach nicht.

Und das Schlimmste war, dass der Grund, warum ich mich auf ihn eingelassen hatte, immer noch da war. Das Gefühl absoluter Leere und Hilflosigkeit existierte noch. Das war so frustrierend, dass ich einfach ging, ohne noch etwas zu sagen.

COREY

Es gab wenig, das einen Mann erschüttern konnte. Aber Sex haben und dann immer noch mit einem Ständer herumzulaufen, war *die* Erschütterung, die keiner im Leben brauchte.

Oh, und natürlich Zeugen dabei zu haben. Jill zum Beispiel.

Sie musterte mich akribisch, als suchte sie irgendwas.

»Was?«, herrschte ich sie an und fand meinen Rucksack auf dem Boden liegend vor.

»Gratuliere, jetzt hast du tatsächlich auch Gin auf deiner langen Liste verewigt.«

»Was für eine Liste?«

»Die Liste, die fast die gesamte weibliche Studentenschaft einschließt. Die meine ich!«

»Jetzt übertreib nicht«, seufzte ich und fuhr mir durch mein Haar. Eigentlich stritt ich gerne mit Jill, aber momentan wollte ich einfach ... ja, was? Was wollte ich?

»Einmal. Nie wieder!«

Gins Satz hallte immer wieder in meinem Kopf wider. Wie so ein innerliches Mantra.

Du bekommst sie nicht.

Du bekommst sie nicht.

Du bekommst sie nicht ein weiteres Mal.

»*Einmal. Nie wieder!*«

» ... und jetzt hast du dir auch noch Gin gekrallt, weißt du ...«

Jill redete weiter, aber ich winkte ab und verließ die Toilette. Natürlich folgte sie mir.

»Jetzt warte doch mal! Ich will dir sagen, wie unmoralisch du dich ...«

Ich lachte laut auf und drehte mich zu ihr um.

»Du willst mit mir über Moral reden?«

»Ja«, antwortete sie entschlossen. Ich schüttelte den Kopf. Diese Frau war absolut naiv.

»Ich muss los«, erklärte ich.

»Aber ...«

Ich verdrehte die Augen. »Jill, ehrlich. Gin ist erwachsen, ich bin auch schon groß. Dass was wir getan haben, tun die Menschen ständig.«

»Tust du ständig«, murrte sie.

»Ja, *ich* tue es, Jill. Ich vögel durch die Gegend, weil ich es kann, weil es Spaß macht, weil ...«

»Okay«, murmelte sie.

»Nein, nichts ist okay!«, fuhr ich sie an. Sie runzelte die Stirn und ich verstand sie.

Warum meckerte ich sie so an? Warum zum Teufel wollte ich mich überhaupt rechtfertigen? Was war los mit mir?

Wieder wühlte ich durch mein Haar und bemerkte die Studenten, die immer wieder in unsere Richtung schauten. Nervensägen!

»Einmal. Nie wieder!«

»Bis dann«, brummte ich genervt und ging dann weiter. Jill folgte mir diesmal nicht. Sie hatte begriffen, dass ich kein Interesse hatte, das Gespräch weiterzuführen. Wieso auch? Ich wusste ja selbst nicht, was ich da redete.

GIN

Ich genoss die Eiscreme und Netflix auf meinem Bett.

Das Zimmer lag in völliger Dunkelheit, während Mr. Darcy gerade Elisabeth Bennet seine Liebe gestehen wollte.

Bevor es so weit kam, wurde die Tür geöffnet und das Licht eingeschaltet.

»Oh, du bist doch hier«, sagte Amber und schaute sich die genaue Situation an. »Laptop, Eiscreme ...›Stolz und Vorurteil‹?« Amber lachte und warf ihre Tasche auf das Bett. »Das sieht mir nach Liebeskummer aus.«

Ich schnaubte und legte vorsichtshalber das Eis auf meinem Nachttisch ab.

»Ich brauchte nur eine Ablenkung.«

»Von deinem Freund nehme ich mal an«, redete sie weiter und suchte in ihrem Schrank nach Klamotten.

»Kann ich nicht einfach so Bock auf einen Liebesfilm und Eiscreme haben? Muss da sofort ein Typ für verantwortlich sein?«, herrschte ich sie an.

Amber griff sich ein paar Shirts, sah mich an und drückte die Brille etwas herunter, als ob sie sich alles genauer anschauen musste.

»Vermutlich habe ich mich geirrt.«

»Ja, hast du!«, antwortete ich ihr und hörte Mr. Darcy weiter zu.

»Vergebens habe ich dagegen angekämpft. Es geht einfach nicht. Meine Gefühle lassen sich nicht unterdrücken. Sie müssen mir gestatten, Ihnen zu sagen, wie glühend ich sie verehre und liebe.«

»Ich liebe diese Szene!« Amber saß plötzlich neben mir und hörte sich jedes weitere Wort an.

»Elisabeth bricht ihm das Herz. Daran ist nichts zu lieben«, sprach ich und schaute mir Mr. Darcys kühlen Blick an, als er abserviert wurde.

»Die meisten Paare müssen erst davon überzeugt werden, dass sie halt zusammengehören.«

»Was soll das denn jetzt heißen?«

Amber stand auf und packte ihre Tasche weiter mit Klamotten voll.

»Na das, was es eben heißt«, antwortete sie unbekümmert.

»Nur weil du und der Quarterback jetzt zusammen seid, heißt das noch lange nicht, dass ...«

Stirnrunzelnd blickte sie mich an. »Wovon zum Teufel sprichst du?«

Ich musste schlucken. Der Tag war ein Riesengau geworden. Erst Moms Anruf, dann dieses Gefühl des absoluten Versagens und dann der Sex mit Winter. Auf der Toilette!

Was hatte ich mir nur gedacht?

Gut, gedacht hatte ich wohl gar nicht mehr.

»Gin? Alles okay?«, riss mich Ambers Frage aus meiner Träumerei.

»Klar. Sicher. Alles bestens.«

Dass ich gerade dreimal eine Antwort auf *eine* Frage gab, bemerkte auch Amber.

»Na, dann bin ich aber beruhigt.« Ihr Schmunzeln nervte. »Viel Spaß mit Mr. Darcy. Ich bin bei Blake.«

»Du meinst, bei Blake und den anderen Idioten«, konnte ich mir einfach nicht verkneifen. Und Amber bemerkte es ebenfalls.

Ich zuckte mit der Schulter und schaufelte mir mehr Eis in den Mund.

»Wenn du mit ›anderen Idioten‹ auch Nick und vor allem Corey meinst. Jepp, die wohnen bekanntlich auch dort.«

Ich spürte ihren Blick auf mir ruhen. Ich tat so, als würde ich mich gerade für den Film interessieren.

»Okay, da du mir nicht erzählen willst, was los ist, geh ich mal. Wir sehen uns.«

»Hmm.«

Als sie endlich weg war, atmete ich erleichtert aus. Was war nur los mit mir? Es war nicht mein erster One-Night-Stand gewesen, aber es war auch nicht …

Als er in mir war, die Stirn auf meine gedrückt hatte und einfach nur dastand, fühlte es sich fast so an …

Ich schüttelte den Kopf. Es war verrückt. Viel zu verrückt.

Wir redeten über Corey Winter. Ich war eine von vielen. Er war kein Kerl für mehr. Insgeheim hatte ich sogar gehofft, dass er mich endlich in Ruhe lassen würde, wenn wir es endlich miteinander getan hätten.

Morgen würde die Welt sicher anders aussehen.

Ich schaltete den Film auf »Pause« und griff nach meinem Handy. Nach dreimal Klingeln begrüßte ich sie.

»Hi, Mom. Ist er noch wach?«, fragte ich sie, als sie heute das zweite Mal anrief.

Sie bejahte und ich lächelte. Ja, ganz sicher. Morgen würde alles ganz anders aussehen.

COREY

Ich saß am Küchentisch und trainierte gerade mit meinen 20 Pfund schweren Hanteln.

Nick und Jill saßen auf der Couch, während Blake im Sessel saß und seine Übungen mit dem Knie absolvierte.

»Tut es noch weh, wenn du dein Knie beanspruchst?«, fragte Jill Blake. Der nickte.

»Ab und zu. Aber es wird besser.«

»Dann kannst du auch wieder einkaufen gehen?«, fragte Nick nach. »Wird Zeit, der Kühlschrank ist leer.«

»Hauptsache, ich gehe einkaufen, war so klar«, lachte Blake.

»Hey, Winter will seine Cornpops haben. Wer hätte auch gedacht, dass unsere Weiber auf das Zeug stehen«, lachte Nick und ich seufzte.

»Sind wir so schlimm, Winter?«

Jills Frage ignorierte ich. Ich war voll und ganz in meinem Training drin.

»Er ist in seinem üblichen Tunnel, Babe. Lass ihn«, bat Nick sie.

Jill schnaubte verächtlich.

»Was hat er jetzt schon wieder gemacht?«, seufzte Nick.

»Ich bin anwesend, falls euch das entgangen ist«, sprach ich genervt dazwischen.

»Ja, dann erzähl du ihm doch, wer auf deiner Liste dazugekommen ist«, fuhr Jill mich an.

»Was für eine Liste?«, fragte Blake irritiert nach.

»Dankeschön«, sagte ich. »Jill fängt nämlich schon wieder damit an, und ich habe absolut keinen Schimmer, welche Liste gemeint ist.«

Amber kam in die Wohnung, bepackt mit einer weiteren Tasche. Jede Woche kam mindestens eine mehr dazu. Sie lächelte uns an.

»Na, die Liste, die auch jetzt Gins Namen beinhaltet. Die Liste, die seine ›netten‹ Abenteuer auf den unzähligen Toiletten auf unserem Campus ...«

»Du hast mit Gin geschlafen? Mit meiner Gin?«, fragte Amber geschockt nach, und ich verdrehte die Augen. Seufzend und leicht außer Atem stellte ich die Hantel auf dem Boden ab.

»Danke, Jill.«

Jill zeigte mir den Mittelfinger.

»Hallo? Ich bin noch hier.«

Amber warf ihre Tasche auf den Boden und starrte mich wütend an.

»Honey, Gin ist erwachsen«, mischte Blake sich jetzt ein.

»Ach? Ist sie das? Jetzt ergibt das auch mit Mr. Darcy Sinn«, seufzte Amber.

Ich runzelte die Stirn, die anderen auch. Aber dann fing die Hornbrille sich wieder und schaute mich wütend an.

»Gehts dir gut?«, fragte Blake nach.

»Ob es mir gut geht?« Sie lachte sarkastisch auf. »Gin geht es offensichtlich nicht gut. Wegen ihm!« Sie zeigte auf mich und alle anderen Augen sahen zu mir.

»Was soll das heißen, ihr geht es nicht gut?«, hakte ich nach.

»Eiscreme und ›Stolz und Vorurteil‹«, antwortete sie.

Ich verstand nur Bahnhof, aber Jill sah richtig betroffen aus.

»Oh je.«

Jills Reaktion warf Fragen auf. Sehr viele Fragen.

»Du sagst es!«, seufzte Amber.

»Kann mir mal jemand sagen, was los ist? Was ist mit Gin?«, fragte ich ungeduldig.

Amber schaute mich wieder an und der Zorn in ihren Augen glühte wieder. Jetzt fehlte nur noch ein dunkler Wald und die tiefe Nacht und wir hätten das perfekte Monster dazu ...

»Du sagst gar nichts mehr! Du tust auch nichts mehr! Der Schaden ist da und jetzt muss Gin ihn ausbügeln.«

»Schaden?«, fragte Nick verblüfft.

»Sie hatten Sex!«, platzte Amber heraus. »Stimmt doch, oder?«

Alle Augenpaare starrten zu mir. Irgendwie fühlte ich mich gerade wie ein Tier in einem Käfig.

»Gin hat dich rangelassen?«, fragte Blake und ich könnte schwören Bewunderung in seiner Stimme gehört zu haben. Amber schlug ihren Freund auf die Schulter. »Aua!«

»Du bist stolz darauf, dass Winter jetzt nicht mal mehr vor meinen vergebenen Freundinnen haltmacht?«

»Jetzt mach mal halblang. Gin ist erwachsen«, antwortete ich ihr und stand auf, um mir aus dem Kühlschrank eine Wasserflasche zu holen. Mir passte es gar nicht, dass sie davon redete, Gin wäre vergeben.

»Bevor du mich wieder schlägst, solltest du wissen, dass wir ab 21 Jahren rechtlich gesehen volljährig sind und machen können, was wir wollen«, erklärte Blake seiner Freundin. Er rieb sich immer noch die Schulter. Man könnte fast mit ihm Mitleid haben, aber da er sich das mit Amber freiwillig antat, hielt sich das in Grenzen.

»Hör auf deinen Freund, Brillenschlange«, sagte ich und trank einen großzügigen Schluck Wasser aus der Flasche. »Außerdem hat sie mich angemacht.«

Ich klang ziemlich gelangweilt von allem. Innerlich sah es bei mir anders aus. Es waren sechs Stunden rum. Sechs Stunden, in denen ich versuchte diesen Sex aus meinem Kopf zu bekommen. Und es gelang mir nicht. Ich hoffte auf den morgigen Tag.

»Du bist dir wirklich zu nichts zu schade, oder?

Sonst stehst du doch auch zu all dem Scheiß, den du abziehst. Ist es so schwer, zuzugeben, dass du jetzt auch noch Gin verführt hast, ihr dabei vermutlich die Beziehung zu ihrem Freund zerstört hast und ...«

Es reichte! Mit Schwung, viel zu viel Schwung, stellte ich die offene Wasserflasche ab und schon hörte Amber auf zu reden.

»Ich sage es nur noch einmal. Das zwischen mir und Gin geht keinen, vor allem dich nichts an. Und sollte sie, nachdem sie von mir praktisch die Nummer auf der Toilette erbettelt hatte, irgendein Problem haben, dann wird sie mir das sagen. Im Gegensatz zu anderen Weibern scheint sie zu wissen, was sie will.«

Oder was sie eben nicht will.

»Du glaubst doch wohl nicht ...«, fing Amber schon wieder an, doch ich war schon auf dem Weg in mein Zimmer. Ich hörte nur noch, wie Blake sagte:

»Das geht dich wirklich nichts an, Honey.«

Daraufhin wurde noch eine ganze Weile lautstark diskutiert. Zumindest heute Nacht hörte ich sie beide nicht vögeln.

Zwei Stunden Schlaf machten sich in der zweiten Pause bemerkbar. Ich starrte auf meine Fritten, die schon ne Weile hier vor mir standen. Sie waren schon kalt, aber auch das interessierte mich nicht.

Der Kaffee half mir nicht, der Power-Riegel nicht. Was half mir sonst, den Tag zu überstehen?

Seufzend fuhr ich mir mit der Hand durch mein Gesicht. Scheiße, morgen wäre unser nächstes Spiel und ich kam nicht klar. Was war nur los mit mir?

Jason setzte sich zu mir und klaute eine Fritte.

»Die sind ja schon kalt«, bemerkte er und verzog angewidert das Gesicht.

»Was willst du?«

»Wow. Hast du eine gute Laune.«

»Fick dich!«

»Meine Fresse, was ist los? Hat dich ne Tussi nicht rangelassen?«

Die Frage war beiläufig gestellt, das wusste ich. Und doch erstarrte ich, weil ich automatisch an Gin dachte.

Gin, die sich so verdammt gut angefühlt hatte. Und das überall! Wann hatte sich eine Frau überall gut angefühlt? Meistens berührte ich sie kaum. Titten, Arsch und Muschi. Das war mir wichtig. Aber Gin, sie hatte sich überall so mega sanft angefühlt, fast schon zu sanft. Zu gut. Zu heiß.

»Gehts hier wirklich um eine Tussi?«, hakte Jason nach und musterte mich neugierig.

»Na sicher«, schnaubte ich und spielte mir selbst etwas vor. Darin war ich gut.

Die Mensa war gut besucht und obwohl ich es mochte, wenn sich viele Leute um mich scharrten, verdrehte ich die Augen, als der Rest der Truppe sich zu uns an den Tisch setzte.

»Morgen«, begrüßte Blake mich, der jetzt neben mir saß. »Du siehst müde aus.«

Ich schnaubte und biss in eine kalte Fritte hinein.

»Hast du dir noch von einer anderen das Bett wärmen lassen?«, zickte Jill herum. Genervt sah ich sie an. Jill hatte den bösen Blick fast so gut drauf wie ich. Aber nur fast.

»Babe«, seufzte Nick. Na wenigstens einer schien noch Eier von den beiden zu besitzen. Blake sagte nämlich kein Wort, als Amber vom Tisch aufstand und sich verzog.

»Bist du fertig, Jill? Ich will nämlich meine Pause genießen«, erklärte ich ihr und setzte mich etwas gerader hin.

»Noch lange nicht«, murmelte sie und biss mit viel Energie in ihren Schokoladenmuffin. Nick riss den Zweiten sofort an sich.

»Ich wiederhole mich ungern. Aber was ich tue, geht dich einfach nichts an«, sagte ich ihr mit meiner typisch lässigen Art.

»Wenn du es mit meiner Freundin tust, die dazu noch einen Freund hat, dann ...«

»Von wem sprecht ihr?«, hakte Jason nach, aber wir alle ignorierten ihn.

»Ist das nicht deine Laborpartnerin in Naturwissenschaften? Die heiße Blondine da drüben?«, lenkte ich jetzt das Thema auf Jills Freundin, die wenige Meter von uns entfernt mit einer anderen Studentin redete.

»Und?«, fragte Jill mit Vorsicht in der Stimme.

»Die habe ich auch gevögelt.«

Nick verschluckte sich an seinem Wasser. Blake klopfte ihm helfend auf den Rücken.

Jill ließ den Muffin sinken und sah mich an. Ich erwiderte ihren Blick, ohne zu blinzeln. Das hier war eine Sache zwischen ihr und mir. Und ich würde das klären, ein für alle Mal.

»Siehst du die Tussi neben der Blondine?«

Jills Augen suchten ganz kurz den Blick zu den beiden. »Du meinst April?«

Ich zuckte mit der Schulter. Keine Ahnung, wie ihr Name war.

»In Ihrem Höschen war ich auch schon drin.«

Nick räusperte sich immer noch.

»Alter, am besten du trinkst gar nichts mehr, solange er redet«, erklärte Blake ihm.

»Du siehst also, es ist mir scheißegal, wer deine Freundin ist, wem du eine Beziehung mit irgendeinem Kerl andichtest, die ich angeblich zerstören würde, und wie du das findest, was ich so treibe.«

»Winter.« Nicks Gesichtsausdruck sollte eine Warnung an mich sein, aber nichts da. Wer mich nervte, musste mit Konsequenzen rechnen. Und da ich normalerweise nicht so »nett« blieb, konnte man schon sagen, dass das hier gerade eine softe Nummer in Zurechtweisung war. Ich stand auf und griff mir mein Rucksack, als Amber zurückkam.

»Hier ...« Sie lächelte Blake an und gab ihm ein Sandwich. Seufzend setzte sie sich. »Du hast recht, Jill.

Sie sieht etwas müde aus. Hat sicher nicht viel Schlaf abbekommen.«

Jill und Amber sahen in eine bestimmte Richtung und obwohl ich längst hätte weg sein wollen, sah ich auch hin.

Ein paar Tische weiter saß Gin und ließ sich von irgendeiner anderen Studentin volllabern. Warum ich der Meinung war, dass sie darauf keinen Bock hatte? Sie fischte in ihrer Müslischale herum, aß aber nichts. Ihr Blick lag starr auf die Schale gerichtet. Ihr Ausdruck wirkte leicht ... verärgert? War es das, was sie war?

»Und was will er noch hier?«, fragte Amber und sah alle an, nur nicht mich.

Ich seufzte. »Gott Blake, vögel sie bitte. Das hält man ja nicht mehr aus«, gab ich ihm den guten Rat. Blake zeigte mir den Mittelfinger, dann strich er seiner Freundin beruhigend über den Rücken, bis seine Hand tief an ihrem Hintern stoppte. Natürlich würde er meinen Ratschlag befolgen. Guter Junge.

Meine Teamkollegen und ihre Zicken verließen zwanzig Minuten später endlich die Mensa. Wenn man ganz genau hinsah, sah man die Hexenbesen von Jill und Amber, die sie hinter sich herzogen. Mit den beiden Mädels ne feste Bindung einzugehen, war die dümmste Idee der Welt gewesen. Nur gut, dass ich mir keine Leine um den Hals binden lassen wollte. Frauen waren übel, wenn man sie erst mal an sich rangelassen hatte.

Apropos Frau ...

Ich hatte mich an den Eingang zur Mensa gelehnt und wartete darauf, dass auch endlich Gin hinausging.

»Hey, Winter, viel Glück morgen beim Spiel«, säuselte mir eine kleine Mieze in kurzem Rock zu. Ich nickte ihr lächelnd zu, als ich Gin an mir vorbeilaufen sah.

Fuck, ich hatte sie verpasst.

»Shit Gin, warte mal!«

Sie blieb tatsächlich stehen und drehte sich um. Ihre Augen weiteten sich leicht, als wäre sie überrascht mich zu sehen. Gin war doch direkt an mir vorbeigerauscht. Sie musste mich gesehen haben!

»Was?«, herrschte sie mich genervt an.

Stirnrunzelnd erwiderte ich ihren Blick. Sie sah so aus, als wollte sie sich nicht mit mir unterhalten. Dann fiel mir ihre türkise Strähne auf.

»Du hast wieder eine andere Farbe ...«

»Sieht so aus, ich hatte gestern Zeit und dachte mir, es muss mal wieder was anderes her. Was willst du?«

Sie verschränkte die Arme vor der Brust, als musste sie sich schützen.

Oh Shit. Stimmte es tatsächlich? Konnte es sein, dass Gin wirklich fix und fertig war? Wegen mir? Wegen ...

»Warum schaust du mich so an?«, fragte sie plötzlich und wirkte ziemlich nachdenklich.

»Ich schau dich nicht an. Also nicht so, wie du denkst.« Keine Ahnung, was ich da redete, aber Hauptsache, es kam überhaupt irgendwas über meine Lippen.

»Bist du high, oder sowas?«

»Ich nehme nichts, wenn die Saison läuft«, antwortete ich ihr.

Gin schmunzelte. »Das glauben dir sicher die wenigsten.«

Ich zuckte mit der Schulter. »Ich kann nichts für meine Art.«

»Die Art, den Frauen ihren Verstand zu nehmen? Meinst du diese Art?«

Irgendwie zog mich ihr Blick magisch an. Sie erwiderte ihn und lächelte. Flirtete sie gerade mit mir? Scheiße, das war das erste Mal in meinem Leben, dass ich es nicht wusste.

»Hey, Gin.«

Jason kam an uns vorbei, musterte mich kurz, lächelte dann aber wieder Gin an. Sie lächelte zurück. Warum lächelte sie zurück? Warum lächelte sie ihn an und mich lachte sie ständig aus?

Jason blieb nicht stehen oder sagte noch irgendwas. Sein Glück. Mir gefiel sein Interesse an Gin nicht. Warum auch immer.

»Was sagt dein Freund eigentlich dazu, dass du ...«

»Mein Freund?« Gin schaute mich an, als wäre ich derjenige, der gerade völligen Schwachsinn redete.

»Kein Freund?«, hakte ich nach.

Sie sagte nichts, presste die Lippen nur fester aufeinander.

»Was wird das hier? Ein Verhör? Ich dachte, die

Frauen mit denen du schläfst, würdest du nicht mal mehr mit einer Kneifzange anfassen wollen, wenn du sie einmal gehabt hast!«

»Ich bin nicht der, der hier zweigleisig fährt!«

»Wenn ich zweigleisig fahren würde dann mit Sicherheit nicht mit dir!«, fuhr sie mich an.

»Ohhhh«, lachte ich. »Ich glaube, dafür ist es ein bisschen zu spät!«

»Du!«

Sie hatte bemerkt, wie nah sie mir vor Wut gekommen war und machte sofort wieder zwei Schritte zurück. Ihre Wangen waren leicht gerötet, ihre Augen vor Zorn riesengroß geworden. Aber irgendwas in mir wollte gerade keinen Abstand. Irgendwas in mir wollte etwas ganz anderes.

Ich ergriff ihre Hand und zog sie an mich. Mit einer Drehung, die verdammt hollywoodverdächtiggeil gewesen wäre, drehte ich sie in eine kleine Ecke, die kaum einsehbar war. Als Gin mit dem Rücken von der Wand abgesichert wurde, küsste ich sie. Damit sie mir nicht entkam, drückte ich mich eng an sie. Natürlich wollte ich sie auch körperlich spüren. Mein Schwanz wollte das sowieso.

Ihre Lippen schmeckten köstlich, ihre Körperwärme war genau richtig für mich und dieses Stöhnen, das sie von sich gab, war ...

Instinktiv ließ ich sie sofort wieder los und brachte Abstand zwischen uns. Fuck. Was tat ich hier? Ich leckte mir die Lippen, weil ich sie noch weiter schmecken wollte, aber mein Verstand warnte mich, nicht weiterzugehen:

Geh nicht weiter! Beim ersten Mal ist es Lust, beim zweiten Mal Kontrollverlust und beim dritten Mal schenkst du ihr deine Eier!

»Was sollte das?«, herrschte sie mich plötzlich an. Moment mal. Sie machte mich an?

Gins Wangen wirkten noch rosiger, ihre Augen ... oh Gott, diese Augen zeigten, dass sie gefickt werden wollte. Ihr Blick war unmissverständlich, auch wenn ihr Mund sich leicht öffnete. Shit, jetzt musste ich wieder an ihren Geschmack denken.

»Es war nur ein Kuss«, seufzte ich, weil ich einfach keine Ahnung hatte, was ich hier tat.

GIN

Ich war so wütend! So verdammt wütend und ... geil!

»Nur ein Kuss? Nur ein Kuss?«, wiederholte ich immer wieder und wurde dabei auch lauter.

»Das ist alles nur Ambers Schuld«, hörte ich ihn murmeln.

»Was hast du gesagt?«

Er sah mich an, die Wut in seinen Augen war erschreckend.

»›Eiscreme und Stolz‹ und was auch immer!«

Verständnislos schaute ich ihn an.

»Du hast mich angemacht, Gin! Du wolltest ...«

Warum musste er das jetzt auch noch sagen? Ja, dafür würde ich mir am liebsten lebenslang Süßes versagen und mich ins Kloster schicken lassen, aber musste ausgerechnet *er* sagen, wie bedürftig ich gestern gewesen war? Musste er das?

Ich schaute mir Winter genau an. Er war groß gebaut, besaß definierte Muskeln und konnte lächeln, dass einer Frau das Höschen praktisch von selbst flöten ging.

Natürlich musste dieser arrogante Arsch ansprechen,

was ich am liebsten vergessen wollte. Ach, und er musste mich noch einmal küssen. Und wie gut er küssen konnte. Gott, dieser Mistkerl konnte wirklich viel zu viel!

»Wegen dir nerven mich schon die Miezen meiner Kumpels. Wegen dir ... Verfickte Scheiße, ich komm einfach nicht damit klar, dass du Sex mit mir hattest, es genossen hast und es jeder Zeit wieder tun würdest!«

»Was?«, fragte ich völlig überrascht.

Selbstgefällig musterte er von unten nach oben meine Gestalt. Mieser und arroganter Arsch!

Ich holte tief Luft und schaute ihn dann wieder an.

»Selbst wenn ich einen Freund hätte, selbst wenn ich verdammt noch mal den besten Sex meines Lebens mit dir gehabt hätte. Ich würde mich niemals wieder auf einen arroganten, selbstbezogenen und niveaulosen Mistkerl einlassen! Falls du zu beschränkt bist, ich meine damit dich! Und jetzt entschuldige mich, ich brauche dringend wieder etwas mehr Niveau in meiner Nähe!«

Ich ließ den Mistkerl stehen und fühlte mich wundervoll.

»Du hast tatsächlich keinen Freund?«, hörte ich ihn mir hinterher rufen.

Seufzend verdrehte ich die Augen. Ihm war total egal, was ich über ihn gesagt hatte.

»Hallo Gin.«

Ich zuckte erschrocken zusammen, als ich mich

umgedreht hatte. Da ich aber super gute Reflexe besaß, fiel mir mein Becher mit Tee nicht auf den Boden.

Beth lächelte, als sie direkt vor mir stand.

»Hi, Beth.«

»Musst du zu deiner Vorlesung in Geschichte?«, fragte sie mich.

Ich runzelte die Stirn. Woher wusste sie das? »Ja, wollte gerade hin.«

»Ich leiste dir auf dem Weg Gesellschaft.«

»Okay.« Meine unsichere Antwort schien sie nicht zu bemerken, als wir das Café verließen.

Es war nicht merkwürdig, sie zu sehen. Immerhin waren wir alle Seniors, aber wir hatten nicht mehr viel miteinander zu tun. Hatten wir irgendwie nie, bis sie vor mir stand und mich bat, sie vor Winter zu beschützen, weil sie letztes Jahr seine Bude abfackeln wollte.

»Und wie gehts dir so?«, fragte ich sie, um die Stille zwischen uns zu beenden.

»Ganz gut«, antwortete sie, während wir über den Campus liefen.

»Nur ...«

Beth blieb plötzlich stehen und sah mich an.

»Nur was?«

»Stimmt es, was erzählt wird?«

»Dass was erzählt wird?«, fragte ich sie neugierig.

»Winter und du!«

»Winter und ich?«, fragte ich, als würde ich nicht genau wissen, was sie meinte.

73

Der Campus wusste also schon Bescheid.

»Ja, es werden Dinge erzählt«, erklärte sie und musterte mich. Sie wartete auf meine Reaktion.

»Nur gut, dass ich auf diese *Dinge* keinen Wert lege.« Ich trank einen Schluck meines Tees. Er war immer noch leicht zu heiß, zum Trinken war mir das aber egal. Dieses Gespräch zwischen Beth und mir war merkwürdig.

»Es stimmt also nicht. Du hast nicht mit ihm geschlafen?«

Ich seufzte. »Was willst du hören, Beth?«

»Dass es nicht stimmt! Dass du dich nicht auf ihn eingelassen hast, weil du genau weißt, wie weh es mir tun würde.«

»Dir wehtun? Beth, bist du immer noch in ihn verliebt?«

»Liebe kann man nicht einfach abstellen, Gin!«, funkelte sie mich wütend an.

»Liebe? Du willst mir weismachen, dass du Winter liebst?«

»Natürlich!«

»Er schläft mit jeder Studentin auf diesem Campus, Beth.« *Und ich gehöre dazu.* »Das auch nur einmal.« *Mich hat er vorhin schon wieder geküsst.*

»Er wird merken, dass das nichts für ihn ist und wir beide ...«

»Ihr beide? Beth, du wolltest seine Bude abfackeln! Und er weiß das!«, erklärte ich ihr so ruhig wie möglich.

Wenn ich jetzt die Nerven verliere, würde das nichts bringen. *Vielleicht fackelt sie dann noch mein Zimmer ab.*

»Jedes Paar hat mal eine schwierige Phase«, antwortete sie so unbekümmert, während die Fassungslosigkeit darüber in mein Gesicht geschrieben war. »Soll er sich austoben. Ich weiß, dass das, was wir hatten, etwas Besonderes war.« Sie zuckte mit der Schulter. »Sie sind alle nichts Dauerhaftes.« *Ja, so wie du!*

Dann schaute sie mich wieder an. »Aber wenn du mir jetzt auch ins Gehege kommst ...«

Kopfschüttelnd hob ich grüßend den Teebecher.

»Ich muss weiter. Bis dann.«

Sie lief mir nicht nach, aber ihren Blick konnte ich auf meinem Rücken spüren. Auch wenn ich mir einredete, dass es nur eine Spinnerei von Beth war, fühlte ich mich unbehaglich.

Es würde nie wieder passieren. Winter war ein Idiot. Ein Idiot, der mich wieder geküsst hatte, obwohl wir ausgemacht hatten, dass einmal genug war.

Und doch dachte ich über das zweite Mal nach. Würde es passieren? Wenn er mich so küsste, hätte ich kaum etwas entgegenzusetzen, egal wie arschlochmäßig er sich verhielt.

Jetzt dachte ich schon über ein zweites Mal nach. *Gott, hilf mir!*

Als ich mich in meine Vorlesung setzte, die Sitze sich langsam füllten und Professor Glas eintrat, erwachte mein guter Wille wieder zum Leben. Was, wenn Beth es noch mal herausforderte? Es war eine Frage der Zeit, bis Winter sie wieder enttäuschte. Würde er es ein zweites Mal mitbekommen, wenn sie versuchte, ihn mit einem Feuer die Lichter auszupusten?

Ich seufzte. Genau das war der Grund, warum ich keine Freundschaften pflegen wollte. Das brachte nur Probleme. Damals wollte ich Beth helfen und heute bekam ich die Quittung dafür. Sie hatte mich angesehen, als hätte ich ihr die Kirsche samt Sahne von ihrem Eis geklaut.

Leider Gottes würde mich das nicht daran hindern, Winter wenigstens zu warnen. So wenig ich auch mit ihm zu tun haben wollte.

COREY

Ich ignorierte Jill, die auf der Couch saß, als ich mit Nick hereinkam. Schnurstracks besorgte ich mir einen Eisbeutel aus dem Kühlfach und drückte es auf meine Schulter.

»Hast du dich verletzt?«, fragte Jill mich.

»Hat er«, seufzte Nick und setzte sich zu seiner Freundin auf die Couch.

»Schön, dass du auf mich gewartet hast.« Er küsste sie und ich lockerte meine Nackenmuskulatur. Nach dem Training hatte ich mir nicht mal die Mühe gemacht, mir mein Shirt anzuziehen.

Sie grinste Nick verknallt an, dann sah sie wieder zu mir. Ich ignorierte den Schmerz in der Schulter.

»Warum hast du dich verletzt?«, fragte sie mich.

Weil ich nichts sagte, musste natürlich Nick antworten.

»Er hat übertrieben. Der Coach hatte ihn schon in der Mangel, aber vielleicht solltest du ihn noch zusammenscheißen, damit er es begreift.« Seinen ironischen Ton konnte er sich sparen.

»Du siehst wütend aus«, sagte Jill und musterte

mich. »Ziemlich wütend. Ist es, weil Amber und ich dir wegen Gin ins Gewissen reden wollten?«

Ich schnaubte. »Es ist süß, dass ihr glaubt, ich hätte so etwas wie ein Gewissen. Also nein, ich bin nicht wütend, weil ihr zwei eure Klappe nicht halten könnt.« Ich riss den Kühlschrank auf, um ... hineinzustarren und ihn wieder zu schließen.

Das Bild von Gin, ihren Lippen, meinen Lippen und dieses Gefühl tauchten wieder in meiner Birne auf. Das kotzte mich an!

Dass die beiden mich dabei auch noch genauestens beobachteten, nervte mich gleich noch mal mehr.

»Ich leg mich hin.«

»Ähm ...« Jill wollte etwas sagen, ich aber nicht zuhören. Als ich die Tür öffnete, war ich nicht groß überrascht. Ein nacktes Mädchen wartete auf mich. Sie war mir völlig unbekannt. Die Unbekannte lächelte und wartete auf mich. Das reichte als Information für mich.

Grinsend schloss ich die Tür hinter mir und warf mein Eispack in die Ecke.

»Hi«, begrüßte sie mich und biss sich auf die Unterlippe.

Ich sagte nichts und starrte auf ihre Titten. Klein, aber hübsch. Blondes langes Haar, schlanke Figur ... alles, was ein Mann sich nur wünschen konnte.

»Spreiz die Beine«, befahl ich.

Sie zögerte, was in Anbetracht ihres Muts, hier nackt auf mich zu warten, schon irgendwie lächerlich war.

Ich blieb so lange an Ort und Stelle stehen, bis sie langsam die Beine spreizte. Ihre feuchte Muschi lag direkt vor mir.

»Willst ... willst du nicht zu mir kommen?«, fragte sie mich.

»Oh, ich werde kommen, Kleines. Da kannst du dich drauf ver ...«

Ein Klopfen an der Tür störte mich gerade dabei, zu der Kleinen ins Bett zu hüpfen und sie ordentlich zu vögeln.

Ich verdrehte die Augen. »Jetzt nicht!«

»Du hast Besuch«, rief Nick durch die Tür.

»Ich weiß«, grinste ich und das Mädchen kicherte. Das klang etwas zu künstlich, aber so lange sie das die nächsten zwanzig Minuten nicht noch mal machte, konnte ich es ignorieren.

»Hier draußen, du Idiot! Jetzt beweg deinen Arsch und ...«

»Du bewegst dich nicht!«, befahl ich der Kleinen, sie kicherte wieder und ich holte tief Luft. Scheiße, dieses Kichern war so abtörnend. Schnell sah ich ihr wieder zwischen die Beine. Um ihr Kichern ging es mir nicht, das sollte ich mir ins Gedächtnis rufen.

Nick klopfte wieder. Diesmal riss ich entnervt die Tür auf.

»Was ist so wichtig, dass du mich jetzt störst? Was?«

Nick stellte sich etwas zur Seite und gab den Blick auf die Haustür preis. Gin. Dort stand Gin. Meine

Gin? Ne, das konnte nicht sein. Aber da stand sie. Mit demselben verbissenen Gesichtsausdruck, den sie mir immer schenkte.

Schnell schloss ich die Tür hinter mir und kam auf sie zu.

»Gin ...«

Sie bemerkte meinen nackten Oberkörper, achtete aber automatisch darauf, mir sofort wieder ins Gesicht zu sehen. Hätte ich sie nicht schon gevögelt, wäre ich vermutlich leicht eingeschnappt gewesen. Für meinen Körper würden so einige Mädels töten, um ihn berühren zu dürfen.

Ich blickte Jill und Nick an, die es sich natürlich auf der Couch gemütlich gemacht hatten, um sich das Schauspiel anzusehen. Wo kam plötzlich die Packung Popcorn her, die sie sich teilten?

»Ich wollte dir eigentlich nur Bescheid geben«, begann Gin ohne Umschweife zu reden. Gab sie sich extra Mühe, mir ins Gesicht zu sehen? So langsam nervte es mich doch, dass sie meinen Oberkörper nicht mal einen Moment lang den Respekt zollte, den er nun mal verdiente.

Ich runzelte die Stirn. »Sollte ich Angst haben?«

Sie seufzte, drückte auf ihre Nasenwurzel und murmelte sowas wie: »Ich tue ihm einen Gefallen. Ich tue ihm einen Gefallen.«

»Gin?«

Sie riss den Kopf hoch und musterte mich wieder so

kühl wie immer. Als hätte es keinen Kuss gegeben. Als hätte es die Nummer auf der Toilette nicht gegeben. Als wäre ich kein verdammter Muskelprotz, der zu gut für die Frauenwelt aussah.

»Du solltest ab sofort ein Auge auf deine Wohnung haben.«

»Ist das eine Drohung?«, fragte ich zornig nach. So hörte es sich nämlich an.

»Davon kannst du ausgehen. Beth ist immer noch in dich verschossen.«

Beth? Beth? Sollte es da bei mir klingeln?

Gin bemerkte wohl meinen Gedankengang und gab ein wirklich sehr undamenhaftes Geräusch von sich. Wobei ich nichts anderes erwartete von einer Frau, die sich wöchentlich für eine andere Haarfarbe entschied. Wobei ihr türkis wirklich echt stand.

»Du hast mit ihr geschlafen!«, erklärte sie mir.

Ich reagierte immer noch nicht. »Sorry, aber das soll mir jetzt in Erinnerung bringen, wer Beth ist?«

Jill schnaubte. Ich drehte mich zu ihr um und sah sie genervt an. Sie versuchte sich an einen angewiderten Gesichtsausdruck. Kopfschüttelnd drehte ich mich wieder um.

»Sie war eine Freundin von mir ... ach was, sie war nie eine Freundin, ich habe mich damals nur verpflichtet gefühlt, sie vor dir zu beschützen«, erklärte sie weiter und plötzlich machte es gaaanz weit in meinem Kopf *klick*. Ich kniff die Augen zusammen, weil es nur eine Begebenheit gab, in der Gin jemanden vor mir beschützt hatte.

»Du meinst dieser feuerrote Teufel?«

»Gibt es denn Gründe, dass noch andere deine Bude anzünden wollen?«

Nick lachte plötzlich schallend. Ich drehte mich wieder zu ihnen um, und er griff sich ein Buch, das auf dem Tisch lag und tat so, als würde er darin lesen.

Als ich mich wieder zu ihr drehte, schmunzelte sie. Sie fand es wohl sehr witzig, mich vor meinen Freunden lächerlich zu machen. Auch wenn es mich wirklich anpissen sollte, tat es das nicht. Ich schmunzelte zurück und unsere Blicke hielten sich.

Unzählige Male hatte ich bereits geflirtet, meinen Charme spielen lassen und mir dann das geholt, worauf das alles hinauslaufen sollte. Nur war ich bei Gin schon so weit gekommen. Wir hatten bereits Sex. Sex, den ich nicht aus meiner Birne bekam. Sex, der mich dazu brachte, zu viel beim Training zu geben, weil ich nicht verstand, was das mit ihr gewesen war. Sex, der mich vergessen ließ, dass Jason eh keine Chancen bei ihr hatte. Sex, der mich eifersüchtig gemacht hatte, weil Jason diese Chance auch wollte. Sex, der ...

Mehrmals blinzelte ich, um sie nicht weiter dabei anzustarren, wenn ich an den Sex mit ihr zurückdachte. Fuck, ich tat es ja schon wieder!

»Ich meine das ernst, Winter. Beth ist verknallt in dich und ...«

»Und das sind hundert andere Studentinnen auch«, sprach ich ihr dazwischen und lehnte mich an den Türrahmen. »Ehrlich Gin, das mit mir und …« Wie hieß sie noch mal?

»Beth«, half mir Gin aus.

Ich nickte. »Genau, Beth. Das ist jetzt wie lange her? Sie hat mich nicht mehr belästigt, seit ich ihr klargemacht habe, wie wenig ich an ihr interessiert bin. Du machst dir zu viele Sorgen, wo gar keine sind.«

»Ach wirklich?«, hakte sie misstrauisch nach.

»Aber interessant, dass du dir Sorgen um mich machst«, sagte ich und musterte sie von oben bis unten. Sie trug nichts aufreizendes. Billige Jeans und ein Shirt. Aber ihre Figur war der Hammer, das musste ich schon zugeben. Es half mir auch nicht gerade, wenn ich daran dachte, wie ihre Kurven sich in meiner Hand angefühlt hatten.

»Amber und Jill schlafen oft hier. Ich mache mir hauptsächlich Sorgen um die beiden.«

»Du bist so süß«, rief Jill ihr zu.

Gin lächelte kurz, sah mir dann wieder in die Augen. Wann suchte eine Frau jemals so oft den Augenkontakt mit mir, ohne nicht wenigstens so etwas wie Begierde aufblitzen zu lassen? Ich konnte mich beim besten Willen nicht daran erinnern.

»Ich find es eher unhöflich. Blake und ich pennen auch hier«, murrte Nick.

»Ja, sie hat es sicher nicht so gemeint. Sie hat euch nicht vergessen«, versicherte Jill ihm.

Ich konzentrierte mich auf Gin, die leicht schmunzelte. Oh doch! Sie hatte Blake und ihn absichtlich nicht erwähnt. Sie hielt von den beiden genauso wenig wie von mir. Es wäre gelogen, wenn ich das einerseits nicht urkomisch und andererseits ziemlich ärgerlich fand.

Sie bemerkte erst viel zu spät, dass sie mich die ganze Zeit angelächelt hatte. Gin zuckte regelrecht erschrocken zusammen, als ihr der Fehler auffiel.

»Na ja, jedenfalls weißt du jetzt Bescheid.«

»Über was? Das ich irgendeiner Mieze das Herz gebrochen habe und sie mir am liebsten deswegen den Arsch aufreißen will?«, fragte ich belustigt nach.

»Mir ist schon klar, dass das sicher nicht das erste Mal ist. Aber sie hat es schon mal versucht, also versuch es wenigstens ein bisschen ernst zu nehmen. Herrgott nochmal, Corey.« Beim Klang meines Vornamens zuckte ich diesmal zusammen. »Nimmst du irgendwas ernst? Irgendwas in deinem Leben?«

Ich war so überrascht von ihrem Ausbruch, ihren Fragen und der Wut, die mich überkam, dass ich es nicht kontrollieren konnte. Zwei Schritte reichten, um über ihr aufzuragen.

Mein Körper konnte sie zwar nicht gänzlich ignorieren, aber sie blickte mir weiterhin trotzig ins Gesicht.

»Sagt ausgerechnet die Frau, die ein ›Danke‹ herauswürgt, nachdem wir Sex hatten. Sagt diejenige, die mich eher mit ihrem Blick töten würde, als zuzugeben,

was sie wirklich von mir denkt! Du siehst also, Gin ...,«
verächtlich betonte ich ihren Namen noch mal, damit
es die Wirkung bloß nicht verfiel, » ... wer im Glashaus
sitzt, sollte nicht ...«

»Was willst du denn von mir hören?«, fuhr sie mich
an. Gin wartete ab, aber ich wusste nicht, was ich dazu
sagen sollte. Ja, was wollte ich denn von ihr hören?

Gin hatte sich die ganze Zeit über so verhalten, wie
ich mir das für eine unverfängliche Nummer immer
wünschte. Sie bedankte sich, ging, rannte mir nicht
hinterher noch erzählte sie irgendwas herum.

Was zum Teufel wollte ich also von ihr hören?

»Ich ...«, sagte ich, aber ... kam einfach nicht weiter.

»Ja du! Es soll sich alles nur um dich drehen, nicht
wahr? Wenn eine Frau vor deiner Tür steht und dir sagt,
du solltest auf dich aufpassen, ist das natürlich alles nur
ein Vorwand, um dem ehrenwerten Corey Winter in
Wirklichkeit um den Hals zu fallen. So denkst du doch,
oder?«

»Jetzt mach aber mal halblang! Du warst diejenige,
die sich mir an den Hals geworfen hat!«

»Oh, und wer hat mich vorhin einfach geküsst?«,
feuerte sie zurück.

Wir beide hörten Jill aufgeregt quieken, aber Nick
redete auf sie ein. Dann blieb sie still. Gin und ich ließen uns nicht aus den Augen. So als würden wir beide
darauf warten, dass der jeweils andere nachgab und den
Blick endlich löste.

Sie gab zuerst auf, als sie den Kopf schüttelte und kurz die Augen schloss.

»Das bringt doch nichts. Du bist viel zu sehr Winter.«

Ich schnaubte. »Das nehme ich als Kompliment.«

»Es war aber sicher nicht als eines gemeint.«

Ich lächelte, als ihr böser Gesichtsausdruck meinen traf. Warum auch immer, aber die Wut war verpufft, als mir klar wurde, dass es mich nur wütend machte, weil mein Instinkt mir sagte, sie war wirklich nur hier um mich zu warnen. Die Sorge schien echt und das enttäuschte mich. Scheiße! Da hatte ich eine sorgenlose Nummer mit Gin und ... es reichte mir nicht. Es gefiel mir nicht, dass es wie immer abgelaufen war. Was zum Teufel hatte ihre Muschi mit mir angestellt?

»Ich glaube, du denkst zu oberflächlich über mich«, stellte ich eine Tatsache fest, die mich aber bisher nie gestört hatte. Ehrlich gesagt, kochte ich innerlich deswegen! Was hatte diese Frau nur an sich, dass ich schon mein Image in Frage stellte?

Gin sah mich an, als würde sie wirklich etwas anderes an mir sehen, als die Oberflächlichkeit, die ich stets verkörperte.

»Wo bleibst du, Corey?«

Ich verzog das Gesicht. Nicht jetzt! Nicht wenn das Gespräch in eine viel zu interessante Richtung verlief.

Gin sah hinter mich und schüttelte den Kopf. »Jepp, du bist der total tiefgründige Typ.« Sie winkte Jill zu, tötete mich noch einmal mit ihrem »netten« Blick und ging dann.

Ich sah ihr nach. Zu lang nach.

»Corrrrey?«

Ich verdrehte die Augen und schloss die Tür hinter mir.

Die Kleine stand in meinem Bettlaken umhüllt in der Tür und lächelte.

Fuck. Diese Aussicht hätte mich normalerweise in Hochstimmung bringen müssen. Aber ich war es nicht! Ich war es einfach nicht!

»Was ist jetzt? Kommst du?«, fragte sie wieder.

Sie ging mir auf den Geist! Ihre nervige Stimme, ihr nerviger Auftritt, ihr ...

Mein Mund war schon geöffnet, um ihr zu sagen, dass sie ihren verschissenen Arsch aus meiner Bude bewegen sollte, als Nick mir zuvor kam.

»Winter hat heute keine Zeit. Zieh dich lieber an und versuch es ein anderes Mal.«

Jill warf ihm Popcorn zu.

»Hey!«

Sie warf Nick böse Blicke zu, er verstand den Wink aber nicht, sodass Jill übernahm.

»Nick meint einfach nur, dass Winter nicht so viel Zeit in nächster Zeit hat und ... na ja, zieh dir einfach was an.«

Es war erstaunlich, wie viel den beiden daran lag, die Kleine aus der Bude zu bekommen. Natürlich sagte ich nichts, als die Kleine in mein Zimmer verschwand und eine Minute später aus dem Apartment rauschte.

Ich setzte mich in den Sessel und seufzte.

Irgendwann hörte man nur noch Jill, die Popcorn aß. Dass sie mich dabei fixierte, versuchte sie nicht mal zu verbergen.

»Komm, spuck es schon aus«, sagte ich genervt.

»Was willst du denn, das ich sage?«, fragte sie und warf sich provokativ Popcorn in den Mund.

»Na das, was ihr Weiber immer sagt! Sie bringt dich durcheinander, sie provoziert dich und trotzdem findest du das anziehend.« Ich biss mir auf die Zunge, weil die Schulter wieder schmerzte. Wo war der Eispack geblieben?

»Oh. Mein. Gott.« Jill stellte den Eimer mit Popcorn auf den Tisch und grinste mich an.

»Was?«, herrschte ich sie an und rieb meine Schulter.

»Nichts. Ich geh schon mal unter die Dusche«, grinste Jill weiter, zwinkerte Nick zu und ging ins Bad.

Ich sah ihr nach. Nick sabberte ihr nach.

»Deine Freundin ist total merkwürdig. Das weißt du hoffentlich«, sagte ich, wusste aber, dass das Nick durchaus bewusst war.

Denn der Drecksack nickte stolz. »Weiß ich.«

Ich seufzte. »Ihr zwei seid echt widerlich.«

»Du kannst so oft wie du willst sagen, dass du Monogamie und Beziehungen und was auch immer alles dazu gehört verabscheust. Du kannst es dir von mir aus auf die Stirn tätowieren, Alter.«

»Der Platz wäre nicht ausreichend«, murmelte ich.

»Aber fest steht, dass du gerade eine sichere Nummer aus deinem Zimmer gejagt hast.«

»Und?«, fragte ich, griff mir den Eimer Popcorn und begann zu essen.

»Wann kam das jemals vor? Ich wüsste keinen einzigen ...«

»Meine Güte, ich will einfach fokussiert sein. Das Spiel morgen ist wichtig!«

»Ich rede gegen eine Wand«, seufzte Nick.

»Was willst du denn von mir hören?«, fragte ich genervt nach.

»Ehrlich?«, fragte Nick nach und ich nickte. Er jedoch schüttelte den Kopf.

»Ich glaube nicht, dass du es hören willst.«

Schnaubend legte ich den Eimer voll Popcorn wieder zurück, dabei zog es wieder verdächtig in meiner verletzten Schulter.

»Es schmerzt wieder?«

»Ne, ich halte mir aus Spaß die Schulter«, konterte ich sarkastisch.

Nick seufzte und stand dann von der Couch auf. »Merkwürdig, dass du den Schmerz während Gins Besuch völlig ausgeblendet hattest, oder?«

»Ich bilde mir den Schmerz nicht nur ein«, verteidigte ich mich und überging Nicks Frage völlig.

»Zweifel ich nicht an, Alter. Nur dass du anscheinend den Schmerz völlig vergisst, wenn du mit Gin redest, das ist doch eine Feststellung ...«

»Nick? Kommst du?«, rief Jill aus dem Badezimmer und schon war ich gerettet.

»Na los, deine Freundin wartet«, sprach ich und war froh, dass Nick endlich mal auf mich hörte. Dass ich dabei nicht mal das Wort »Freundin« wie so oft verächtlich aussprach, sollte mir zu denken geben. Aber ich war nicht fähig, über irgendwas nachzudenken. Meine Schulter schmerzte, Sex gab es auch nicht, weil Gin, ich meinte, die Kleine weg war und mein Bettlacken musste ich jetzt auch wechseln ...

Stöhnend lehnte ich den Kopf auf dem Sessel ab.

GIN

»Guten Appetit, Mrs. Whiler.« Ich stellte das Abendessen vor sie hin und sie bedankte sich.

Meine Schicht im Krankenhaus würde noch zwei Stunden gehen, dann war das auch endlich geschafft.

Ich war gerade dabei, weiteres Essen auszuteilen, als Schwester Gerdy auf mich zukam.

»Könntest du vielleicht in der Notaufnahme aushelfen? Die Patienten annehmen usw.? Momentan ist da Notstand.«

»Klar, es muss nur jemand das Essen verteilen«, antwortete ich.

»Ich kümmere mich drum, dass das getan wird. Danke dir, Gin.«

Ich lächelte, auch wenn es gezwungen war. Irgendwie schleppte ich mich schon seit Beginn meiner Schicht durch den Tag hier. Dann begab ich mich zu den Personalaufzügen und war froh, dass ich hier allein war. Solche Momente nutzte ich immer, um durchzuatmen. Jetzt wollte ich am liebsten einfach … keine Ahnung, nicht weiter über Winter nachdenken, seine Verbohrtheit, dieses selbstgefällige Grinsen oder die dumme Blondine, die sich von ihm durchgevögelt hat lassen. Was wunderte mich das überhaupt?

Winter war kein normaler Student. Er brauchte Sex. Er brauchte unverbindlichen, schnellen Sex. Von Mädels, die nicht vor seiner Tür standen, um ihn vor anderen Ex-Affären zu warnen. Wobei er das Wort Affäre sicherlich nicht sagen würde. Das würde ja bedeuten, dass es mehrmals zu Sex mit ein und derselben Person gekommen wäre.

Der Fahrstuhl öffnete sich und ich schnaubte über meinen letzten Gedanken.

Die Notaufnahme war wie immer rappelvoll. Man konnte kaum unterscheiden, wann die schlimmen Tage waren. Es war kein Geheimnis, dass das Gesundheitssystem in den Staaten einfach unterirdisch schlecht war.

»Gin, bist du hier, um zu helfen?«, fragte mich Schwester Iris, als sie mit mehreren Paketen Drainagen auf mich zukam.

Ich nickte.

Sie wirkte sofort erleichtert.

»Super. Dann kümmer dich bitte um die Betten 20-25. Nimm die Patientendaten auf, versorg die leichten Verletzungen und sorg dafür, dass sie ins System kommen. Sie müssen sich aber noch gedulden. Ein Busunglück sorgt hier gerade für leichte Verzögerung.«

Was sie als »leichte Verzögerung« sah, war für Außenstehende der reinste Horror. Aber ich kümmerte mich um meine Aufgaben und war froh, dass ich so auf andere Gedanken kommen konnte.

Ich griff mir ein Schreibbrett, Patientenbögen und einen Kuli und machte mich daran anzufangen.

Um die Patienten zu schützen, schoben wir um jedes Bett einen Vorhang. Den ersten öffnete ich.

»Hallo, mein Name ist Gin und ich möchte gerne ...«

Mir blieb der Rest im Halse stecken, als Winter auf dem Bett saß. Er trug noch sein Trikot, hielt sich die Schulter und wies ein paar Schrammen im Gesicht auf.

»Du!«, war mein erstes Wort.

»Du!«, gab er genauso überrascht von sich.

»Wow, wenn ihr jetzt fertig seid ... ich bräuchte auch Hilfe ...«

Nick saß tatsächlich auf dem anderen Bett und hielt sich die blutige Nase. Dahinter befanden sich auch noch einige Spieler aus dem Team.

»Was zum Teufel ist passiert?«, fragte ich nach.

»Willst du Alter oder soll ich?«, fragte Nick Winter. Den schaute ich abwartend an. Er musterte mich akribisch. Zum ersten Mal schämte ich mich etwas wegen der khakigrünen Krankenhauskleidung, die wir alle trugen. Ab und an mussten wir auch mal rosa tragen. Was jetzt keine Verbesserung wäre.

»Du arbeitest heute?«, war stattdessen Winters Frage.

»Sieht so aus«, antwortete ich leicht genervt und schrieb Winters Namen auf den Patientenbogen. »Also, was ist passiert?«

»Deswegen warst du nicht beim Spiel«, redete Winter weiter, als würde ich hier gerade nicht meinen Job machen wollen.

»Ich gehe nicht zu den Spielen«, antwortete ich ohne vom Blatt aufzusehen. »Ich bräuchte einmal dein Geburtsdatum.«

»Brillenschlange war überzeugt davon, dass du bei mehreren meiner Spiele zugesehen hast.«

»Wenn du mit Brillenschlange meine Mitbewohnerin Amber meinst, dann hat sie vielleicht recht«, antwortete ich und schrieb die Verletzungen auf, die ich mit dem bloßen Auge sehen konnte, weil ich sonst erst mal keine Informationen bekam. »Wo hast du genau Schmerzen? Ich kann nur oberflächliche Verletzungen sehen ...«

»Warum hast du dir die Spiele angesehen?«

Seufzend legte ich den Bogen weg und sah ihn jetzt an. Selbst auf dem Bett, auf dem er saß, war er größer als ich. Nur leicht, aber irgendwie fiel mir das sofort auf.

»Willst du hören, dass ich mir ein paar Spiele angesehen habe, weil ich dich sehen wollte?«, fragte ich ihn genervt.

Plötzlich blieb er still und schaute mich stirnrunzelnd an.

»Was?«

»Nichts«, murmelte er.

Ich verdrehte die Augen und machte mich dann auf zu Nick.

»Hey, ich bin verletzt!«, beschwerte sich Winter plötzlich.

Nick wies Nasenbluten und eine leichte Schürfwunde am Kinn auf. So wie ich das einschätzte, war Winter übler zugerichtet, aber das auch laut zugeben, würde ich nicht.

»Nick ist ein angenehmerer Patient«, verteidigte ich mich und befühlte seine Wange. »Tut das weh?« Nick schüttelte den Kopf. »Gut, nichts gebrochen. Also, was ist passiert?«

Nick sah wieder zu Winter.

»Wir haben verloren«, antwortete er schließlich.

»Und deswegen seht ihr so aus?«, hakte ich nachdenklich nach.

»Ist das irgendwie relevant für unsere Behandlung?«, mischte Winter sich jetzt ein.

Wieder verdrehte ich die Augen. »Für eure Versicherung ist es das!«

Unsere Blicke trafen sich.

»Hey, kriegen wir auch eine Gesichtsbehandlung?«, rief einer der anderen vom Team.

»Haltet die Klappe!«, rief Winter ihnen zu, ohne mich aus den Augen zu lassen.

»Ich habe Schmerzen. Ich bräuchte ...«

Seufzend überreichte ich Nick noch Tücher, damit er sein Nasenbluten stillen konnte und ging wieder zu Winter.

»Wo tut es weh?«

»Überall«, antwortete er und schmunzelte leicht.

Football war kein einfaches Spiel und irgendwas sagte mir, dass er wirklich überall Prellungen oder so etwas hatte. Nur diesmal schienen sie weiter gegangen zu sein.

»Ihr habt euch mit dem gegnerischen Team geprügelt?«, hakte ich nach und hoffte, richtig zu liegen. Winter nickte. Bingo.

Ich griff mir Tupfer und Desinfektionsmittel und stellte mich wieder vor ihn.

»Warum?«

Ich begann die Wunde zu reinigen, während er mir genau dabei zusah. Irgendwie schaffte ich es, auszublenden, wer da genau vor mir saß. Es war nicht einfach, aber ich zitterte nur leicht, als ich den ersten Tupfer entsorgen konnte.

»Ich weiß es nicht«, sprach er leise, und ich begann das Desinfektionsmittel zu benutzen. Winter zuckte nicht zusammen, dafür zischte er auf.

»Du weißt nicht, warum du dich geprügelt hast?«, fragte ich ihn und sah ihn tadelnd an.

Er knickte ein.

»Okay, vielleicht weil ich eh schon nicht gut drauf war.«

»Ah, das hört sich schon besser an«, gab ich von mir und sprühte wieder.

»Sag mal …« Er entzog sich meiner Behandlung und schaute mich wütend an. »Das machst du doch extra!«

»Beweis es!«, grinste ich und hielt demonstrativ das Desinfektionsmittel hoch.

»Du bist verrückt. Vollkommen verrückt!«

»Alles andere wäre langweilig«, erklärte ich ihm und er schmunzelte. Schon wieder dieser Blick!

»Da hast du recht!«

»Gott, wenn wir nicht hier liegen würden, würde ich euch ja echt gern dabei zusehen, wie ihr euer Vorspiel in die Länge zieht. Aber nicht heute. Ich will einfach irgendwas, was schön reinhaut. Ich habe einen Brummschädel und brauche dringend Schmerzmittel«, mischte Nick sich jetzt ein.

Ich nickte und wollte gerade zu ihm, als Winter aufgesprungen war, um Nicks Bett den Vorhang zuzog und mich dann anschaute.

»Hey!«, beschwerte sich Nick, protestierte aber sonst nicht weiter.

»Du weißt schon, dass ich mich um die Patienten kümmern muss«, erklärte ich Winter. »Deine Verletzungen sind nicht so schlimm, Winter. Du wirst es überleben.«

Auch wenn Nicks Verletzungen noch weniger problematisch waren, würde ich Winter nicht weiter behandeln. Irgendwas war da, und ich wollte einfach nicht herausfinden, was es war. Es machte mir Angst. Vor allem, weil es auch noch Winter war, der dafür verantwortlich war.

»Hör zu«, begann er, musste aber stoppen, als sich einige Leute zu uns gesellten.

»Was für ein widerlicher Haufen Scheiße«, feuerte einer der Männer. Ich meinte, es war der Coach. Zumindest verriet die Aufschrift »Coach« auf seinem Rücken genau das. »Erst verkackt ihr das Spiel und dann prügelt ihr euch noch? Schlechte Verlierer nennt man das!«

»Coach, ehrlich ... die Jungs wollten mir nur ...«, mischte Winter sich ein.

Nick hatte seinen Vorhang wieder zurückgezogen.

»Mir ist das scheißegal, Junge! Ich weiß, dass du damit angefangen hast, die Beweggründe interessieren mich nicht! Du hast nur noch diese eine Saison, um den großen Scouts in der NFL etwas zu beweisen. Ist es das, was du denen zeigen willst? Dass du eine gute Rechte hast, aber beschissen Football spielst?«

Ich seufzte. Natürlich hatte Winter angefangen. Was anderes hätte man auch nicht annehmen können, oder?

»Das will ich nicht«, behauptete Winter zornig.

»Na, das sind doch super Neuigkeiten. Wie wäre es dann, wenn ihr eure Ärsche erhebt, unter die Dusche springt und am Montag pünktlich auf dem Platz steht? Das wäre doch mal eine gute Idee mir zu beweisen, dass ihr es wollt, oder?«

Einige der Spieler murmelten zustimmend.

Dann sah der Coach mich an. »Sie sind doch soweit oder, Doktor?«

»Ähm ... also ich sehe bisher nur oberflächliche Verletzungen, aber ich bin kein ...«

»Gut, wenn es wehtut, merken die Idioten sich wenigstens, dass sie verwundbar sind. Montag, sechs Uhr auf dem Platz!«, rief er ihnen zu. Daraufhin kam ein genervtes Stöhnen. Anscheinend waren sie sonst nicht so früh am trainieren.

Der Coach verließ sie wieder, dann tauchten Amber, Blake und Jill auf. Jill lief sofort zu Nick.

»Alles klar?«, fragte Blake nach.

Winter nickte.

»Ihr seid solche Idioten«, erklärte Amber.

»Sieht der Coach auch so«, murmelte Winter.

»Kein Wunder! Was zum Teufel hat der Captain der Ravens zu dir gesagt, dass du so ausgerastet bist?«, fragte Blake ihn direkt.

»Nichts.« Sein Blick fiel kurz auf mich. »Ich muss unter die Dusche.«

Wir alle sahen ihm nach, als er die Notaufnahme verließ.

»Was ist los mit ihm?«, fragte ich.

»So ist er eben«, antwortete Blake und humpelte zu Nick.

Ich jedoch grübelte über Winters Verhalten noch weit nach meiner Schicht.

COREY

»Kopf hoch, Winter!«

»Beim nächsten Mal!«

»Wir glauben an dich!«

»Den Ravens hast du es aber gezeigt!«

»Scheiße, ich hab hundert Mäuse wegen dir verloren!«

Der Montag nach dem Spiel war Horror. Jeder Pisser auf dem Campus musste seinen Senf dazugeben. Einige pöbelten, hörten aber damit auf, als ihnen bewusst wurde, dass ich nicht nur auf dem Spielfeld zuschlagen konnte.

Jetzt stand ich am Rande der Mensa und wartete auf meinen Kontaktmann.

»Hey.«

Cob Whiterman war schon von Anfang an *der* Mann für Informationen. Die Art von Informationen, die einen Professor in Bedrängnis brachte, wenn man Prüfungsantworten vorab erhalten wollte. Er war ein Genie, wenn es darum ging, Informationen zu beschaffen, die sonst keiner bekam. Zum Beispiel die Art von Informationen, die mich endlich Gin verstehen ließen. Denn ich raffte es einfach nicht. Wer war sie?

Cob verbarg sein Hobby nicht. Sein Laptop war sein stetiger Begleiter und dieses »nerdige« haftete mit den alten Hosen, der Brille und den fettigen Haaren an ihm.

»Hey«, sagte ich.

»Das war ein beschissenes Spiel am Samstag.«

»Danke Cob, wenn du mir das jetzt nicht gesagt hättest, wäre ich immer noch unwissend«, erklärte ich ihm genervt.

Wir standen beide an die Wand angelehnt, als würde Cob nicht in Dauerschleife öffentliche Gebäude hacken, und ich nicht ständig irgendwelche Weiber bumsen, um sie danach schnell wieder loszuwerden.

»Hast du die Infos, die ich brauche?«

»Nicht wirklich«, murmelte er.

Ich war überrascht. »Du hast nichts über sie gefunden?«

»Ihre Personalakte ist mickrig, Winter. Wenn du mir mehr Zeit gegeben hättest, dann wäre ein kleiner Hack im Bürgeramt drin gewesen, aber so …«

»Hör auf zu jammern, und sag mir, was du weißt.«

»Sie ist 22, kommt ursprünglich aus Richmond, bezahlt ihre Studiengebühren immer spät, scheint damit aber durchzukommen. Ihre Hauptfächer sind immer dieselben.«

»Medizinische Fächer?«

Cob nickte. Das hatte ich mir schon gedacht. Der Job im Krankenhaus war nicht für jeden etwas.

»Was weißt du über einen Freund?«

»Ich habe mich umgehört. Einige hörten von diesem angeblichen Freund, niemand hat ihn je gesehen.«

Ich wusste es. Auch wenn Gin mir schon zu verstehen gegeben hatte, dass da niemand sein könnte, wollte ich Gewissheit haben. Gut, die absolute Wahrheit würde ich wohl nur von Gin selbst bekommen, aber würde sie mir jemals die Antwort dazu geben? Ich bezweifelte das.

Immer wenn wir beide aufeinandertrafen, fühlte es sich so an, als müsste ich jede einzelne Frage von ihr beantwortet bekommen. Das war so frustrierend, weil Gin eine der wenigen Miezen war, die verdammt noch mal auf nichts klare Antworten gab. Oh, wobei sie mir ständig durch die Blume sagte, wie scheiße sie mich fand. *Das* konnte sie ständig sagen.

»Was willst du eigentlich von ihr? Hast du sie nicht schon gebumst?«

Ich holte tief Luft. »Der einzige Grund, warum du nicht längst kopfüber auf dem Footballfeld an einem der Tore hängst, ist, dass du mir seit über drei Jahren Infos rüberschiebst.«

Ernst schaute ich ihn an, er reagierte wie gewünscht. Cob entschuldigte sich sofort. »Wenn ... wenn du noch mehr privateres Zeug wissen willst, muss ich mehr Zeit haben. Aber ich kann ...«

Auf einmal kam Gin in die Mensa gelaufen. Sie bemerkte uns nicht, während sie zur Essensausgabe lief.

»Lass stecken.«

Ich ließ ihn stehen, während ich ihr nachlief. Wie ein Hund, dachte ich im Stillen, als mir klar wurde, dass ich mir ein Tablett gegriffen und Mrs. Hughes legendäres Kartoffelpüree auf den Teller gekippt hatte. Die Betonung lag auf »legendär,« weil Mrs. Hughes aus der Masse jedes Mal einen ungenießbaren Haufen Scheiße kochte.

Gin trug wie immer Jeans und Shirt. Nichts Weltbewegendes, nichts Heißes. Aber dennoch konnte ich nicht wegsehen.

»Hey, Corey!«

Irgendeine brünette Mieze stellte sich provokativ vor mich. Was sie nicht wissen konnte, war, dass sie mir den Blick auf Gin nahm.

»Hey«, murmelte ich und versuchte Gin wieder in mein Blickfeld zu bekommen.

»Ich will meinen Freund eifersüchtig machen. Okay, er ist mein Ex und hasst Football. Also, deswegen dachte ich, dass wir zwei vielleicht verschwinden können und ...«

Ich erwiderte den Blick der Brünetten. Ihr Ausschnitt war verboten tief. Sie war hübsch. Nicht heiß, aber zum vögeln ging das schon in Ordnung. Kurz versuchte ich nochmal zu Gin zu schauen, aber die war damit beschäftigt, ihr Essen zu bezahlen. Natürlich hatte sie mich nicht mal bemerkt. Verdammt, die Brünette hatte mich bemerkt!

»Von mir aus«, seufzte ich, reichte irgendeinem Kerl

mein Tablett, das er natürlich annahm, und lief der Brünetten hinterher.

Je mehr Schritte wir machten, umso besser fand ich diese Idee. Das ganze Wochenende hatte ich keine Studentin gehabt. Okay, es gab auch mal fickfreie Wochenenden, aber dieses war besonders ... beschissen gewesen.

»Mein Name ist übrigens Catherine«, lächelte sie und öffnete die Tür zur Toilette.

»Alles klar«, antwortete ich und vergaß ihren Namen sogleich wieder.

»DAS WIRST DU NICHT TUN!«

Jill drängte sich zwischen mich und ... die Brünette.

»Hey!«

»Halt mal den Rand«, zickte Jill die Brünette an. »Komm, geh rein. Ich unterhalte mich gerade mit Winter.«

Die Brünette tat natürlich genau das, was ich von ihr erwartete. Sie hörte auf Jill und ließ uns allein.

»Du fragst dich sicher, was ich hier will, oder?«

Demonstrativ verschränkte sie die Arme vor ihren Titten und sah mich abwartend an.

»Ähm ... ich glaube nicht, dass Nick wollen würde, dass du mit mir da reingehst. Ein Dreier wäre ausgeschlossen, oder?«

»Du bist so was von ekelhaft!«

Man(n) durfte ja noch hoffen.

»Was gibts, Jill? Muffins habe ich keine, Sex willst du auch nicht ... das hier wird wieder irgend so ein Psychogespräch, oder?«

»Fick dich!«

Ihr verletztes Gesicht war genau das, was ich eigentlich provozieren wollte. Aber bei Jill fühlte sich das alles sofort scheiße an.

Sie drehte sich um und lief davon.

»Warte ... ach, komm schon, Jill ... es tut mir leid. Hey, was wolltest du mit mir besprechen?«

Urplötzlich drehte sie sich mit einem strahlenden Lächeln um und stellte sich wieder vor mich hin. Ich runzelte die Stirn.

»Hast du mich reingelegt?«

Sie zuckte mit der Schulter. »Du kannst da nicht reingehen.«

»War das jetzt ein Ja?«

»Du wirst es bereuen, wenn du mit ihr schläfst.«

»Das war ein Ja!«

»Winter!«

Ich lachte kurz laut auf. »Wenn du hören willst, dass ich beeindruckt bin, weil du die Erste bist, die wirklich versucht, mich von unverbindlichem Sex abzuhalten, dann ja. Du bist die Erste. Glückwunsch. Ändert das meine Meinung? Nein, Süße. Aber nett, dass du versuchst, einen lieben, anständigen Mann aus mir machen zu wollen. Und jetzt geh zu Nick, der steht da drauf. Aber treib es nicht zu sauber. Jeder Kerl steht auf dreckiges Zeug.«

Ich wollte die Tür öffnen, aber Jill drückte ihre Hand auf meine.

»Jill«, seufzte ich genervt. Wenn ich jetzt wieder gemein werden würde, müsste ich mich mit ihren Tränen und Nicks Faust auseinandersetzen. Beides waren momentan keine Optionen für mich.

»Warum willst du das unbedingt tun?«, fragte sie mich plötzlich.

»Warum ich ... wovon redest du?«

»Die Frage ist einfach: Warum willst du da jetzt reingehen? Willst du es, weil du es schon das ganze Wochenende brauchst? Unverbindlichen Sex mit irgendeinem fremden Mädchen? Denn du hattest keinen Sex, 48 Stunden lang. Du hingst nur in deinem Zimmer herum und hast gegrübelt. Egal was du mir erzählen willst, so war es. Oder willst du es, weil du Gin vergessen willst?«

»Blödsinn!«, antwortete ich hastig.

»Was?«, fragte sie neugierig nach.

»Gin hat einen Freund«, versuchte ich mich noch zu retten. »Und was willst du jetzt eigentlich? Du warst doch diejenige, die mir am liebsten die Eier abgeschnitten hätte, weil ich Gin gevögelt habe, obwohl sie ...«

»Wenn sie wirklich glücklich wäre, dann hätte sie sich nicht auf dich eingelassen!«

Aufmerksam musterte ich sie. »Was wird das hier? Willst du uns verkuppeln?«

»Und wenn es so wäre?«

Wenn es so wäre? Wenn es so wäre?

»Ahhhh!«, rief sie plötzlich aus und pikste ihren Zeigefinger in meine Brust.

»Du bekommst noch nicht mal Panik, wenn wir von einer theoretischen Beziehung zwischen Gin und dir reden! Wusste ich es doch!«

»Ehrlich, Nick sollte den Whiskey verstecken. Du machst mir langsam Angst!«

»Ich bin nicht verrückt! Ich sehe doch ...«

Es wurde Zeit, dass Jill endlich begriff, dass zwischen Gin und mir nicht mehr war.

»Du siehst, was du sehen willst. Amber und Blake, Nick und du ... da erträumst du dir natürlich auch noch irgendeine nervige Freundin für mich, die mir sagt, was ich tragen soll, wann ich duschen gehen und wann es Sex geben soll. Aber nicht mit mir! Wundersamerweise habe ich keinerlei Interesse an der modernen Sklaverei!«

Jills verbissener Gesichtsausdruck war zum Schießen, wenn er mir nach einer Weile nicht so eine Angst gemacht hätte.

»Gut, wie du meinst.«

»Na, Gott sei Dank. Sie hat es begriffen!«

»Dann wundere dich aber nicht, Freundchen ...,« Wieder pikte sie an mir herum, »... wenn sich ein anderer um Gin bemüht.«

»Gott Frau, du wirst wohl nie aufgeben, oder?«

»Jason!«, platzte sie mit der Sprache heraus.

Ich konnte weder lachen noch etwas sagen. Sie bemerkte es und genoss ihren verdammten Sieg. Dieses Biest!

»Oh ja, du weißt ja, dass er auf sie steht. Und sobald

sie bemerkt, wie ernst er es meint, wird da sicher etwas laufen.«

Ich schnaubte. »Jason ist ein arrogantes Arschloch!«

Sie zog die Augenbraue in die Höhe, als wollte sie sagen: *Und du nicht?*

Scheiße! Und sie hatte recht damit!

»Frag dich einfach, ob du es ertragen könntest, Winter.«

Ich sah sie an. Sie wusste, das könnte ich nicht, und ihr mitfühlender Blick traf meinen zögerlichen.

»Geh da nicht rein. Eine andere wird dir da nicht raushelfen.«

»Und das weißt du so genau, ja?«

Jill nickte und wirkte gerade ziemlich verletzlich. Ich Idiot hatte vergessen, wie sie vor einiger Zeit versucht hatte Nick zu vergessen. Das ging in die Hose. Am Ende hatte sie K.-o.-Tropfen geschluckt, weil einer ihrer »Ablenkungen« sie willig machen wollte. Shit. Ich war echt ein Arsch.

»Es tut mir leid, Jill. Ich denke einfach nicht nach, wenn ...«

»Schon gut. Wir waren alle schon in deiner Situation.«

»Ach, wirklich?«, hakte ich vorsichtig nach.

»Klar. Blake war ein Häufchen Elend, als er Amber nicht rumgekriegt hat und Nick weinte mir ständig hinterher.«

»Ach? Hat er das?«

Sie grinste. »Ich stell es mir zumindest immer vor.«

Diesmal musste ich auch grinsen und folgte ihr.

»Willst du ihr nicht Bescheid geben?«, fragte sie mich und zeigte auf die Tür zur Toilette.

»Wem?«, fragte ich nach.

»Oh Gott, du bist wirklich ein Mistkerl, Winter!«

»Trotzdem magst du mich!«

»Jepp, frag mich nicht, warum.«

Wir kamen wieder in die Mensa.

»Dir ist schon klar, dass ich theoretisch ne neue Mieze finden könnte und ...«

Jill stellte sich direkt vor mich.

»Das weiß ich. Und doch wirst du es nicht tun.«

»Und warum glaubst du das?«, hakte ich nach und war wirklich neugierig, was Jill noch so alles über mich zu wissen glaubte. Sie hatte mich bereits von der Toilette ferngehalten. Etwas, das bisher niemand geschafft hatte.

»Du magst der schwierigste Fall von euch dreien sein.« Jill stellte sich zur Seite, sodass ich zu unserem üblichen Tisch sehen konnte. Amber unterhielt sich aufgeregt mit Gin, während Blake an seinem Handy herumspielte. Meine Augen saugten Gins Anblick praktisch in sich auf. »Aber du tickst genauso wie Blake und Nick.«

»Mit dem Schwanz«, versicherte ich ihr und grinste.

Jill lächelte nicht. Sie sah mich einfach an. »Wenn du *sie* siehst, weißt du es einfach.«

Jill ging schon zum Tisch und setzte sich. Ich jedoch nahm Gin weiter in mich auf.

Zwei Dinge wurden mir dabei bewusst. Jill sollte unbedingt Psychologie als Hauptfach wählen und die zweite Sache war ... Jill hatte keinen blassen Schimmer davon, wie wenig Lust ich darauf hatte, mich mit ihr auseinanderzusetzen.

Trotzdem setzte ich mich auch an den Tisch. Gins Blick traf meinen und da wusste ich es mit Bestimmtheit. Ich wusste es einfach. Es wäre keine Jill von Nöten gewesen. Es wäre niemand von Nöten gewesen, außer Gin selbst.

Diese Frau mit den türkisen Strähnchen, dem vorlauten Mundwerk, den kalten Augen, als sie mich gerade erkannt hatte, den ungewohnten Second-Hand-Klamotten, die sie immer trug und den spärlichen Infos, die ich über sie wusste, war alles für mich und nichts. Und ich sollte verflucht sein, nichts von ihr zu wollen. Ergab das irgendwie Sinn?

»Hey«, sagte ich zu ihr.

»Hey.« Ihre Antwort klang eher gelangweilt, als wollte sie sich gar nicht mit mir befassen. Automatisch grinste ich. Gin war eine Herausforderung, und ich wäre ein Idiot, wenn ich mich dem nicht stellen würde. Mann, warum liebte ich plötzlich den Gedanken, ein Idiot sein zu wollen? Verdammte Jill. Verdammte Gin.

Jills Blick traf meinen. Ihre Augen sendeten mir praktisch ihre Gedanken zu:

Siehst du?

GIN

Er sah mich anders an. Winters Blick war ... weicher geworden. So verrückt es auch klang, aber so musste es gewesen sein. Vermutlich hatte er am Samstag doch zu viel kassiert! Das war eine plausible Erklärung!

»Wie geht es deinem Knie?«, fragte Winter Blake, der noch immer am Handy herumspielte. Amber gab neben mir ein Schnauben von sich.

»Wie geht es deiner Schulter?«, fragte Blake stattdessen.

»Ist getapet, dürfte keine Probleme mehr machen.«

»Super. Wenn ich dich wegen deiner Schulter nicht mehr frage, wirst du gefälligst aufhören, wegen meines Knies zu fragen«, sprach Blake genervt.

Ich kannte so eine Reaktion. Wenn man nur noch nach dem Handicap gefragt wurde.

»Ich bin nicht vor ein Auto gesprungen«, murmelte Winter und griff sich ein Stück Apfel von Ambers Tablett. Schon hatte sie ihm auf die Finger gehauen.

»Hey, teilst du nicht mal mehr deine Äpfel mit mir?«, fragte Winter sie gespielt ernst und ich unterdrückte ein Schmunzeln. Er wusste aber auch immer, wie er kontern konnte.

»Mir ist schon klar, dass du gerne so etwas wie Tripper teilst, aber ich will mein Obst gerne ohne Krankheitserreger essen«, konterte Amber und funkelte ihn wütend an.

»Ich habe noch ein Sandwich«, bot Jill an, aber Winter achtete gar nicht auf sie. Er war voll in seinem Element und auf Amber fixiert.

»Du, ich würde das niemals erlauben. Vermutlich würdest du sowieso Blake vorschicken, würde mir also nichts bringen dich anzustecken«, sprach Winter und biss genüsslich in seinen Apfel hinein.

»Was hat Blake damit zu tun?«, fragte sie nach.

»Na, er springt doch auch für dich vor ein Auto und lässt sich dafür sein Knie zertrümmern.«

Normalerweise wäre das wirklich etwas unter der Gürtellinie gewesen, aber bei Winter musste ich wirklich ein Auge zudrücken. Er war witzig. Und auch Amber schien nicht ernsthaft sauer zu sein.

»Winter, Alter, lass es jetzt mal gut sein«, mischte Blake sich jetzt ein. Sein Handy war nicht mehr interessant genug.

»Er hat ja schon irgendwie recht«, mischte ich mich jetzt ein. Alle drei Köpfe fuhren in meine Richtung. Obwohl ich Winter nicht direkt anschaute, konnte ich Neugier darin sehen.

»Na ja, die Fakten sprechen für sich. Um Amber zu retten, hast du dich nun mal vor den Wagen geschmissen.«

»Stimmt«, flüsterte Amber verliebt. Blake griff sich

ihre Hand und sie verloren sich wie so oft in ihrer eigenen Welt.

»Und um Jills Ehre hat Nick sich gekümmert, als sie vom Schwimmteam fast für wirklich kranke Zwecke benutzt werden sollte. Sorry, Jill.«

Jill lächelte leicht. »Schon okay.«

Ich bemerkte, wie Winter Jill leicht mit der Schulter anstupste, als sie leicht bedrückt wirkte. Jill lächelte ihn sofort wieder an und ihr Gesichtsausdruck veränderte sich nicht mehr. Die beiden verstanden sich gut, musste ich mir eingestehen. Gefiel mir das? Irgendwie nicht.

»Danke Gin, unsere Geschichten hören sich durch dich viel romantischer an«, grinste Amber.

»Oh, dankt mir bitte nicht. Ich finde sie nicht romantisch«, stellte ich fest.

»Nein?«, fragte Amber überrascht.

Schnell schüttelte ich den Kopf. »Blake muss erst vor ein Auto springen ...«

»Das klingt total übertrieben«, versuchte Blake sich herauszureden, aber wir alle wussten, dass er seine Heldentat herunterspielte.

»... und sich das Knie zertrümmern lassen, damit Amber und er begriffen, dass sie zusammengehören. Und du und Nick? Muss ich wirklich weiterreden?«

Jill murmelte etwas Unverständliches.

»Für mich klingt das nicht romantisch. Für mich klingt das total verrückt.«

»Amen!«, kam es von Winter und unsere Blicke

begegneten sich. Er grinste, als hätte er gerade etwas wirklich Wunderschönes erlebt. Für einen Augenblick empfand ich seinen Gesichtsausdruck auch genau so: wunderschön.

Mein Handy vibrierte in meiner Hosentasche. Ich zog es heraus und erkannte, dass Mom mir eine Nachricht geschickt hatte.

Ich muss arbeiten und wegen des Schimmels in der Küche kann ich die Nanny mit Lucas nicht allein hierlassen. Ich weiß, es ist kurzfristig, und normalerweise halte ich nichts davon, aber kannst du ihn für zwei Tage nehmen? Meld dich bitte schnell.

»Gin? Alles klar?«, fragte Amber mich. Ich schaute sie an.

»Natürlich. Ähm ... sag mal, hast du die nächsten zwei Tage vor bei Blake zu schlafen?«

»Warum?«, fragte stattdessen Jill neugierig nach.

»Ähm ... ich bräuchte Ruhe, genug Platz und so weiter«, antwortete ich und wusste, wie ich klang. Zu nervös, zu zittrig. Aber das war meine Chance! Meine Chance, Mom zu beweisen, dass die Uni kein schlechter Ort war, wenn ich aufpasste.

»Amber schläft bei mir. Kein Problem«, antwortete Blake, und grinste Amber an. Plötzlich zuckte er zusammen und funkelte Winter wütend an. Hatte er ihn gerade unter dem Tisch getreten?

Keine Ahnung, was das jetzt sollte, aber ich musste dringend einkaufen. Ich tippte schnell meine

Antwort ein und steckte mein Handy weg. Dann stand ich auf.

»War schön mit euch. Ich hab noch was zu erledigen. Bis dann.«

Mein Blick glitt kurz zu Winter, der mich nicht aus den Augen gelassen hatte. Warum auch immer, ich lächelte und ging dann. Je weiter ich lief, umso besser fühlte ich mich. Die Freude über Lucas' Besuch war riesengroß.

Oh Gott, wie schön die nächsten zwei Tage werden.

COREY

Ich tippte mit dem Finger auf das alte Holz des Tisches.

»Was meint sie wohl damit, wenn sie sagt, sie will Ruhe und mehr Platz?«, fragte Amber nach.

»Na ja, es schien wichtig. Sie muss ja noch was ›erledigen‹«, betonte Jill das letzte Wort viel zu intensiv.

»Mir macht Winter mehr Sorgen. Sieh ihn dir mal an, der kriegt gar nichts mehr mit. Schaut aus, als würde er sich genau vorstellen, was Gin in den zwei Tagen ›treiben‹ wird.« Blake schien sich absolut sicher zu sein.

Seine Betonung war zu viel. Ich hörte auf, mit meinem Finger am Holz zu tippen und schaute ihn wütend an.

Er grinste. Verfluchter Mistkerl!

»Geht es um Gin?«, fragte Nick, der sich zu Jill setzte und ihr einen schnellen Kuss gab.

»Woher weißt du das denn?«, fragte Jill überrascht. Gut, sie hatte ihm also noch nichts von *ihren* Gedanken über Gin und mir erzählt.

»Er hat sich doch auch wegen ihr am Samstag geprügelt«, antwortete Nick so beiläufig, dass alle erschrocken Luft holten. »Wie? Ihr wisst es nicht?«

»Es war nicht wegen Gin, verdammt«, mischte ich mich ein. Ihre Gesichtsausdrücke sagten alles aus. Sie glaubten mir natürlich nicht. »Es war nicht mein Spiel. Das ist alles.«

»Jaaha«, dehnte Nick das Wort. »Aber erst als du mich gefragt hast, ob ich Gin auf der Tribüne gesehen hätte und ich es verneinen musste, hast du dich aufgestellt und ... hast dem Quarterback eins verpasst, nachdem er gefragt hatte, welche Pussy er bei ihrem Sieg vögeln könnte.«

Ich verschränkte die Arme vor der Brust und spürte alle Blicke auf mir.

»Oh Gott, und dann erzählt sie noch, dass sie zwei Tage lang das Zimmer für sich haben will«, sprach Jill das aus, was ich am liebsten vergessen würde.

Amber lachte sarkastisch auf. »Du stehst auf Gin, und sie steht auf einen anderen. Das ist doch ... das ist der beste Tag meines Lebens.«

Ich biss mir auf die Lippen, weil ich Amber nichts tun wollte.

»Honey, das ist nicht okay«, erklärte Blake ihr.

Sie schnaubte.

»Wir wissen ja noch nicht, dass sie einen anderen hat«, mischte Nick sich ein.

»Und dass sie zwei Tage lang sturmfreie Bude haben will, sagt uns was?«, fragte Jill ihn.

Nicks zweifelnder Gesichtsausdruck sagte wieder alles. »Vielleicht will sie nur lernen.« Sein unsicherer

Ton war reine Blasphemie. Keine Ahnung, was es bedeutete. Aber das Wort wollte ich immer schon mal benutzen. Ich stand ruckartig auf. Wieder folgten mir sämtliche Blicke.

»Was? Ich will zum Krafttraining.«

Alle bis auf Amber seufzten erleichtert auf.

Was hatten sie denn gedacht? Dass ich Gin hinterherrennen würde und den Bastard stellte, der es mit ihr zwei Tage lang in ihrem Zimmer treiben würde? Pah. Bestimmt nicht!

Okay, vielleicht hatte ich mir etwas vorgemacht, als ich allen und auch mir beweisen wollte, dass ich nicht nachsehen würde, welcher Wichser sich in Gins Bett und Herz geschlichen hatte. Als ich die Mensa verließ, um wirklich zum Krafttraining zu gehen, sah ich diesen anderen Wichser Jason, wie er mit Gin redete. Es war ein kurzes Gespräch und ich konnte Gins Gesicht dabei nicht sehen, weil sie mit dem Rücken zu mir stand. Einem echt schönen Rücken ... Okay, ich driftete wieder ab. Jedenfalls grinste Jason dreckig, als sie sich trennten und er sah ihr auch lang nach. Zu lang für meinen Geschmack. Was, wenn dieser Wichser, der zwei Tage in ihrem Zimmer hocken würde, eben dieser Wichser namens Jason war?

Die Frage stellte ich mir dann während des Krafttrainings, beim Gespräch mit dem Coach, der mich nach dem Training zu einem Vier-Augen-Meeting in seinem Büro sprechen wollte. Die Übersetzung so eines Meetings war einfach: Wenn er dich sprechen wollte, wollte er dich anbrüllen. Und das tat er auch.

Zehn Minuten lang brüllte er herum, und folgende Sätze wurden mehrmals wiederholt:

»Es kann nicht sein, dass du, der ständig davon spricht, in der NFL spielen zu wollen, es plötzlich nicht mehr auf die Reihe kriegt!«

»Meine Oma kann besser Football spielen als du! Sie ist 83, senil und hat Arthrose. Ist dir bewusst, wie beschissen du warst?«

»Eine einzige Chance, mein Junge! Eine! Und versaust du die, werd ich dich sicher wiedersehen. Bei McDonalds hinter der Theke vermutlich. Abgeschobene Collegefootballspieler, die zu viel Muskeln, aber wenig Talent haben, landen immer dort. Aber hey, den Mindestlohn dürftest du bekommen!«

Seitdem stellte ich mir ständig seine 83-jährige Oma vor, die mit Frittierfett beschmiert war. Gott, ich brauchte dringend was zum Bumsen!

Abends war ich dann irgendwie - warum auch immer - in Ambers Wohnheim gelandet. Rein zufällig landete ich dann vor ihrem Zimmer, das - rein zufällig - auch von Gin und ihrem derzeitigen Lover beherbergt wurde.

Die Stimme in meinem Kopf flüsterte mir zu, dass sie vielleicht doch allein sein könnte. Vielleicht hatte sie uns alle reingelegt und versucht, mich eifersüchtig zu machen. Auch wenn das verdammt clever gewesen wäre, sie hatte Erfolg damit. Was für ein manipulatives ...

Gins Lachen ließ mich zur Salzsäule erstarren. Sie war in ihrem Zimmer.

»Lucas! Hör auf! Die Eiscreme ist nicht dazu da, alles vollzuschmieren!«

Hatte ich gerade gesagt, dass ich zur Salzsäule erstarrt war? Vergesst es! Ich befand mich gerade in Schockstarre. In einer verfickten Schockstarre, aus der ich nicht wieder herauskam! Statt Coachs 83-jähriger Oma sah ich jetzt Gin. Voll mit Eiscreme, die gerade von einem anderen Kerl bedient wurde! Fuck!

Frustriert über dieses Bild fuhr ich mir durch mein Gesicht. Blinzelnd sah ich mich um. Hörte ich mir das jetzt weiter an? Wollte ich mir das wirklich antun?

Die Entscheidung war schnell gefällt. Ich lief den langen Flur entlang und musste hier raus. Sauerstoff, frischer Sauerstoff war gerade das Einzige, was ich wollte. Und dieses Bild von Gin, der Eiscreme und den fremden Händen, die sie berührten, aus der Birne bekommen. Wobei ich schon immer masochistisch veranlagt war. Die Bilder würden bleiben!

Selbst nur, damit ich begriff, dass keine verdammte Frau auf der Welt es wert war, sich deswegen seine Footballkarriere vermasseln zu lassen! Keine war das wert! Keine!

Mir lief eine kleine Brünette fast in die Arme, als ich das Wohnheim verlassen wollte. Sie roch angenehm frisch, nicht zu aufdringlich und ihr Lächeln war wirklich echt nicht übel.

»Oh, hallo«, sagte sie.

»Hi.« Meine Begrüßung klang nicht nett. Aber ich war auch nicht nett, deswegen hielt sich mein schlechtes Gewissen wie immer in Grenzen.

»Du bist Corey, der Footballstar.«

»Winter. Mich nennen sie einfach nur Winter.«

In Wirklichkeit mochte ich es einfach nicht, wenn Fremde mich mit dem Vornamen ansprachen. Selbst meine Freunde sprachen mich meist nicht so an. Außer Amber. Sie wusste, warum auch immer, dass ich es nicht mochte, deswegen sah sie darin eine Bestätigung, es zu tun.

»Okay, und was machst du hier? Hast du jemanden besucht?«

Die gezielte Frage entging mir nicht, auch nicht das Aufblitzen von Interesse, was meine Antwort betraf.

»Würde dich das wirklich interessieren?«

Ich ging auf das Spiel ein, weil ich nun mal war, wer ich war. Gin war vom Markt, oder was auch immer. Das interessierte mich gerade nicht. Hier war Frischfleisch und ich war der Kunde, der es haben wollte.

Sie biss sich auf die Unterlippe, zog mich an sich und küsste mich.

Ich folgte ihren Schritten, als sich unsere Lippen teilten und sie mich mit sich an der Hand zog. Irgendwie landeten wir in einer dunklen Hausecke des Wohnheims, aber das störte mich nicht. Der Kick, erwischt zu werden, war dabei ziemlich groß.

Sie lehnte sich an die Wand und lächelte. »Ich glaube, das wird Spaß machen«, sagte sie.

»Ich weiß es«, antwortete ich ihr und küsste sie wieder. Dabei zog ich ihr das Top hoch, biss in eine ihrer Brustwarzen, knetete die andere dabei und hörte mir genüsslich dabei an, wie die Kleine unter mir stöhnte.

Die Kleine trug nicht mal einen BH. Mutig.

»Oh Gott, ja!«

Eines ihrer Beine umschlang meine Hüfte und sie rieb sich an mir.

Bilder, wie Gin das bei mir in der engen Toilette getan hatte, genau dieselbe Aktion, ließ mich erstarren.

»Hey, mach weiter!«

Kopfschüttelnd und leise fluchend kniete ich mich hin, zog die Jogginghose samt Slip herunter und leckte sie. Das war mir bei Gin verwehrt gewesen. Das hatte sie mir nicht gegeben!

Jetzt reagierte auch endlich mein Schwanz wie immer! Er wurde hart, als ich mit meiner Zunge in dem engen Spalt versank. Die Kleine wühlte durch mein Haar, stöhnte und ergab sich meinem Können. Ich konnte lecken, vögeln, es den Weibern »besorgen« wie kein anderer ... und dann war da Gin. Meine Zungenbewegungen wurden aggressiver, wilder, schneller. *Das* hier hätte ich mit Gin machen sollen. Ich wollte wissen, wie sie schmeckte. Aber nein, sie ließ sich von irgendeinem Lucas ficken!

Fuck! Das hier war nicht Gin! Es war nicht Gin, die gerade losschrie, weil sie kam. Das hier war nur irgendeine Fremde, deren Namen ich nicht kannte, die mich wie eine Schlampe in die nächste Ecke gezogen hatte und genau das forderte, was ich immer bereit war zu geben.

Ich riss meinen Kopf von ihrer Muschi weg, als hätte sie die Pest.

Was zum Teufel wollte ich mir hier beweisen?

»Das war ... das war ...«, stammelte die Kleine vor mir herum.

Hauptsache einer hatte Spaß.

Meine Erektion war schon wieder Geschichte. Selbst wenn mein Körper sie jetzt noch ordentlich ficken könnte, mein Kopf konnte es nicht.

Ich konnte mir schon gut vorstellen, wie Jill sich im Kreis drehen und zufrieden »Oh happy Day« singen würde, wenn sie wüsste, was ich hier gerade nicht zu Ende bringen konnte.

Plötzlich erklangen Schritte, und bevor ich überhaupt reagieren konnte, stand Gin ein paar Meter vor uns. Sie zuckte erschrocken zusammen, weil sie uns nicht in dieser dunklen Ecke vermutet hatte. Warum auch? Sie trug einen kleinen Müllbeutel mit sich, den sie wohl in einen der großen Container bringen wollte, der nur fünf Meter von uns entfernt herumstand. Shit!

Ich kniete noch vor der Kleinen, die gerade dabei war ihr Top zu richten. Die Situation war eindeutig. Früher war ich ständig erwischt worden und statt das es mir etwas ausmachte, fand ich es amüsant. Oftmals machte es mich auch an, wenn eine dritte Mieze kam, sich dann noch beteiligte und ...

Aber diese Situation war es nicht. Gin würde nicht mitmachen, sie würde nicht mal mit mir alleine ...

Die Wahrheit tat weh. Verdammt weh.

Gin warf mit ziemlichen großem Schwung den Müllsack in die Tonne.

»Lasst euch nicht stören.«

Ihre Stimme klang viel zu gelöst. Lag es daran, weil sie selbst gerade geleckt wurde? Oder weil es ihr etwas ausmachte, mich mit einer anderen zu sehen? Was steckte dahinter?

GIN

Wer konnte ahnen, dass man bei dem kurzen Besuch der Mülltonnen so einen Anblick erleben würde?

Ja, Winter hatte seinen Ruf, und den hatte ich auch schon ausgenutzt. Aber hier? Zwischen den Mülltonnen? Pah. Er war wirklich unglaublich!

»Ich will euch nicht stören.« Ich klang viel zu genervt von diesem Anblick, aber gut, welche Studentin wäre das schon? Jemanden beim Sex oder besser Oralsex zu überraschen war ... Winter hatte es ihr wirklich besorgt!

»Als ob«, hörte ich ihn verbittert antworten. Schon stand er auf den Beinen, als wäre absolut nichts gewesen.

Die Tussi sah von mir zu ihm. Sie war hübsch, sehr hübsch. Na toll, jetzt verglich ich sie bereits mit mir. Ich hätte niemals mit ihm schlafen sollen.

»Ich geh dann mal ... ähm, wenn du noch Lust hast, das mit uns weitergehen zu lassen. Meine Zimmernummer ist 6D.«

Sie ging an mir vorbei, ohne sich darum zu scheren, dass ich genau mitbekam, wie sie mich musterte. Schlampe!

»Du lässt wirklich nichts anbrennen«, sagte ich,

obwohl ich eigentlich gar nichts dazu sagen wollte. Mist!

Er schnaubte und stand immer noch vor mir, als hätte er gerade keine andere Tussi an der Wand *meines* Wohnheimes gevögelt. Moment mal ... was wollte er eigentlich hier?

»Wolltest du zu mir?«

»Was? Ganz bestimmt nicht. Das Wohnheim ist voll von irgendwelchen Frauen«, antwortete er.

Von irgendwelchen Frauen? Irgendwelchen zum vögeln!

Gott, das wurde alles so kompliziert. Ich wusste ja, auf was ich mich mit Winter einließ. Einmal vögeln. Ein zweites Mal würde es nie geben. Aber warum tat es dann so weh, wenn er jedes Mal so herzlos über seine nächsten Eroberungen sprach? Warum nur?

»Na dann ...«, verabschiedete ich mich. Ein »Bis dann« oder »Schlaf gut« würde er von mir nicht bekommen. Das musste man sich bei mir verdienen. Und ein Fick mit einer Fremden an der Wand *meines* Wohnheimes - diese Tatsache ging mir irgendwie noch mehr an die Nieren - war alles andere als ein Verdienst.

»Erdbeer oder Schokolade?«, fragte er plötzlich.

Fragend drehte ich mich zu ihm um. »Was?«

»Na deine Eiscremesession mit Lucas. Ich frage mich gerade, ob er ein Erdbeer- oder Schokoladentyp ist?« Die Frage kam schnell und genauso seine Reaktion darauf. Er wollte das nicht sagen, aber sein Fehler war, er hatte es gerade getan.

Neugierig musterte ich ihn. Wusste er Bescheid?

»Hast du mir nachspioniert?«

»Das würde dir gefallen, oder? Ich spioniere niemandem nach, aber dein lautes Lachen war bis in den Flur zu hören.«

Ich entspannte mich sofort. Er hatte mich nur gehört.

»Ach so, du hast mich gehört, als du die Tussi hier hingebracht hast, um sie an *meiner* Wand zu vögeln.«

»Was geht dich das an?«, fragte er so ruhig wie nur eben möglich. Verdammt noch mal, ich war gerade auf 180!

»Mich interessiert es einen Scheiß, was du mit wem treibst! Aber wenn ich nach einem anstrengenden Tag ...« er schnaubte, ich ignorierte es, »... meinen Abfall loswerden möchte, will ich keinen anderen Abfall an der Hauswand dabei erwischen, wie sie es miteinander treiben!«

»Abfall? Dir ist schon klar, dass dieser Hintern auch schon mal in meinen Händen ...«

»Oh ja, das werde ich nicht vergessen«, antwortete ich ihm und so etwas wie Stolz leuchtete in seinen Augen auf. Oder es war eher so ein Blick à la »Siehst du, du wirst es niemals vergessen! Du könntest es nie vergessen!« Winter war einfach zum Kotzen.

»Bilde dir ja nichts ein! Abfall bleibt Abfall, und ich hatte eine schwache Minute, in der ich dachte, mich auch mal auf dieses niedrige Niveau begeben zu müssen!«

Ich war fies und das spiegelte sich auch in seinem überraschten Gesichtsausdruck wider.

»Du hast dich also auf mein niedriges Niveau begeben?«, hakte er ruhig nach.

Die Sonne war bereits untergegangen, hier draußen in dieser Ecke herrschte kaum Licht von den Laternen, und drinnen wartete Lucas. Er war zwar gerade am Wii spielen, die ich mir geliehen hatte, aber wer wusste schon, wie lange er davon abgelenkt sein würde.

»Ich habe wirklich keine Zeit für so einen Unsinn«, erklärte ich und entschied, jetzt endlich hineinzugehen.

»Ach, du hast keine Zeit für so einen Unsinn? Das ist wunderbar. Ehrlich Gin! Dann hör du auf, dich mir aufzudrängen, wenn es offensichtlich ist, dass ...«

Ich hatte eigentlich nur noch die Treppe hochgehen müssen, um ins Wohnheim zu gehen, aber nein ... dieser Arsch musste mich ja unbedingt provozieren.

»Ich dränge mich dir auf? Ich?«, fuhr ich ihn an.

Winter stand noch immer an Ort und Stelle.

»Du wolltest Sex mit mir«, antwortete er und zuckte mit der Schulter, als hätte er sich nicht gegen mich wehren können oder so etwas.

»Ja, ich wollte es, weil ich eine schwache Minute hatte, weil ich ... Es geht dich verdammt noch mal nichts an, warum es so war. Leb dein Leben, Winter. Ich halte dich auch nicht auf!« Ich zeigte schnaubend hinter ihn. Dort wo er gerade noch gekniet hatte.

»Es macht dir etwas aus«, mutmaßte er.

»Was?«

»Bist du eifersüchtig?«, hakte er weiter nach.

»Auf wen?«

Lang schien er meinen Gesichtsausdruck zu mustern. Ich versuchte nicht zu blinzeln, nicht zu lächeln, nicht in Tränen auszubrechen ... scheiße, warum zum Teufel wusste ich ausgerechnet bei ihm nicht, wie ich mich wirklich fühlte?

Irgendwann schüttelte er den Kopf. »Ich versteh dich nicht, Gin. Ich versteh dich einfach nicht.«

»Was habe ich denn jetzt wieder getan?«, fragte ich genervt nach. Winter sah mich geschockt an, als hätte *ich* tatsächlich etwas getan.

»Du bist offensichtlich mit deinem Freund in deiner Wohnung. Du hast von Amber gefordert, zwei Tage lang mit ihm dort irgendeinen versauten Scheiß zu tun.« Er verzog angewidert das Gesicht. »Offensichtlich sind all die Gerüchte um deinen Freund wahr. Warum zum Teufel hast du dann mit mir ... was frage ich eigentlich? Ist doch klar, dass dir das anscheinend scheißegal ist!«

So langsam dämmerte es mir, was Winter über mich dachte. Und es gefiel mir nicht.

»Du glaubst also, ich hätte mit dir geschlafen, obwohl ich einen Freund habe? Das traust du mir wirklich zu?«

Wieder blickte er mich an, dann schüttelte er den Kopf. »Ich weiß gar nichts mehr. Ich ...«

»Ganz genau. Du kennst mich nicht!«

»Vielleicht liegt es daran, dass du mir verdammt noch mal nichts von dir erzählst! Du sagst jedem nur so viel, dass sie wissen, dass du existierst.«

»Und das ist bei dir ja so ganz anders«, schnaubte ich und traf seinen wunden Punkt. Er zuckte kurz zusammen. Wäre ich vermutlich auch, wenn ich nicht sofort gekontert hätte.

»Wer ist dann da oben in deinem Zimmer?«

»Geht dich nichts an«, fuhr ich ihn an. Ich hätte ihm die Wahrheit sagen können, aber tat es nicht. Wie ich es die letzten drei Jahre schon getan hatte.

»Gut, dann hör auf, mich anzusehen, als wäre ich dir wichtig, wenn du mich mit einer anderen erwischst!«

Ich schluckte und der Druck auf meiner Brust wurde schlimmer.

»Dann hör auf vor meinem Wohnheim, an *meiner* Wand zu vögeln?«

»Ich habe nicht ... deine Wand?«

»Ich bin nur raus, um den Müll zu entsorgen, Winter! Das ist widerlich!«

Er seufzte, fuhr sich durch sein Gesicht. Es freute mich irgendwie, dass er nicht mehr so ruhig wirkte.

»Du bist also mit niemandem zusammen?«

Die Frage irritierte mich.

»Nein«, antwortete ich ehrlich, und bekam mit, wie seine Schultern sich leicht senkten. Als wäre er wirklich erleichtert.

»Wer ist Lucas?«

Die Frage musste kommen, wenn ich gerade zugab, dass er nicht mein Freund war.

»Das geht dich nichts an.«

»Ehrlich jetzt?«, warf er mir genervt vor.

»Ich muss wieder rein!«, wich ich ihm weiter aus und stieg die Treppe weiter hoch.

Obwohl er größer und schwerer war als ich, war er schneller an der Tür. Er hielt die Tür tatsächlich mit der Hand zu.

»Und das kann jetzt nicht wirklich dein Ernst sein!«, fuhr ich ihn an.

Ohne einmal zu blinzeln, sah er mich mit entschlossenem Blick an.

»Winter, mach die Tür auf!«

»Was für ein verdammtes Spiel spielst du?«, fragte er mich stattdessen.

»Spiel?«

»Du schaust mich mit deinen hübschen Augen über Monate nicht an, dann willst du praktisch von mir besprungen werden, und jetzt tust du wieder so, als wäre das nie passiert. Von diesem ominösen Lucas ganz zu Schweigen. Die Nummer ist einfach völlig …«

»Du willst Antworten?«

»Nicht nur eine!«, antwortete er bitterernst.

Ich verschränkte die Arme vor der Brust. »Ich weiß nicht, was ich sagen soll.«

Er grinste. »Wie wäre es mit: ›Du hast absolut recht Winter, die Nummer auf der Toilette muss wiederholt werden.‹«

Ich schnaubte.

»Weißt du ...«

Warum auch immer, aber ich wollte auf ihn zugehen, sodass er sich gerade wie das Häschen im Käfig fühlte. Und ich gab ihm genau dieses Gefühl, denn seine Augen weiteten sich kurz überrascht, als ich mich an ihn drängte.

»Meine Granny hat früher immer gesagt: Bekommst du eine ganz bestimmte Person nicht mehr aus dem Kopf, dann ist es ...«

»Dann ist es was?«, flüsterte er zurück.

Meine Hände drückte ich auf seine Brust. Er war so verdammt großartig trainiert, dass mir die Luft weggeblieben wäre, wenn ich nicht immer noch dieses Bild in meinem Kopf gehabt hätte. Er und eine andere ...

»Nicht wichtig«, antwortete ich, drückte mich von ihm weg und packte mir den Türgriff, den Winter losgelassen hatte. Er hatte es nicht mal bemerkt. »Egal was du dir erhoffst, du wirst es von mir nicht bekommen.«

Jetzt war er derjenige, der schnaubte.

Ich riss die Tür auf.

»Du hättest mich fast geküsst«, sagte er.

»Der Saft einer anderen Schlampe klebt praktisch noch an deinem Mund, Corey!«

Automatisch fuhr er sich mit der Hand über den Mund und versuchte tatsächlich das Zeug abzubekommen. Warum fand ich das jetzt süß? Ich musste wirklich völlig bescheuert sein!

Er ließ mich zwar gehen, als ich ins Wohnheim ging, aber ließ mich nicht aus den Augen.

»Okay, dass mit der Mieze war vielleicht nicht ...«

»Sie war so total dein Typ, Corey ... du musst mir nichts erklären«, rief ich ihm nach, drehte mich aber nicht um, weil ich ihn nicht ansehen wollte. Absolutes Desinteresse zeigen, war bei einem Kaliber wie Winter wichtig.

»Zwischen uns beiden ist alles geklärt. Nur vögel einfach keine Tussen mehr vor meinem Haus.«

»Ich verstehe«, rief er mir nach. »Man sollte die Eifersucht einer Frau nicht unterschätzen!«

Genervt drehte ich mich um. »Fick dich, Winter!«

»Gerade hieß ich doch noch Corey«, lachte er und mir fiel mein Fehler jetzt auch auf. Ich hatte ihn wirklich so genannt. Verdammt.

Er stand lässig an den Türrahmen gelehnt. Ich befand mich schon am Ende des Ganges. Es fehlte nur noch die Treppe, dann wäre ich vor ihm sicher. Aber irgendwas hielt mich hier.

»Ich verstehe schon«, redete er unbeirrt weiter.

»Was verstehst du?«, fragte ich viel zu wütend nach. Ihm gegenüber sollte ich nicht so emotional antworten. Aber dieser ganze Kerl brachte mich auf die Palme. Vor allem, weil er jetzt so selbstsicher agierte.

»Du stehst auf Blümchen, Herzchen und diesen ganzen rosaroten Scheiß. Wobei ...« Er legte seinen Kopf etwas schräg und musterte mich. »Vergiss das mit dem rosarot.«

Ich kniff mir in die Nasenwurzel, holte einmal tief Luft und ging dann auf seine Äußerung ein.

»Na sag schon, was meinst du jetzt schon wieder damit?«

Er zuckte mit der Schulter. »Okay pass auf. Ich lass dich für heute in Ruhe.«

»Na wie überaus nobel von dir«, schnaubte ich.

Winter grinste nur, als hätte er genau diese Antwort von mir erwartet. »Du hältst nicht viel von mir ...«

»Und dieser Gedanke ist dir neu?«, fragte ich völlig überrascht nach.

Er rieb sich die Wange, als würde es ihm wirklich erst jetzt klar werden. Niemals! Winter war vieles, aber kein Idiot! Auch wenn er es vielen vorspielte.

»Nehmen wir mal an, ich wäre ein ganz normaler Typ, der - keine Ahnung - ein Date mit dir haben wollen würde ...«

Ich schnaubte. Diese Vorstellung war doch absolut ...

»Ja ja, mir ist klar, wie das klingt. Sag mir einfach, was ein Kerl für dich ...«

»Absolute Ehrlichkeit!«, antwortete ich prompt, obwohl es eigentlich nicht wichtig war.

Winter schaute mich dabei so ernst an, dass es mir leicht Angst machte.

»Ich will einfach nicht raten müssen, was in ihm vorgeht, wenn er mich ansieht. Ich will ... ich will, echtes Interesse, denn dann weiß er auch, was ich will und was er von mir bekommen kann. Und dann ...«

»Und dann?«, hakte er weiter, als würde es ihn wirklich interessieren.

»Dann sollte er sein übliches Schema vergessen. Er sollte vergessen, wie gut er aussieht, wie witzig oder wie wahnsinnig intelligent er ist. Ich will einfach sehen, was er kann, wenn er den Kopf ausschaltet. Was er für mich tun könnte.«

Winter sagte kein einziges Wort. Auch wenn sich zwischen uns sicher zehn Meter befanden, spürte ich seinen eindringlichen Blick.

»Egal«, beendete ich diese unangenehme Stille. »Ich hab dafür eh keine Zeit. Ich muss wieder hoch.«

Er nickte, öffnete die Tür, wirkte ziemlich in seine Gedanken vertieft und verließ dann das Wohnheim.

Ich stand noch ein paar Sekunden einfach allein im Flur meines Wohnheimes. Warum auch immer ...

COREY

»Isst du nichts mehr, Alter?«, fragte mich Blake, während er mich musterte.

»Er scheint gar keinen Hunger zu haben«, schlussfolgerte Amber.

»Gruselig«, murmelte er zurück.

Ich seufzte. »Darf man hier nicht mal mehr etwas auf dem Teller lassen, ohne dass ihr euren Senf dazugeben müsst?«, fragte ich direkt.

Wir saßen in der Mensa. Schon jetzt bereute ich es, überhaupt gekommen zu sein.

Blake sah auf meinen vollen Teller, dann in mein Gesicht. »Soll ich darauf wirklich antworten?«

»Lass es lieber«, murmelte ich gereizt.

»Morgen. Worum geht's?«

Nick setzte sich hin und betrachtete meinen vollen Teller. Als hätte er es darauf angelegt. Was war nur los mit dieser Bande?

»Corey hat schlecht geschissen«, antwortete Amber ihm.

Ich zeigte ihr den Mittelfinger, sie grinste bitterböse.

»Hat er ganz bestimmt nicht!«, ertönte plötzlich Jills

Stimme. Mit viel zu viel Kraft warf sie ihren Ordner auf den Tisch und funkelte mich wütend an.

»Alles Okay, Babe?«, fragte Nick mit sehr viel Vorsicht in der Stimme. Cleverer Bursche!

»Rate mal ...«, sprach sie mich an und verschränkte die Arme vor der Brust. Dabei rutschte ihr Busen etwas hoch, aber ich wäre todessehnsüchtig, wenn ich jetzt hinsehen würde. Also konzentrierte ich mich auf ihr Gesicht.

» ... du bist sauer?«

Sie schnaubte. Ich zuckte unschuldig mit der Schulter.

»Du wolltest, dass ich rate!«

»Ich habe mit Brenda gesprochen.«

Ookay, und die sollte ich jetzt kennen? Mein unwissender Gesichtsausdruck ließ sie die Augen verdrehen.

»Brenda hat eine Freundin, die auf dem Campus wohnt.«

»Aha. Das freut mich für ihre Freundin.«

»Die du gestern Abend gevögelt hast!«

»Ich habe niemanden ...« Da fiel mir die Blondine ein. »Oh.«

»Ja, oh! Sie erzählt es stolz herum. Was denkst du dir nur dabei?«

»Also erstens ...« Ich hob den Finger, aber sie kam mir natürlich schon zuvor.

»Du wolltest dich zurückhalten!«

»Ich habe ...«

»Und dann auch noch in dem Wohnheim, wo Gin wohnt?«

»Alter«, mischte sich jetzt Blake ein. Nick seufzte und schien der Decke etwas sagen zu wollen. Amber aß indes seelenruhig ihren Obstsalat.

»Ich habe sie nicht gevögelt!«, stellte ich klar. Aber da alle Blicke - selbst von Amber, die zu spüren schien, dass da noch etwas kommen würde - auf mir ruhten, verdrehte ich die Augen. »Ich habe sie nicht im herkömmlichen Sinne ...« Weiter kam ich nicht, denn wirklich alle seufzten und stöhnten gequält auf oder verdrehten die Augen. »Es war doch alles nur ihre Schuld!«

»Ach, Brendas Freundin hat sich auf dich draufgesetzt oder was?«, fragte Jill nach und setzte sich zu Nick.

»Wer zum Teufel interessiert sich für Brendas Freundin?«, fragte ich gereizt nach.

»Du hast sie gevögelt!«, behauptete Jill.

»Und du warst dabei und hast die Taschenlampe gehalten, oder warum behauptest du ständig, dass ich sie gevögelt habe?«

Jills Ausdruck wurde etwas sanfter. »Hast du nicht?«

Alle begannen wieder zu starren. Außer Amber, ihr Obstsalat war noch nicht zu Ende gegessen.

»Sie kam auf ihre Kosten. Aber ich habe sie nicht flachgelegt, wir wurden gestört.« Das letzte Wort kam viel zu leise über meine Lippen, aber Jill saugte natürlich *alles* auf, was ich zu sagen hatte. Die Kleine war wie eine Giftnatter.

»Ihr wurdet gestört?«, wiederholte Jill meine Antwort.

»Ich nehme mal an, von jemanden namens Gin«, sagte Amber und legte gelassen ihre Gabel auf das Tablett.

Jill sah zu ihr rüber, dann wieder zu mir.

»Was?«, fragte ich nach.

»Ich kann dir echt nicht mehr helfen. Du bist wirklich ein ...«

»Wenn Gin sich mit diesem Lucas vergnügen darf, soll ich also nichts tun dürfen, oder wie?«

Amber machte ein sehr merkwürdiges Geräusch. Ihre Stirn war gerunzelt, als würde sie über etwas nachdenken.

»Na komm, hau es raus, Hornbrille«, feuerte ich sie an.

Blakes bösen Blick ignorierte ich. Die Ehre seiner Freundin konnte er später retten.

Als würde sie es absichtlich tun, rückte sie die Brille zurück und sah mich an.

»Du hast diesen Lucas wohl noch nicht gesehen, oder?«

»Nein, du etwa?«, fragte ich weiter gereizt nach.

»Ich denke schon«, antwortete sie leichthin.

Ich erstarrte und musterte sie vorsichtig. »Du hast die beiden zusammen gesehen? Wo?«

»Ja, wo?«, fragte Jill neugierig nach.

»Gestern im Supermarkt. Sie haben mich nicht gesehen, aber die beiden waren sehr ...«

Warum zögerte sie die Antwort so heraus?

»... vertraut miteinander.«

139

Bildete ich mir das nur ein oder zuckten ihre Mundwinkel leicht? Amber genoss es. Sie genoss es, weil es mir etwas ausmachte. Und genau deswegen waren Freundinnen eine Plage. Genau deswegen!

»Wie sieht er aus?«, fragte Jill direkt nach. Sie schien wirklich neugierig zu sein, das bemerkte Nick auch, der sie ziemlich eifersüchtig beobachtete.

»Er ist ein …« Amber nickte zufrieden. »Ein hübsche Bursche.«

Ich runzelte die Stirn. Sagte man das so, wenn man einen Typen heiß fand?

Blake musterte seine Freundin die ganze Zeit über, als würde er ihre kryptischen Worte auch analysieren.

»Woher willst du überhaupt wissen, dass es dieser Lucas war?«, fragte ich direkt.

Amber verdrehte die Augen. »Sie hat nach ihm gerufen. Es war Lucas. Sie haben Eiscreme gekauft und sind recht schnell fertig mit ihrem Einkauf gewesen.«

Sie sprach die Wahrheit. Immerhin hatte ich vor der Tür gehört, wie Amber sich über zu viel Eiscreme beschwert hatte. Vermutlich tropfte das Zeug gerade von ihrem Körper, während er sie …

Ich hatte meine Gabel aus Plastik instinktiv in meiner Hand in zwei Teile geteilt.

»Also Lucas ist der Grund, warum sie sturmfrei braucht?«, hakte Blake bei Amber nach.

Ich verdrehte die Augen.

»Sieht ganz so aus«, antwortete Jill seufzend.

»Ich kann sie verstehen. Lucas ... braucht viel Platz«, antwortete Amber und wieder zuckten ihre Mundwinkel, als würde sie irgendwas daran mega amüsieren. Natürlich. Sie liebte es, aus mir einen Narren zu machen.

»Das tut mir so leid, Winter«, antwortete Jill und sah mich an, als wäre ich schon am Boden. Ich war nicht am Boden!

»Sie kann tun und lassen, was sie will. Ich übrigens auch! Merk dir das. Mich interessiert Gin nicht die Bohne, sie ...«

Cob stellte sich plötzlich zu uns. Er trug seinen Laptop in der Hand, und starrte nur mich an. Er war nervös, weil wir Zuschauer hatten. Der Idiot würde doch nicht ausgerechnet jetzt ...

»Entschuldige die Störung, aber auf meine E-Mail hast du noch nicht reagiert. Wenn ich für dich diesen Lucas finden soll, brauche ich mehr Informationen. Es gibt über 400 Lucas auf dem Campus, so finde ich ihn nicht.«

Ich biss mir auf die Innenseite meiner Wange, um die Aggression zurückzuhalten. Es wurde mucksmäuschenstill am Tisch.

»Ich kann dir sagen, dass Lucas kein Student ist«, mischte Amber sich ein.

Ich runzelte die Stirn. »Er ist nicht von hier?«

»Würde passen. Niemand hat sie je mit ihrem Freund gesehen«, erklärte Nick.

»Ich bezweifle ganz stark, dass er studiert«, sagte Amber.

»Oh Gott, ist er älter als sie? Ich hab letztens so eine Doku gesehen. Ältere Typen, so um die 50, die sich junge Mädels halten. Ich spreche wirklich von ›halten‹. Sie verlieben sich in so einen alten Greis, während er sie nur sexuell ausbeutet, sie dann zur Prostitution zwingt und noch Schlimmeres ...«

Nick drückte Jills Hand. »Babe, du fantasierst.«

Ich winkte Cob zu, dass er sich verziehen sollte. Er verstand sofort und ging.

»So ist es nicht«, antwortete jetzt Amber Jill. »Denke ich.« Da! Wieder zuckten ihre Mundwinkel. Ich bildete mir das doch nicht ein!

»Du setzt deine Quellen wirklich auf Gin an?«, flüsterte Blake mir zu.

Ich seufzte. »Du hättest sie gestern sehen sollen ...«

Keiner von den anderen bekam unser Gespräch mit. Jill fragte Amber aus, die sich ziemlich bedeckt hielt, und Nick versuchte nicht zu oft, genervt den Kopf zu schütteln.

»Als sie dich erwischt hat?«, hakte er nach und ich nickte bloß.

»Keine Ahnung, was da passiert ist. Ich wollte zu ihr, ich wollte mit ihr reden und dann hörte ich sie mit diesem Lucas reden und ich war einfach nur frustriert und ... scheiße, diese Tussi war da, sie wollte mich und ich versuchte ...« Kopfschüttelnd wollte ich die nächsten Worte suchen, aber ich bekam sie nicht in meine Birne. Es war wie verhext. Wenn es um Gin ging, befand sich mein Verstand überall, nur nicht dort, wo er sein sollte.

Blake musterte mich einfach nur, während ich mich wie ein Mädchen darüber aufregte, was Gin da mit ihrem Freund anstellte.

»Ich habe ihr wirklich abgekauft, dass sie keinen Freund hat.«

»Du hast diesen Lucas also gesehen?«, fragte er nach, während Jill dabei war mit Amber darüber zu diskutieren, dass sie ziemlich feindselig gegenüber mir war. Was natürlich nichts Neues war, deswegen konzentrierte ich mich wieder auf Blake.

»Hab ich doch schon verneint, aber sie kam runter und erwischte mich mit ...« Fragend sah ich ihn an, Blake zuckte nur mit der Schulter.

»Ich werde dir den Namen der Schlampe nicht nennen können«, antwortete Blake mit seinem tiefen Akzent.

Amber stieß ihn daraufhin wütend an.

»Ich bin pro Gin«, antwortete Blake seiner Freundin gereizt und bekam von Jill einen Daumen hoch geschenkt, dann sprachen die Weiber wieder miteinander.

»Gin hat euch erwischt«, schlussfolgerte Blake weiter.

Ich nickte seufzend. »Hat sie.« Und ich war ihr dankbar. Ehrlich. Es hatte noch nie eine intime Situation mit einer Mieze gegeben, der ich entgehen wollte ... Okay, da gab es mal eine während meiner Highschoolzeit, aber Mrs. Gladstean wollte mir ein F in Englisch verpassen. Was hätte ich denn sonst machen sollen? Aber eine heiße, willige Studentin, die ihren Freund eifersüchtig machen wollte? Scheiße, liebeskranke Weiber waren genauso »krank« im Bett. Die Nummer war mir sicher und doch wollte ich sie nicht. Ich wollte einfach nicht!

»Und du bist so frustriert, weil es ihr scheißegal war«, gab er voller Mitgefühl von sich.

»Es war ihr nicht scheißegal!«, feuerte ich zurück und war dabei viel zu laut. Nick, Jill und Amber sahen uns an, genauso wie die halbe Mensa.

Blakes Mitleid verwandelte sich in etwas anderes.

»Du musst noch verdammt viel lernen über Frauen.«

»Ach, und du bist jetzt der Profi, weil du etwas Festes hast?«

Er starrte auf sein Handy und stand dann auf.

»Kommst du, Honey? Ich muss los.«

Das war es jetzt? Mehr hatte er nicht zu sagen?

Amber verabschiedete sich von Nick und Jill, mich gaffte sie einfach kurz wütend an. Ich hätte wie immer gegrinst, wenn Gin nicht gewesen wäre. Ach, und Lucas.

»Eins noch.« Blake drückte seine Hand auf meine Schulter und flüsterte mir ins Ohr. »Ich habe nicht nur was Festes. Ich *will* nichts anderes. Das ist der Unterschied. Denk mal drüber nach.«

Eigentlich hatte ich erwartet, dass ich darüber hinweg-
käme. Ich kannte Gin kaum. Ja, sie faszinierte mich
schon länger und der Sex mit ihr war nicht von der
Hand zu weisen. Aber hey, ich würde darüber hinweg-
kommen. Mann, ich war gerade mal 22 Jahre alt. Da
würden noch eine Menge Miezen kommen und gehen.
Das war schon immer der Plan gewesen. Also, Football
und unverbindlicher Sex.

Nur wollte irgendein mieser Arsch, dass es anders
kommen sollte.

Der Plan war, einfach so lange zu warten, bis mein
Schwanz und meine Birne wieder begriffen, dass ich
nicht nur eine Frau brauchte, um zufrieden zu sein.

Wer war schon Gin?

Ja, sie trug ihre Haare oftmals in Farben, die niemand sonst tragen würde. Sie war witzig, zum Totla-
chen sarkastisch, wenn ich ehrlich war und dazu diese
Figur. Zum vögeln gemacht. Auf der Toilette, auf meiner Motorhaube, auf ...

Über meinen Ständer und meine Gedanken würde
ich mir später meinen Kopf machen. Jetzt brauchte ich
erst mal Kohlenhydrate.

Weil ich wusste, dass Jill bei Nick und Amber bei
Blake hausten, ging ich von der Uni direkt in die Stadt.
Es musste was Nahrhaftes her. Chinesisch.

Mein Lieblingsasiate befand sich noch zwei Blocks
weit entfernt. Den Wagen hatte ich zu Hause stehen
lassen, ich wollte Zeit schinden, damit die Pärchen

in Ruhe herummachen konnten, als ich Gin sah. Natürlich. Über 100.000 Einwohner, denen ich hier begegnen könnte, und Gin war ausgerechnet einer von ihnen.

»Du bist wirklich unglaublich!«, redete sie lachend. Ich runzelte die Stirn.

Sie stand mit dem Rücken zu mir, aber ihre Figur, ihre Stimme ... die würde ich überall wiedererkennen. Komisch. Oftmals vergaß ich sogar, den Weg zum Campus zu finden. Aber Gin würde ich immer wiedererkennen. Sollte das etwas bedeuten?

»Der Saft hat fünf Dollar gekostet, Lucas! Fünf!«

Lucas? Ich sah mich um. Wo war dieser »hübscher Bursche«?

»Ich weiß ...«

Die leise Antwort ließ mich zusammenzucken.

Langsam, als würde ich die beiden vielleicht aufschrecken, wenn ich direkt zu ihnen ginge, machte ich mich auf den Weg zu den beiden. Je näher ich kam, umso mehr wurde die Gestalt vor Gin sichtbar. Ein kleiner Junge stand vor ihr und trank mürrisch von seinem Trinkpäckchen.

»Dann trink ihn bitte.«

»Aber es ist nicht derselbe wie in der Vorschule«, beharrte der kleine Mann.

»Es ist Orangensaft«, antwortete Gin ihm frustriert.

»Aber nicht dieselbe Marke«, murmelte der Kleine schon wieder.

Ich grinste. Der Kleine hatte Mumm.

»Luucasss«, dehnte sie seinen Namen.

Moment. Lucas?

Der kleine, dunkelhaarige Junge war ... Lucas?

Der Lucas, den ich mir circa 20 Jahre älter, einen Meter größer und vor allem erwachsener vorgestellt hatte?

»Heilige Scheiße«, murmelte ich jetzt. Ich war dennoch zu laut und schon viel zu nah an den beiden dran.

Gin drehte sich nämlich um und starrte mich mit offenem Mund an.

»Scheiße ist ein Schimpfwort«, sprach der kleine Lucas.

»Was machst du denn hier? Folgst du mir?«, war Gins »nette« Begrüßung.

»Ich ...« Der Blick glitt zu dem Kleinen, der ihr so ähnlich sah, dann schaute ich wieder Gin an. »Das ist Lucas? Der Grund, warum du sturmfrei gebraucht hast?«

Sie sah mich an, schätzte ab. »Willst du mich bei der Verwaltung anschwärzen, weil er bei mir übernachtet?«

»Was?«, fragte ich nach. Diese Frage kam völlig überraschend.

»Ja, willst du uns verpetzen?«, fragte jetzt der Kleine.

Ich bückte mich zu ihm herunter. Er sah Gin wirklich ziemlich ähnlich.

»Du bist also Lucas ...«

Er grinste stolz. »Bin ich.«

Es wäre ganz einfach eine fette Lüge, wenn ich nicht zugeben würde, wie erleichtert ich mich gerade fühlte. All diese Überlegungen, diese Wut, die waren plötzlich fort. Gin hatte wirklich keinen Freund namens Lucas. Sie hatte einen kleinen Bruder!

»Ich bin Corey«, stellte ich mich vor. Auch wenn es vielleicht komisch klang, aber ich hatte mich noch nie mit meinem Vornamen vorgestellt. Nicht freiwillig zumindest.

»Winter ...«

Ich schaute auf. Sie wirkte, als wäre sie gerne überall, nur nicht hier. Für mich war das nichts Neues, deswegen würde ich sie so schnell ganz sicher nicht einfach »entlassen.«

»Sommer«« rief Lucas plötzlich aus.

Gin verdrehte grinsend die Augen. »Das wird kein Spiel, Lucas. Corey heißt mit Nachnamen nur so.«

»Wie heißt er mit Nachnamen?«, fragte der Kleine. Er war ziemlich clever, wenn ich das so sagen durfte.

»Winter«, antwortete Gin.

»Herbst!«, rief Lucas erneut fröhlich.

Auch ich konnte mein Lachen kaum zurückhalten. »Ich muss schon sagen, dein Bruder ähnelt dir nicht nur vom Aussehen.«

Die Stille kam mir erst nach ein paar Sekunden komisch vor. Fragend sah ich Gin an, die wie erstarrt wirkte.

»Ich sehe aus wie Mom«, antwortete Lucas für mich

und für einen kurzen Moment wünschte ich, er hätte das nicht gesagt.

Gins erstarrte Körperhaltung, Lucas Antwort ...

»Er ist dein Sohn?« Klang das jetzt wie eine Frage oder eine Feststellung? Ich wusste es nicht genau.

Lucas nickte für Gin. Er wirkte stolz und grinste dabei dieses unschuldige Kinderlächeln, das man auf tausenden Werbeplakaten für Milchtüten schon gesehen hatte.

Sie waren nicht schuld, das war mir klar, aber dennoch brachen die Erinnerungen auf einmal wieder hervor. Als wäre der Schlüssel wieder aufgetaucht, den ich so lang versteckt hatte.

»Du hast mich Jahre lang angelogen! Jahre! Ich habe gedacht, sie wären tot!«

»Es tut mir leid.«

»Es tut dir leid? Und der Scheck soll mich jetzt ruhig stellen? Oder wie hast du dir das gedacht?«

»Nein! Bitte glaub mir, Corey ...«

»Nenn mich nicht so! Du hast dir das Recht vor 17 Jahren verwirkt!«

»Mom, ich glaube Mr. Winter ist schlecht«, hörte ich Lucas plötzlich sprechen. Ich zuckte zwar nicht zusammen, bemerkte aber, dass ich gerade völlig woanders war.

»Corey, alles okay?«

»Ich muss ...«, begann ich, und Gin nickte nur. Als hätte sie gar keine andere Reaktion von mir erwartet.

Ich schluckte die Verbitterung darüber herunter, weil ich gerade einfach nur noch wegwollte.

Ich drehte mich um und ging. Meine Schritte waren schnell und präzise.

Eines meiner Beine lag auf dem Tisch, das andere wippte wie verrückt. Ich starrte verträumt in der Gegend herum.

»Was machst du denn hier? Hast du heute überhaupt noch Seminare?«

Der Stimme nach war es Jason, der mich vollquatschte. Als ich Gin und ihren Sohn getroffen hatte, verzog ich mich hierher in die Mensa. Verdammt, sie war wirklich Mom.

»Gut, dann rede halt nicht mit mir ... oh, hallo.«

Keine Ahnung, mit wem er sprach. Meine Birne wollte gerade etwas verarbeiten, und es gelang ihr nicht. Auch etwas, das mir selten passierte.

Irgendeine hohe Stimme drang in die Reichweite meines Blickfeldes ein, aber ich starrte lieber weiter vor mich hin.

Okay. Sie war ... also Mutter. Gin war Mutter. Eine Mom. Sie hatte Lucas geboren. Soweit kamen wir schon. Gut. Das war ein Anfang.

Warum zum Teufel schrieb ich sie jetzt nicht ab? Es war doch offensichtlich, dass sie völlig andere Dinge in ihrem Leben hatte, mit denen ich bisher nichts zu tun haben wollte. Kinder. Gott, ich dachte an vieles, was ich nach dem College machen wollte. Aber Kinder haben?

Kinder brauchten Fürsorge, Aufmerksamkeit und ehrliche Eltern. Ich rieb mir über die Stirn.

War es das, was ich benötigt hatte? Vermutlich.

»Ich rede mit dir!«

Die weibliche und hohe Stimme holte mich ins Hier und Jetzt zurück. Saß tatsächlich eine Mieze auf meinem Schoß? Wann war das denn passiert?

Die Kleine machte einen Schmollmund, als hätte ich ihr tatsächlich das Herz gebrochen.

»Runter!«, sagte ich.

»Ach Winter, komm schon ...«

»Runter von mir«, flüsterte ich so ruhig, dass selbst die kleine hohle Birne vor mir wusste, dass sie dem besser Folge leistete.

Sie sprang auf und verschwand.

Jason saß neben mir und starrte der Mieze hinterher.

»Du musst völlig verrückt sein«, sagte er.

Ich schnaubte und doch musste ich ihm recht geben. Verrückt war ich. Nach ... Gin. Gin, die eine Mom war.

»Sie trug keinen BH«, laberte Jason weiter, als wäre ich begriffsstutzig.

Ich schaute ihn an. Jason stand auch auf Gin. Mit dem feinen Unterschied, dass ich wusste, dass sie Lucas hatte.

»Bedien dich, wenn du die Kleine so scharf findest«, sagte ich ihm.

»Und du hast überhaupt kein Interesse?« Er wirkte überrascht. Wäre ich vor einem Monat auch noch gewesen. Aber nicht mehr heute. Nicht, nachdem Gin angefangen hatte, mir die kalte Schulter zu zeigen.

Jetzt könnte man sagen, ich würde sie mir aus dem Kopf vögeln können. Aber wie sollte das funktionieren? Ich *hatte* sie bereits und bekam es nicht mehr aus meiner Birne.

Daran lag es nicht, dass ich sie nicht vergessen konnte.

Ich dachte an ihr Lächeln, das sie mir eigentlich nie zeigen wollte. Sie war stolz und stur. So stur ...

Lächelnd dachte ich an so viele Momente zurück, in denen sie mir die kalte Schulter zeigte. Und dann die Erinnerung, wie sie Lucas ermahnt hatte. Autoritär und doch liebevoll. Sie liebte Lucas.

Liebe. Ein Wort, das ich bisher nicht für wichtig hielt. Für mich nicht wichtig hielt.

»Willst du dich wieder prügeln?«

Die Frage irritierte mich.

Als er meinen fragenden Blick sah, zuckte er mit der Schulter. »Samstag spielen wir wieder. Ich habe keinen Bock, dass du wieder Stress auf dem Spielfeld anzettelst.«

»Werde ich nicht«, murmelte ich.

Jason schnaubte. Er glaubte mir kein Wort.

»Gibst du mir dein Wort drauf? Der Coach würde uns sonst ...«

»Ich werde nichts anzetteln, wie du so schön sagst«, erklärte ich ihm.

Jason musterte mich kurz. »Gut.«

»Da du ja so darauf aus bist, dass es keinen Stress gibt ...«

Jason sah mich fragend an.

»Gin ist tabu. Damit das klar ist«, klärte ich ihn auf.

Jasons Augenbraue flog praktisch zur Decke, aber das machte nichts. Ich stand auf und verzog mich.

Jason war mir die ganze Zeit ein Dorn im Auge. Ich hatte nicht wirklich die Befürchtung, dass Gin an ihm interessiert war. Aber irgendwie war es mein Bedürfnis, klarzustellen, dass er mir nicht in die Quere kommen sollte.

Irgend so eine Mieze winkte mir kokett zu. Ich erwiderte ihren Versuch nicht weiter, weil es nicht mehr das war, was ich wollte.

Mann, wie einfach es wäre, mir einzureden, dass ich so weitermachen konnte wie bisher. Nur leider sah das nicht nur meine Birne so. Selbst mein Schwanz kannte keine andere mehr als Gin.

Der Verbrauch des Toilettenpapiers stieg seit Gin immens an. Ich prügelte mich auf dem Spielfeld, weil irgendein Arsch, der Gin nie bekommen würde, dumme Sprüche riss. Es war nicht mehr zu leugnen.

Ich könnte weitermachen. Mit den Frauen, dem vielen Sex, mit ... allem.

Nur leider machte sie mir einen Strich durch die Rechnung.

Ich hätte sie alle haben können und doch wollte ich nur die Eine. Die Eine, die mich vielleicht gar nicht brauchen konnte.

Scheiße. Und ich war geflohen wie so ein Vollidiot, nur weil sie Lucas hatte.

Ich war doch so ein Depp.

GIN

Ich war gerade 17, als ich herausfand, dass ich schwanger geworden war. Eine Katastrophe. Die größte Streberin auf der Highschool, die jeden verdammten Wissenschaftswettbewerb gewann, würde noch vor dem Abschluss Mutter werden. Der Plan sah anders aus, aber seitdem waren Pläne eh für die Katz.

Natürlich war ich damals Gesprächsthema Nummer eins. Ich war sozusagen eine Sensation.

»Darf ich Cartoons sehen, Mom?«

Es war bereits nach sieben. Deswegen wusste ich, er würde vielleicht eine Folge schaffen, dann wäre Lucas eh eingeschlafen. Er lag in meinem Bett und kuschelte sich an seinen Lieblingsteddy.

Ich stellte den Laptop an, während ich das Zimmer aufräumte. Spielzeug lag überall herum, aber da er schon so müde war, erledigte ich das.

Nacheinander legte ich jedes Auto, jede Spielzeugfigur in eine kleine Kiste.

Lucas lachte über etwas, dass er sich anschaute. Ich lächelte auch und setzte mich an meinen Schreibtisch. Die Zeit mit ihm war fast vorbei. Mom würde mich hoffentlich bald wieder bitten, auf ihn aufzupassen. Auch wenn es anstrengend war Lucas hier zu verstecken, damit die Verwaltung nichts davon mitbekam, wollte ich ihn am liebsten hierlassen. Auch wenn ich wusste, dass das unmöglich wäre.

Mom übernahm Lucas, als sie mich bat, aufs College zu gehen. Denn einen wichtigen Punkt hatte sie direkt nach der Geburt angesprochen. Wie wollte ich ihn ernähren? Mit einem Highschool-Abschluss kam man heutzutage nicht weit, und wenn im Lebenslauf noch Lucas stand, war das auch nichts, was einen Chef dazu brachte, einem einen gut bezahlten Job zu geben.

Deswegen tat ich das, was mir in den letzten Jahren immer weiter das Herz gebrochen hatte. Lucas blieb bei Mom in Richmond und ich zog für drei Wochen im Monat hierhin. Die restliche Woche verbrachte ich dann bei Lucas.

Es war eine Lösung, die ich nur noch knapp sechs Monate mitmachen musste. Dann hätte ich meinen Abschluss und hoffentlich auch bereits eine Anstellung. Einem Apartment für Lucas und mich würde nichts mehr im Wege stehen, selbst Mom nicht. Sie erlaubte es nicht, dass Lucas hier wohnte. Es wäre keine Umgebung für einen 5-Jährigen.

Der Plan war damals, dass ich in eines der Familienunterkünfte hier auf dem Campus ziehen könnte, aber Alleinerziehende kamen halt ans Ende der Warteliste und die war verdammt lang.

Nur noch sechs Monate ... dann wäre das alles kein Thema mehr.

Ich beobachtete Lucas, der sich konzentriert den Cartoon anschaute. Jedes Mal wenn ich ihn anschaute, musste ich einfach nur lächeln.

Warum auch immer, aber ich sah kurz hin, was er genau schaute. Tom & Jerry.

Tom war gerade dabei, einen Football zu fangen. Passend dazu trug er eine Footballausrüstung. Mein verbittertes Lächeln, das sich daraufhin auf meinen Lippen zeigte, kam automatisch.

Winter hatte genauso reagiert, wie ich es mir gedacht hatte. Warum spürte ich dann diese Enttäuschung, als er ging. Er hatte nicht damit gerechnet, dass ich Mutter war, das war schon klar. Niemand dachte das, weil ich nie jemandem auf dem Campus davon erzählt hatte. Es ging niemanden etwas an, und doch war es jetzt passiert. Die erste Reaktion war, dass er abhaute. Praktisch floh vor der Neuigkeit. Insgeheim hatte ich mir etwas ganz anderes erhofft. Dass es Winter »gut« aufnahm, Witze riss wie immer - vorzugsweise jugendfreie - und einfach ... Lucas akzeptierte.

Aber er war wie all die anderen.

Eine Teenagermutter? Bloß weg hier!

Das schien in der männlichen DNA so verankert. Und mit genau so einem Typen hatte ich mich aus Frust auf unverfänglichen, billigen Toilettensex eingelassen. Wie dumm ich war.

Niemand hielt von »leichten« Frauen etwas. Selbst Winter hatte eine ganz spezielle Meinung dazu, auch wenn er sie praktisch täglich vernaschte. *Wie mich ...*

»Warum schaust du so traurig, Mom?«

Lucas Frage brachte mich kurz aus dem Konzept.

Er sah mich fragend an.

»Ich bin nur müde, sonst nichts.«

»Willst du auch Cartoons gucken? Ich schwöre dir, danach geht es dir besser.«

Lucas war gerade in der »Ich schwöre dir-Phase.« Jeder zweite Satz begann oder endete so. Manchmal war es nervig, gerade war es genau das, was ich brauchte.

Er kuschelte sich an mich, als ich auch ins Bett kletterte. Lucas Kopf ruhte an meiner Seite, während er wieder zum Laptop schaute.

Mein Sohn roch, wie ich es schon die fünf Jahre lang kannte ... nach Zuhause. Und er war bei mir. Da interessierte es mich einen Scheiß, dass ich Corey Winter damit vergrault hatte. Wenn ich es mir noch länger einredete, glaubte ich es vielleicht wirklich noch.

COREY

Die Decke meines Zimmers gehörte gerade zum einzigen Punkt in dieser Bude, die mich etwas beruhigte.

Seit ich wieder hier war, kamen all diese verdammten Dinge wieder hoch, die hier einfach keinen Platz hatten.

»Du hast mich Jahre lang angelogen! Jahre! Ich habe gedacht, sie wären tot!«

»Es tut mir leid.«

»Es tut dir leid? Und der Scheck soll mich jetzt ruhig stellen? Oder wie hast du dir das gedacht?«

»Nein! Bitte glaub mir, Corey ...«

»Nenn mich nicht so! Du hast dir das Recht vor 17 Jahren verwirkt!«

Ich konnte mich praktisch selbst vor mir sehen. Um Jahre jünger und mit 30 Pfund weniger Muskelmasse. Ein Junge, ja, das war ich damals noch.

»Ich bin deine Mutter!«

Schnaubend sah ich sie an. Die Frau, die mir die Wahrheit vorenthalten hatte.

»Du hättest sie sein können. Du hättest, bist es aber nicht mehr. Und dafür hast du doch auch gezahlt, oder?«

»Ich habe dafür gezahlt! Aber anders, als du denkst!«, antwortete sie mir streng.

»Natürlich. Und der Scheck mit den vielen Nullen hat damit selbstverständlich nichts zu tun.«

»Hör mir doch bitte nur einmal zu. Eine Minute, nur eine einzige Minute!«

»Du hattest mein ganzes Leben lang Zeit gehabt. Jetzt ist es zu spät. Ich bin fertig mit dir, Mom!« Den anklagenden Ton bei dem Wort *»Mom«* hätte ich gar nicht ändern können. *Damals fühlte ich mich genau so. Verbittert.*

Irgendwas flog direkt über mein Gesicht, gegen die Fensterscheibe. Was zum Teufel ...

»Erkläre mir mal, warum du dich vorhin wie der letzte Wichser verhalten hast?« Blake stand an meiner Türschwelle und sah angepisst aus. Gut, ich war es auch. Eine gute Ablenkung.

»Deine Freundin frisst mir zu viel.«

»Was?«

»Sie tut auf Greenpeace-Tussi, frisst nur Dinge in Grün oder Kotzgrün, futtert dann aber meine Cornpops weg. *Meine* Cornpops, Michaels.« Ich hätte noch mehr sagen können, zum Beispiel, dass diese miese Schlange mit Hornbrille genau gewusst hatte, dass Lucas ein 5-jähriger Junge ist. Ihr ganzes Verhalten heute Morgen ergab einfach Sinn, wenn ich daran zurückdachte.

»Geht es hier wirklich nur um deine Cornpops?«

Ich schnaubte und verschränkte die Arme hinter meinen Kopf, um die mir bekannte Decke anzustarren.

»*Ich hätte es dir vorher sagen müssen, Corey. Es tut mir leid.*«

»*Wovon sprichst du?*«

»Amber ist abgehauen, weil du dich vorhin wie der letzte Arsch verhalten hast!«, sprach Blake und holte mich wieder aus meinen Gedanken. Er riss mich praktisch da heraus.

Ich war vorhin nach Hause gekommen und fand Amber in der Küche mit einer riesengroßen gefüllten Schale voll mit Cornpops. Meinen Cornpops! Natürlich war ich da nicht gerade gut drauf zu sprechen.

»Ich *bin* ein Arsch. Weiß nicht, was du daran jetzt noch Neues findest.«

»Du musst dringend gevögelt werden!«, feuerte er mir zu und ließ mich dann endlich wieder allein. Wobei mir *dieser* Satz echt neu war - und doch war so vieles Wahres dran.

Gin war Mom. Lucas war ihr Sohn.

Sie musste ein Teenager gewesen sein, als sie ihn bekommen hatte.

»*Ich war 16, Corey. 16, allein und mittellos.*«

»Herrgott noch mal!«, fluchte ich, weil ich nicht an diese ganze alte Scheiße zurückdenken wollte. Ich wollte es ganz einfach nicht!

Es klopfte, aber ich reagierte nicht. Es klopfte ein zweites Mal. Ich schloss die Augen. Vielleicht würde Nick sich dann verpissen. Nur er war so »nett« und klopfte, bevor er eintrat. Wobei er früher nicht daran dachte und dann meistens in echt crazy Nummern hineingelaufen kam. Vermutlich wollte er mich einfach nicht mehr nackt auf einer Mieze erwischen. Nick war so prüde.

Beim dritten Mal gab ich entnervt nach. »WAS?«

Nick hielt sein Handy hoch, als er hereinkam.

»Meine Eltern wollten nur mal hallo sagen.«

Ich lächelte leicht, als ich mich aufsetzte. Die O'Donnells waren gute Menschen. Nick gehörte natürlich deswegen auch zu der besseren Seite.

Nick drehte sein Handy zu mir und Mr. und Mrs. O'Donnell winkten mir lächelnd zu.

»Hallo Junge, wie gehts dir?«, fragte sein Dad.

»Oh je, du siehst müde aus«, sagte seine Mom.

Wie machten die beiden das nur? Jedes Mal, wenn irgendeiner von uns dreien ein Problem hatte, sahen sie es direkt.

»Wenig Schlaf ist nicht immer etwas Schlechtes«, zwinkerte ich ihr zu und sie kicherte. Nick verdrehte die Augen, das sah ich genau.

Viktor, sein Dad, schüttelte belustigt den Kopf. Er war cool für einen Dad. War zumindest meine Vermutung. Ich hatte nie einen.

»Nick sagt, du hast ein Mädchen kennengelernt?«, stellte seine Mom weitere Fragen.

»Hat er das?«, fragte ich misstrauisch nach und sah Nick an.

Der Verräter zuckte nur mit der Schulter. Keine

Ahnung, was das war, aber er musste seinen Eltern ständig alles erzählen. Bisher war das kein Scheißproblem für mich. Immerhin war ich nie Thema gewesen, soweit ich wusste. Bis jetzt ...

»Nick sagt, sie ist nett«, erklärte sie weiter.

»Ach ... findet er das?«

Nick wirkte gerade ziemlich interessiert an meiner Decke. Arschloch!

»Sag nicht, dass ihr deswegen am Wochenende das Spiel verloren habt?«

Nicks Dad traf den Nagel wieder mal auf den Kopf.

»Dad, komm schon. Der Coach hat uns ...«, wollte Nick gerade sagen, aber sein Vater kam ihm zuvor.

»Selbstverständlich hat er euch den Arsch aufgerissen, bei der schlechten Leistung. Müsste ich nicht erst in einen Flieger steigen, um das tun zu können, wäre ich noch Samstagabend bei euch gewesen, Junge. Hilf du ihm doch.«

»Ihm helfen?« Nick und ich sahen uns fragend an. Wovon sprach er?

»Du hast doch jetzt Jill. Du weißt, wie es ist, wenn man sich für ein Mädchen zusammenreißt.«

Nick biss sich auf die Innenseite seiner Wange. Gut, dass er das Handy wieder zu mir geschoben hatte.

Seine Eltern wussten nicht, dass Jill fast vergewaltigt wurde, weil er es nicht mit ihr auf die Reihe gekriegt hatte.

»Dad, das ist die Sache von ...«, versuchte Nick sich jetzt herauszureden.

»Machen Sie sich keine Sorgen. Ich komm schon klar«, antwortete ich ihm. Ich kam immer klar. Schnell stand ich auf, zog mir meine Schuhe an und verabschiedete mich. Mir war schon bewusst, dass Nick mich die ganze Zeit nicht aus den Augen ließ.

Das wäre es noch ... ich holte mir Tipps von Nick - der praktisch jetzt schon unter dem Jill-Pantoffel hing - und seinen Eltern, die verdammte 100 Jahre verheiratet waren. Das durfte ich niemals laut aussprechen. Peinlich.

Auch wenn ich mich vielleicht überanstrengte, verzog ich mich aufs Feld und warf ein paar Bälle, lief ein paar Meilen und war guter Dinge, dass das meiner Birne jetzt geholfen hatte.

Die Sonne war bereits untergegangen, als ich über den Campus mit meiner Sporttasche lief, um nach Hause zu gehen. Es war mitten in der Woche, viel war also hier draußen nicht mehr los, als ich plötzlich ein paar Meter weiter Gin rennen sah. Das war doch Gin ... die mit schnellen Schritten zu ihrem Wohnheim lief.

Sie wirkte von hier etwas breiter als sonst. Oder war sie es doch nicht? Über Nacht hatte sie sicher keine 20 Pfund zugenommen.

Instinktiv lief ich zu ihr hin. Sie stand direkt an der Tür zum Wohnheim, sah sich neugierig um, als suchte sie etwas.

»Alles in Ordnung?«, fragte ich, als sie sich schreiend

umdrehte. Im Arm hielt sie den schlafenden Lucas, der tatsächlich nicht aufwachte, obwohl Gins Stimme ziemlich schrill war.

Ich rieb mir die Ohren. »Frau, musste das sein?«

»Du! Kannst du nicht leise sein?«, zickte sie mich genervt an.

»Was soll ich dazu sagen? Du hast natürlich recht«, antwortete ich ihr sarkastisch. »Was ist los? Geht's ihm gut?«

»Er schläft«, war ihre kurze Antwort.

Danke, das konnte ich schon selbst sehen.

Gin sah durch die Tür. Schien wieder etwas zu suchen.

»Kann ich dir irgendwie helfen?«

»Ich muss unbemerkt reinkommen.«

Jetzt ergab das einen Sinn. Sie versteckte Lucas halb unter ihrem Kapuzenpullover, weil Kids nicht erlaubt waren im Wohnheim. Dafür gab es hier spezielle Familienapartments, und soweit ich wusste, waren es zu wenige und diese somit schnell vergeben.

Plötzlich erschienen mehrere Studentinnen, die im Begriff waren hinauszugehen. Instinktiv sprang ich die Treppe hoch und stellte mich schützend vor Gin. Ich war so groß und muskulös, dass sie leicht übersehen werden konnte.

Es waren fünf Mädels, zwei davon kamen mir bekannt vor, obwohl mich alle ansahen, als hätten sie schon mehr mit mir geteilt, als mir momentan lieb wäre.

»Winter, hey! Willst du vielleicht zu mir?«, fragte die Brünette mich. Ich hatte keinen bestimmten Namen im Kopf, während ich Gin hinter mir genervt schnauben hörte.

»Hey, ich wollte nur zu einer Bekannten«, war meine so typische Antwort.

»Klar«, antwortete die Brünette etwas weniger nett und zog dann ihre Girlband mit sich.

Sie warfen mir noch ein paar fragende Blicke zu, weil ich ihnen weiter den Blick zu Gin verweigerte. Als sie endlich verschwunden waren, seufzten wir beide erleichtert auf.

»Ich weiß nicht, ob ich es allein geschafft hätte. Aber danke«, sagte sie und musste immer wieder nachgreifen, weil Lucas Gewicht anscheinend zu viel für sie wurde.

»Komm schon, ich nehme ihn dir ab.«

Ich legte die Tasche ab und wartete.

Sie zögerte, reichte ihn mir dann aber. Lucas wachte dabei nicht einmal auf. Man müsste noch mal so klein und unschuldig sein wie er …

Gin griff sich meine Tasche und zusammen mogelten wir uns dann rauf in ihr Zimmer. Sie legte den immer noch schlafenden Lucas ins Bett und bat mich dann, gefolgt von ihr, hinauszugehen.

»Du musst aufpassen. Wenn ihr erwischt werdet, dann …«, versuchte ich ihr klarzumachen, aber sie winkte schon ab.

»Ich weiß. Ich könnte mein Zimmer verlieren oder

Schlimmeres. Normalerweise laufen wir nicht mehr draußen herum, aber Lucas musste auf die Toilette und hier im Wohnheim waren die in unserem Stockwerk besetzt, und ich wollte nicht ausgerechnet hier mit ihm gesehen werden ...«

Da gab ich ihr Recht. Woanders würde sie nicht so schnell erkannt werden, wenn sie gesehen worden wäre.

Ich lehnte mich auf die andere Seite mit dem Rücken gegen die Wand und sah sie an.

Gin trug einen alten Hoodie und verblichene Jeans. Ihr Haar lag etwas durcheinander auf ihrem Kopf. Sie wirkte müde und dennoch konnte ich die Zufriedenheit hören, wenn sie von Lucas sprach. Ihr Sohn, Lucas. Man, wer hätte gedacht, dass diese sture, intelligente und auch oftmals ausfallende Frau schon Mutter war?

Sie musste vorhin quer über den Campus gelaufen sein, um saubere Toiletten mit Lucas besuchen zu können.

»Nun sag es schon ...«, redete sie und biss sich mit strenger Miene auf die Unterlippe.

»Was soll ich sagen?«

»Na, wie es kommt, dass ich Lucas verheimlicht habe. Ich soll zu meinen Fehlern stehen, ich soll ...« Sie schüttelte den Kopf. »Weißt du was? Das ist mir egal. Was du denkst, ist mir egal. Lucas ist kein Fehler, war er nie und wird er nie sein. Klar hätte ich damals noch besser aufpassen müssen, aber die meiste Energie habe ich ins Lernen gesteckt und nicht in ...«

Sie bemerkte ihr Fettnäpfchen, aber vorsichtshalber

sagte ich erst einmal nichts. Das würde nur wieder gegen mich verwendet werden.

»So meinte ich es nicht«, sprach sie jetzt viel weniger aufgeregt.

»Ich denke, dass du es genau so meintest«, beschloss ich zu antworten. »Wie alt ist Lucas?«

»Fünf.«

»Und sein Vater?«

Ihr Blick schoss zu mir. Er war bedrohlich. Jetzt sah sie mich nicht nur wütend an als Studentin, sondern auch als Mutter.

»Was wird das hier?«

Ich zuckte lässig mit der Schulter. »Ich wollte nur ...«

»Du wolltest was? Nett sein? Ich bin nicht blöd, Corey. Selbst ich habe deinen Abgang heute Nachmittag verstanden, als du begriffen hast, dass Lucas mein Sohn ist.«

»Das war ...« Eigentlich wollte ich ihr sagen, dass das nichts mit ihr oder Lucas zu tun hatte. Aber ein kleiner Teil von mir hätte dann gelogen und keine Ahnung, ob ich das jetzt gerade gebrauchen konnte. Denn meine Antwort führte zu Fragen. Fragen, denen ich mich jetzt noch nicht stellen konnte. Vermutlich niemals mehr.

»Egal was es war, sag es einfach niemandem. Du hast Lucas nie gesehen.«

»Warum willst du es geheim halten?«, fragte ich etwas lauter als beabsichtigt. Aber zu der Uhrzeit waren wir allein hier auf dem Flur.

»Weil ich all meine Konzentration fürs Studium brauche. Wir haben noch sechs Monate, dann hab ich es geschafft und kann endlich wieder nach Richmond.«

Zu Lucas.

Selbst ich verstand es, zwischen den Zeilen zu lesen.

»Wo lebt er?«, fragte ich, weil mich das alles wirklich ziemlich interessierte.

»Bei meiner Mom, bis ich hier meinen Abschluss gemacht habe.« Sie klang so müde, so erschöpft. Als würde die Last der gesamten Welt nur auf ihren Schultern lasten.

Und ich jammerte herum, wenn ich mal nicht das Training und den Lernstoff vereinbaren konnte ...

»Er ist ein toller Junge«, sagte ich und sie sah wieder auf. Unsere Blicke trafen sich. Gin war so verdammt schön. Selbst in übergroßen Klamotten und ungekämmten Haaren. Wenn ich die Frauen früher so gesehen hatte, kümmerte ich mich schon wieder um eine andere. Aber dieses Mal nicht.

Ich war nicht hier vor ihrem Zimmer, weil ich sie bumsen wollte. Okay, eine kleine, nervige Stimme würde es vermutlich immer mit ihr tun wollen, aber gerade war ich hier, weil ich ... einfach hier bei ihr sein wollte.

»Warum denkst du das?«

Weil er von dir ist.

Aber anstatt es laut zu sagen, zuckte ich nur mit der Schulter. »Ich denke es mir einfach.«

Sie sagte nichts, schaute mich nur an. Dann seufzte sie, als würde jetzt etwas kommen, dass sie nicht besonders mochte.

»Bevor wir zusammen auf die Toilette verschwanden, hatte mir meine Mom vorher gesagt, dass Lucas krank wäre und ich nicht zu Besuch kommen sollte. Ich war aufgewühlt, weil ich es die nächsten Wochen auch nicht geschafft hätte, die Uni für mehr als einen Tag zu verlassen.«

»Du warst traurig?«, hakte ich mit Vorsicht nach.

Gin nickte. »Traurig, frustriert, genervt ...«

»Verstehe«, murmelte ich.

Dann war ich also wirklich nur eine Ablenkung in dem Moment gewesen.

Die bittere Pille musste ich erst mal schlucken. Gin war nicht an mir interessiert. Nicht wie die anderen. Nicht wie all die anderen.

Ich machte einen Schritt, um von der Wand wegzukommen. Gin zuckte sofort zusammen und lief einen Schritt zurück. Ich runzelte die Stirn. Was sollte das denn?

Und dann ... als hätte ich es schon fast verlernt, musterte ich ihre Körperhaltung. Sie hatte sich die Ärmel schützend über die Hände gezogen, sie kaute auf der Innenseite ihrer Wange herum und fixierte meinen Blick nervös. So als würde sie auf der Hut sein.

War sie etwa nervös? Wegen mir?

Es gab zwei Arten von Frauen, die *so* wie Gin reagierten.

Nummer eins hatte wirkliche Angst vor Männern.

Nummer zwei Angst vor ihrer eigenen Reaktion, wenn der Mann ihre Nähe suchen würde.

Und hier vor mir stand definitiv Nummer zwei.

Gin war nervös, weil sie mich anziehend fand. Allgemein war das nichts Neues für mich. Aber es war etwas ganz Neues, wenn Gin so reagierte. Die Gin, die mich zum Teufel scherte, unseren One-Night-Stand als eben diesen betitelte, und es anscheinend doch ganz anders wollte. Ihre Augen, diese Lippen, ihre verspannte Körperhaltung, das alles waren Beweise. Beweise, dass sie mehr von mir wollte.

Natürlich überraschte es mich mittlerweile nicht mehr, dass die Erkenntnis mehr zu wollen, mir keine verschissene Angst mehr machte. Ich war jahrelang vor all den Miezen davongelaufen, über hohe Mauern geklettert, nachts aus fremden Betten geflohen und einmal sogar von einer Yacht ins Meer gesprungen, weil der Ehemann nach Hause gekommen war.

Ich hatte Leib und Leben riskiert, um einer festen Beziehung oder einer Wiederholung zu entgehen. Und jetzt stand ich hier. Vor Gin und wollte sie noch mal küssen.

»Was wird das?«, fragte sie und sah, wie ich noch einen Schritt auf sie zumachte. »Was soll das werden?« Die gleiche Frage, nur anders formuliert und panischer ausgesprochen. Es trennten uns nur noch höchstens zwei Meter.

Das waren zwei Meter zu viel für mich. Ich war gerade dabei den letzten Rest Abstand zwischen uns zu nehmen, als sie die Faust ballte und diese an meinen Bauch drückte.

»Stopp!«

Ich rührte mich nicht ein Stück, ließ sie aber auch nicht aus den Augen.

»Du bist der Typ, der einem aufhilft, wenn man hinknallt.«

Mehrere Sekunden lang sagte ich nichts, weil ich mir nicht sicher war, was sie mir damit genau sagen wollte. Wartete sie darauf, dass ich sie auffing? Dazu müsste sie erst mal auf dem Boden liegen.

Gin suchte meinen Blick. »Aber dann bist du auch der Typ, der sich erst herzlich darüber kaputt lacht, bevor du demjenigen aufhilfst.«

Wieder brauchte ich einen Moment, um zu begreifen, ob wir gerade die gleiche Sprache redeten.

Und dann verstand ich, was sie mir damit sagen wollte. Ich bewegte mich kein Stück weiter. Trotzdem wich ich auch nicht zurück. Irgendwas sagte mir, dass ich gerade absolut nichts machen oder sagen konnte, um Gins Satz zu revidieren.

»Das kann ich nicht gebrauchen, Corey.«

Sie sprach meinen Vornamen so beiläufig, so vertraut aus, als hätte sie mich schon immer so genannt. Ihr fiel der Fehler nicht mal auf.

Und doch begriff ich die Tragweite dieser Aussage.

Sie war Mutter und wollte das Beste für den Kleinen. In sechs Monaten wäre sie wieder bei ihm, und würde gänzlich die Rolle seiner Mutter übernehmen. Wo passte ich da rein? Der Footballspieler, der an einer Hand unzählige Miezen hatte und nur mit dem Finger schnippen musste, um sich die besten sichern zu können.

»Alles klar«, antwortete ich ruhig, fast schon gelassen.

Gin wirkte überrascht und dann konnte ich die Kränkung sehen. Die war nur kurz zu sehen. Aber nicht kurz genug, für jemanden, dem ich ja eigentlich scheißegal sein sollte.

Plötzlich kam wieder diese Euphorie. Wie nach einem gewonnen Spiel. Ich lächelte, während ich mehrere Schritte zurücktrat und sie dabei nicht aus den Augen ließ.

Gin erwiderte meinen Blick, aber nicht mehr so vehement wie zuvor. Als könnte sie mir nicht mehr lang genug in die Augen schauen.

»Wenn das alles ist ...«, sagte ich und sorgte dann für eine bedeutungsschwere Pause. Das wollte ich eigentlich nicht so sagen, aber Gins Anblick brachte mich irgendwie viel zu durcheinander. Noch ein Grund, hier schleunigst zu verschwinden. Auch wenn mein Ego eigentlich etwas anderes brauchte, sie brauchte etwas Abstand. Lucas lag nebenan, mehr als einen Kuss könnte ich ihr nicht stehlen. *Denk ich jetzt wirklich an ihre Lippen? Fuck. Das ist keine gute Idee. Gar keine gute Idee.*

»Ich muss los.« Ich brachte noch ein Nicken zustande, während ich mir meine Tasche griff, mich umdrehte und den Flur entlanglief.

Erst als ich die Tür hinter mir schloss, konnte ich wieder ohne Herzrhythmusstörungen laufen. Seufzend holte ich erst mal tief Luft und starrte in den wolkenklaren Himmel.

»Hey Corey, wie gehts so?«

Ich runzelte die Stirn, als mir irgend so eine Mieze zuzwinkerte und vor mir stehen blieb. Lautlos machte ich Platz, damit sie durch die Tür gehen konnte, aber natürlich bewegte sie sich nicht. Blond, hübsch und das wusste sie ganz genau.

»Hast du vielleicht Lust, mit auf mein Zimmer zu kommen?«

Die Kleine hatte gerade drei Fehler begangen.

»Für dich immer noch Winter.« *Ihr erster Fehler.*

Ihre Fassade bröckelte, als sie meinen harten Unterton und den genervten Ausdruck in meinen Augen sehen konnte.

»Sorry, ich wollte nicht ...«

»Was wolltest du nicht? Mich zum Bumsen einladen?« *Fehler Nummer zwei.*

Vielleicht war ich nicht ganz fair zu ihr, aber diesen Gedanken verdrängte ich üblicherweise ganz tief in die hinterste Ecke meiner Birne.

Sie öffnete die Lippen, schloss sie wieder. Jetzt war nicht mehr viel übrig von der Frau, die mich gerade in ihr Zimmer einladen wollte.

»Es ... ich ... musst du so ein Arsch sein?«, fuhr sie mich dann doch an.

Seufzend schüttelte ich den Kopf. »Ich war nie etwas anderes.«

Es passierte meist schnell. Wenn die Weiber begriffen, dass ich keinerlei Interesse hatte. Gut, das passierte ehrlich gesagt seltener, aber wenn, reagierten sie alle gleich.

Ihre Titten drückte sie raus, Rücken gerade, Kinn hocherhoben, als hätte sie mich gerade nicht nach `ner schnellen Nummer gefragt. Aber so waren sie. Bekamen die Miezen nicht ihren Willen, war ich das Arschloch vom Dienst. Wobei mir das echt scheißegal war. Mich interessierte es ganz einfach nicht, wie die Kleine sich fühlte oder dass ich »ihre Gefühle« verletzt hatte.

Und das waren nur zwei Fehler, die sie begangen hatte. Fehler Nummer drei war: Sie war nicht Gin.

»Alter, was geht. Warst du noch trainieren?«

Bob kam die Treppe hoch und grinste dieses lässige Lächeln, das ich bereits von mir selbst kannte. Er war bisher Ersatzspieler und auch erst im zweiten Semester.

»Hey, ja, ich wollte mich aufs Spiel vorbereiten. Hier ... kennst du schon ...« Ich zeigte auf die Kleine, die nur die Augen verdrehte. Als wäre ich schuld, dass ich ihren Namen nicht kannte.

»Pricilla«, sagte sie.

Bob grinste weiter dämlich und ergriff ihre Hand.

»Ein hübscher Name für eine hübsche Frau.«

Ich verdrehte zwar nicht die Augen, aber ein Kopfschütteln konnte ich dennoch nicht zurückhalten.

»Habt nen schönen Abend. Aber denk dran, Bob. Morgen pünktlich zum Training kommen.«

»Klar, Winter. Und du willst jetzt ganz allein ins Bettchen?«, rief er mir noch nach.

Der Penner fand sich total witzig, aber ich antwortete ihm nicht. Ich ging weiter und dachte über seine Frage dennoch nach und die Antwort war schnell gefunden. Ganz allein würde ich bald nicht mehr schlafen.

»Gibst du mir mal die Milch?«, fragte Blake Nick, der in einem seiner Bücher las. Wir drei saßen am Frühstückstisch. Obwohl Blake nicht mehr im Team spielte, stand er mit uns zusammen auf. Wir wussten alle, dass er sonst kein Frühaufsteher war.

Nick reagierte nicht.

»Alter, O'Donnell, hörst du mich? Oder ist Cinderella interessanter?«

Nick hob das Buch hoch, sodass wir den Buchrücken und das Cover sehen konnten. Mir sprang nur das Wort Shakespeare ins Auge und schon war mein Interesse dahin. Blake schnaubte als Reaktion. Cinderella oder Shakespeare, ganz egal. Da wusste man nicht mal, was langweiliger war. Der Typ in Strumpfhosen oder die Kleine, die unbedingt in den Hafen der Ehe einfahren wollte.

Ich reichte ihm schließlich die Milch. Dieser Kindergarten fand fast jeden Morgen statt.

Blake runzelte die Stirn, als er sie annahm. Abwartend schaute er mich an, als würde er auf etwas warten.

»Wenn du glaubst, dass das jetzt ein Friedensangebot ist, das ich annehmen würde, irrst du dich, Winter. Ich muss ab morgen bei Amber pennen, weil sie hier erst mal nicht mehr übernachten möchte.«

Ach ja, Lucas würde heute wieder nach Richmond fahren. Wie es Gin wohl damit gehen wird?

»Alter, ich rede mit dir! Dieses gespielte Desinteresse gegenüber Amber ist doch …«

»Deine ›ach so unschuldige‹ Freundin hat mich verarscht, Michaels. Dass ich ihr gestern einfach nur gesagt habe, dass sie nicht ständig meine Cornpops wegfuttern soll, war noch nett von mir. Und das kommt dir auch zugute. Isst sie weniger, wird ihr Arsch nicht fett. Du solltest mir danken.«

Blake hatte sich Milch in ein Glas gekippt, wirkte aber nicht weniger gereizt.

»Sie hat dich verarscht?«, fragte stattdessen Nick.

Ich seufzte. Da ich Gin versprochen hatte, nichts über Lucas zu erzählen, musste ich vorsichtig mit meiner Antwort sein.

»Gin hat keinen Freund und schon gar nicht diesen Lucas.«

Nick runzelte die Stirn, Blake hörte einfach zu. »Deine Freundin wollte es mich nur glauben lassen.«

Blake seufzte. »Mann, Mann, ihr zwei werdet es wohl nie müde, euch gegenseitig das Leben schwer zu machen.«

»Und Jill steht immer dazwischen«, sprach Nick und wirkte auch genervt davon.

»Deine Freundin mischt sich auch in zu Vieles ein«, erklärte ich ihm.

»Ich weiß«, seufzte Nick, lächelte dann aber wieder so verdammt hirnrissig. »Und sie meint es jedes Mal nett. Sie denkt sich da nichts bei.«

»Na, wenigstens weißt du, dass Jill ihr Hirn benutzt. Amber ist impulsiv. Sie denkt oftmals nicht nach.« Blake sprach diese Meinung nicht mal böse aus, er lächelte dabei. Als wäre genau diese Eigenschaft das Beste an ihr. Ich zweifelte das natürlich an. Amber war völlig durchgeknallt.

Während die beiden jeweils über ihre eigene Freundin sprachen und völlig darin vertieft waren, dachte ich über die Frau nach, die mich selbst so faszinierte. Gin.

Mich nervte ihre Art nicht, auch wenn sie genau dies wollte. Ich fand es eher witzig. Frauen mit Humor waren schon immer echt heiß gewesen.

»Hier! Du bist dran mit einkaufen! Immer noch!«, betonte Nick genervt und gab Blake einen Klebezettel. Blake las ihn.

»Vier Packungen Cornpops?«

Er musste mich nicht mal ansehen, um mich damit zu meinen. Schulterzuckend antwortete ich.

»Vorrat. Den ich selbstverständlich in meinem Zimmer bunkern werde.«

Beide verdrehten die Augen, als würden sie nicht wissen, wie verfressen ihre Weiber waren.

»Wenn Gin nicht mit diesem Lucas zusammen ist, ist sie also solo?«, fragte Nick bei mir nach. Er ignorierte Blakes Gemecker über die lange Einkaufsliste.

»Ist sie.«

»Seife? Wer zum Teufel braucht Seife? Und was soll das heißen? Mit Blumenduft?«, fragte Blake.

Nick ließ mich nicht aus den Augen. »Und das gefällt dir, nehme ich mal an.«

Ich zuckte mit der Schulter.

»Toilettenpapier? Verdammt noch mal. Ist das schon wieder leer?«, rief Blake genervt aus.

»Winter ist momentan einsam«, grinste Nick, sah mich dabei aber immer noch an. Ich zeigte ihm den Mittelfinger, auch wenn ich tatsächlich für den vielen Verbrauch verantwortlich war. Was sollte ich sonst machen? Gin war nicht verfügbar. Zumindest noch nicht.

»Wenn du sie nur ins Bett kriegen willst, wird das meinem Mädchen nicht gefallen«, sagte Nick.

»Und Amber auch nicht.«

»Schon klar!«, antwortete ich leise und spielte mit meinem Glas in der Hand herum.

»Deswegen solltest du noch mal darüber nachdenken.« Nick ging mir gerade ziemlich auf den Geist.

»Sehe ich genauso!«

Wütend schaute ich zu meinen beiden Mitbewohnern.

»Ich will sie nicht nur fürs Bett. Ich will sie fest. Nichts Lockeres, nichts ...«

Blake spuckte fast seine Milch aus, die er gerade getrunken hatte. Nick blieb mucksmäuschenstill, starrte nur, wie wir es immer von ihm kannten.

»Wiederhole das noch mal!«, bat Blake hustend.

»Rede ich Chinesisch? Ihr habt mich schon verstanden! Der Rest geht nur Gin und mich etwas an.« Ich stand auf.

»Warte, warte.« Blake stellte sich hin und schaute mich ungläubig an. »Du redest von Privatsphäre? Du? Dass ich das noch erleben darf. Krass!«

»Gin ist nett, sie passt zu dir«, erklärte Nick.

Nett? Musste Nick ständig so langweilige Worte labern? Er bemerkte meinen unzufriedenen Gesichtsausdruck, dennoch lächelte der Penner.

»Und sie will auch was von dir?«, fragte jetzt Blake nach.

Irritiert schaute ich ihn an.

»Na ja, sie wirkt ja jedes Mal nicht so, als würde sie dir zu Füßen liegen, wenn ihr euch seht.«

»Ach, und das hat Amber ständig gemacht, bevor ihr zusammengekommen seid, oder wie?«, konterte ich. Nick schmunzelte. Blake sah eher so aus, als würde er sich gerne in ein Loch verkriechen.

»Du machst das schon«, sprach Nick, stand auf und klebte den Einkaufszettel vorsichtshalber noch Blake direkt auf die Stirn.

Da kam mir eine Idee ...

»Ihr werdet später einkaufen müssen.«

Nick musterte mich. Blake schien erfreut. Natürlich. Er sah so lächerlich aus mit dem Klebezettel und den Worten: Vergiss die Eier nicht!

»Und ich habe mich schon sooo aufs Einkaufen gefreut«, sagte Blake.

»Du kommst da nicht raus, Alter«, klärte Nick ihn auf. Der Kühlschrank wies gähnende Leere auf, und wenn das nicht so bleiben sollte, würde Blake einkaufen müssen. Der Penner hatte sich schon zu lang davor gedrückt. Nick blickte mich an. »Obwohl ich glaube, dass du nicht mehr so viel Toilettenpapier brauchen wirst, wenn wir Winter bei was auch immer helfen werden.«

Ich schnaubte und zeigte ihm den Mittelfinger.

GIN

Heute hatte ich so wenig Lust aufs College, dass ich fast geschwänzt hätte. Aber nur fast. Weder der Kaffee noch der Bagel mit Sauerrahm half, daran etwas zu ändern. Der Tag würde scheiße werden. Das wusste ich schon um neun Uhr morgens.

»Hey Gin!«

Nicks Lächeln war geradezu entwaffnend. Blond, braungebrannt, der Surfertyp eines kalifornischen Traumes. Nur war er mir zu aalglatt. Sicherlich hatte er auch seine Ecken und Kanten. Jeder hatte das. Aber ich war nicht mal ansatzweise daran interessiert diese herauszufinden. Das sollte Jill mal machen. Die beiden passten gut zusammen.

Wir standen mitten im Flur.

»Hey.« Meine Begrüßung war viel verhaltener. Er lächelte immer noch. Ich runzelte die Stirn. Er lächelte weiter.

»Ähm ...« Ich wippte kurz mit den Füßen.

Nick lächelte weiter, als hätte er alle Zeit der Welt und würde mich mit diesem Verhalten nicht halb wahnsinnig machen.

»Ich muss in mein Seminar.«

»Und ich bin da, um dich dorthin zu begleiten«, antwortete er freundlich. Er erinnerte mich an meinen Lieblingseisverkäufer Giovanni. Der lächelte auch jedes Mal, kannte das Wort »schlecht gelaunt« praktisch nicht und verkaufte damit natürlich eine Menge Eis. Der Unterschied zwischen Nick und Giovanni war einzig und allein die 50 Pfund Unterschied. Denn Giovanni probierte sein Eis gerne selbst.

»Ookay ...«

Nick folgte mir tatsächlich die letzten zwanzig Meter zur Tür, und auch hinein kam er mit.

Immer wieder drehte ich mich zu ihm um. Nick folgte mir mit etwas Abstand. Als ich mich in die linke Reihe setzen wollte, kam mir Nick plötzlich zuvor.

»Du solltest dich woanders hinsetzen.«

»Sollte ich das?«, fragte ich zögerlich nach.

Er nickte bestimmend und dirigierte mich zur rechten Sitzreihe.

»Ich weiß nicht, was das werden soll, aber jeder weiß, dass du mit Jill zusammen bist. Ich übrigens auch«, erklärte ich ihm und bekam ein Lachen von ihm geschenkt.

Dann setzte er mich auf einen Sitz, der voll beklebt war mit ... Fragend starrte ich Nick an. Dann meinen Sitzplatz.

»Was wird das?«

»Entspann dich ... und genieß dein Seminar. Bis nachher.«

Bis nachher? Nick ließ mich allein zurück. Die Studenten gafften alle schon. Mir fiel auf, dass niemand in meiner Nähe saß. Es gab genug Platz für die mindestens hundert Klebezettel, die hier um mich herum klebten.

Auch wenn das mehr als komisch war, griff ich nach dem Ersten.

Ich steh aufs Surfen. Bücher sind mir zuwider. Und deine Hobbys?

Die Neugier gewann die Oberhand. Und ich griff mir den zweiten Zettel.

Schokoladen- oder Erdbeereis?

Ich grinste. Diese Frage konnte nur einer stellen. Corey.

Irgendwann vergaß ich die Zeit, weil ich einen Zettel nach dem anderen las.

Wofür steht eigentlich Gin?

Bitte umdrehen, wenn du wissen willst, wie gut mein Vorname zu mir passt.

Ohne zu zögern drehte ich den Zettel um. Mein Grinsen wurde immer breiter, als ich die Rückseite gelesen hatte.

Corey - Mutig, Witzig, unbeschreiblich sexy

Im Augenwinkel bekam ich mit, wie Professor Seymour hereinkam. Scheiße. Das würde sicher Ärger geben. Erstaunlicherweise lief er an mir vorbei, als würde er nicht die unzähligen Klebezettel sehen. Es wirkte fast so, als würde er absichtlich nicht in meine Richtung sehen.

Als Professor Seymour nach vorne trat, bekam ich genau mit, wie er meinen Blick erwiderte. Trotzdem wandte er sich ab und begann sein Seminar.

Als wäre ich Luft für ihn. Als wären die ganzen Klebebilder Luft für ihn.

Mein Blick glitt über all die Klebezettel hier. Winter hatte das arrangiert. Warum sollte er also nicht dafür gesorgt haben, dass die Professoren das alles ignorierten?

Rechts von mir lag ein Klebezettelblock. Ich konnte ihm antworten. Stattdessen griff ich mir den Block und schrieb ein einziges Wort drauf.

COREY

Sie hatte mich nicht erwartet. Vermutlich hatte sie das alles nicht erwartet. Das erklärte zumindest den Klebezettel.

Schwungvoll setzte ich mich ihr gegenüber. Sie war vertieft in ihren Notizen.

Als sie hochsah, hätte ich wetten können, dass sie ihr Lächeln unterdrücken musste.

»Winter ...«

»Ich meine, dass du mich öfters schon Corey genannt hast.«

Sie verdrehte die Augen, als wäre das nie eine Tatsache gewesen. Wir beide wussten das besser.

Ich legte ihr den Klebezettel hin, den sie im Seminar zurückgelassen hatte. Ein einziges Wort stand drauf.

Warum?

In ihren Augen konnte ich plötzlich so etwas wie Unsicherheit erkennen.

Das machte mich ziemlich nervös. Gut, dass ich so etwas überspielen konnte. Ich lehnte mich an die Wand, die sich hinter mir befand und sah sie ohne Zögern an.

»Das ist eine Frage«, versuchte sie die Stille zu brechen. Ihr war die Stille unangenehmer als das Gespräch mit mir zu suchen. Interessant.

»Eine Frage, deren Antwort dir klar sein sollte«, antwortete ich.

»Corey ...«

»Na bitte, geht doch!«, grinste ich, als sie den Fehler bemerkte.

»Ich meine Winter«, verbesserte sie sich. »Was bezweckst du damit?«

»Bezwecken?«, fragte ich irritiert nach.

»Ja, was bezweckst du damit?«

»Ich kann dir immer noch nicht folgen.«

»Corey!«, mahnte sie mich.

Ich grinste, sie biss sich genervt auf die Unterlippe. Sie sah heute etwas müde aus, aber das nahm ihr nicht das Schöne. Türkise Strähnchen ... erinnerte mich ein bisschen an Gras, das ...

Ich schüttelte den Kopf über meine verstrahlten Gedanken. Wenn die jemand hören könnte, wäre mein Ruf dahin. War er ja irgendwie sowieso schon. Immerhin versuchte ich Gin von mir zu überzeugen. Von mir!

»Das ist einfach keine gute Idee«, sprach sie.

»Sehe ich nicht so«, antwortete ich bestimmend.

Sie sah mich an. Ich sah sie an. Dann seufzte Gin.

»Lucas ist wieder in Richmond.«

»Ich weiß«, sagte ich etwas sanfter.

Sie wirkte ziemlich down. »Mir ging es nicht gut.

Ich wusste, wenn er ging, wäre das ziemlich ... Du verstehst das nicht, aber ...«

»Sag mir nicht, was ich verstehen könnte oder nicht«, sprach ich ihr dazwischen. Sie runzelte dir Stirn, als ich fortfuhr. »Er ist dein Sohn und du bist seine Mom. Eine Trennung ist da immer schmerzhaft.«

Der Kloß in meinem Hals war faustgroß. Unmöglich, aber so fühlte es sich an, wenn ich über dieses Thema sprach.

Gin kaute wieder auf ihrer Unterlippe herum und nahm mir etwas von diesem Engegefühl im Hals.

»Ich habe den halben Vormittag nicht an ihn gedacht, weil ich die ganze Zeit damit beschäftigt war, deine Klebezettel zu lesen.«

Der Vorwurf klang ganz klar heraus, dennoch lächelte ich.

»Es war mir ein Vergnügen, dich auf andere Gedanken gebracht zu haben.«

»Corey ...«, seufzte sie genervt. Diesmal reagierte ich nicht darauf, dass sie meinen Vornamen genannt hatte. Und sie schien es diesmal auch nicht übel zu sehen.

»Gib mir zwei Tage.«

Gin wirkte neugierig. »Zwei Tage?«

»Gib sie mir einfach«, bat ich eindringlicher.

»Warum?«

Ich verdrehte die Augen. Sie musste ständig Gegenfragen stellen. Weil sie so unnachgiebig war und ich am liebsten horizontal weiter »geredet« hätte, stand ich auf.

»Was hast du eigentlich mit den ganzen Klebezetteln gemacht?«

»Verbrannt«, antwortete sie viel zu schnell. Sie lächelte leicht, weil auch ihr bewusst wurde, dass sie gerade absolute Scheiße redete.

Zum ersten Mal in meinem Leben kämpfte ich für etwas, dessen Ausgang ich mir absolut nicht sicher sein konnte. So manch einer wünschte mir vermutlich, dass ich versagte. Aber hier ging es um viel mehr als um ne schnelle Nummer. Hier ging es um alles oder nichts. Und ich war nicht Corey Winter, Footballstar und Arschgeige, wenn ich mich mit »nichts« zufriedengeben würde.

»Großer Gott, das Toilettenpapier ist immer noch leer«, meckerte Jill, und kam aus der Toilette heraus. Sie war gerade erst in unser Apartment gekommen, und schien auf Nick warten zu wollen.

Ich saß auf der Couch und starrte das Footballspiel im Fernsehen an. Keine Ahnung, wer da spielte oder wer gewann. Ich hatte die Kiste angestellt, damit das Warten bald ein Ende hatte.

Jill setzte sich mir gegenüber in den Sessel.

»Du bist nervös«, stellte sie fest.

»Bin ich nicht«, antwortete ich gereizt und schaltete um, um überhaupt etwas zu tun.

»Dein Bein wippt«, sagte sie.

Ich starrte auf mein besagtes Bein. Sofort hörte ich auf zu wippen.

»Du nervst.«

»Ich nerve ganz sicher nicht!«, gab sie von sich und verschränkte die Arme vor der Brust.

Ich seufzte. »Nick hat dir davon erzählt.«

Sie sagte nichts. Das war so klar. Nick war ein Schlappschwanz, der nicht mal etwas vor seiner Freundin geheimhalten konnte. Wobei Jill wirklich die hartnäckige Variante einer Freundin war.

»Nick hat mir wovon erzählt?«, fragte sie mit Unschuldsmiene, die ich ihr genauso wenig abkaufte.

»Davon, dass Winter auf Gin steht oder dass er sich jetzt um sie bemühen will? Redet ihr davon?«, fragte plötzlich Amber, die nur mit einem T-Shirt bekleidet aus Blakes Zimmer lief und sich am Kühlschrank bediente, als würde sie hier wohnen. »Ich schwöre, dass du dich überhaupt um jemanden ›bemühen‹ musst, versüßt mir ja den Tag.«

»Und Blake hatte mir versichert, dass einer meiner Träume wahr werden würde«, erklärte ich ihr, während sie sich tatsächlich die mir unbekannte Packung griff, die aber bereits seit unserem Einzug vor fast vier Jahren im Kühlschrank stand.

»Welcher?«, fragte Amber misstrauisch, lehnte sich an die Küchentheke und goss sich von der Plörre etwas in ein Glas.

»Hornbrillenfreie Zone.« Sie trug gerade keine, aber das machte mir nichts aus. Es nervte sie. Es freute mich. Das Gleichgewicht war wieder hergestellt.

»Hör auf Amber, du siehst doch, dass es Winter unangenehm ist«, erklärte Jill ihr. Ich starrte Jill stirnrunzelnd an. Mir war etwas unangenehm?

»Dass es irgendetwas gibt, was deinem Kumpel je unangenehm wäre, bezweifel ich sehr stark.« Sie trank und spuckte das Zeug sofort wieder aus. »Oh Gott, was ...«

»Eine kotzende Hornbrille würde ich schon als unangenehm empfinden«, klärte ich sie grinsend darüber auf, wie blöd es von ihr war, ausgerechnet in unserem Kühlschrank nach irgendwas Trinkbarem zu suchen. Gefunden hatte sie nämlich etwas anderes.

Amber rannte ins Bad, kotzte vermutlich wirklich darin. Würde ich ihr nicht mal übel nehmen. Wir alle machten einen großen Bogen um den Behälter im Kühlschrank.

»Ihr hättet das Zeug einfach mal wegwerfen können«, sagte Jill.

»Und du hättest ihr sagen können, dass du genau weißt, wie alt der Inhalt bereits war.«

Jill grinste verlegen. Kleines Biest!

»Sie hat es irgendwie verdient ... sie hat mir erzählt, wer Lucas ist. Und es war unfair von ihr, dich glauben zu lassen, es wäre ihr fester Freund!«

Sie wusste über Gins Sohn Bescheid?

Jill legte den Kopf leicht schräg. »Du weißt es auch ... du weißt, dass Lucas ...«

»Jepp, ich weiß es«, war meine knappe Antwort dazu und starrte wieder auf den Fernseher.

»Und ... wie findest du das? Ich war ehrlich gesagt, total überrascht. Gin hat nie etwas erzählt. Gut, wir waren bis vor kurzem nicht wirklich befreundet. Aber dass sie einen Sohn hat, das hätte ich nicht ...«

»Was soll ich schon darüber denken? Die Überraschung war groß, aber das war es auch schon. Sie ist keine schlechte Mutter, sie kümmert sich um Lucas. Will etwas erreichen, zählt die Tage, bis sie den Abschluss hat. Der Kleine scheint pfiffig. Gin kümmert sich.« Mir fiel auf, wie ich den letzten Satz wiederholt hatte. Als wäre es mir wichtig, dass Gin das war. Und auch Jill fiel das auf. Ihr intensiver Blick entging mir nicht.

»Ist noch etwas?«

»Nö, aber draußen wartet dein Informant auf dich.«

»Das sagst du mir erst jetzt?«, fuhr ich sie an und stand auf.

»Er wollte nicht reinkommen, dann musste ich dringend pinkeln, Amber und du musstet ja unbedingt noch euer Duell fortführen. Und, na ja, ich fand dich witzig.«

»Witzig?«, fragte ich überrascht.

»Du raffst seit zehn Minuten nicht, dass du dir die ganze Zeit den Shoppingkanal ansiehst.«

»Und?«, fragte ich, ohne auf den Fernseher zu sehen.

Jill musste schmunzeln. »Sie versuchen, dir seit eben diesen zehn Minuten hübsche Rheumahöschen zu verkaufen.«

Ich wollte nicht, tat es aber. Ich sah hin und tatsächlich ... eine gefühlt 80-jährige Oma modelte gerade für ... Rheumahöschen. Großer Gott. Sie trug nur einen BH und eben dieses Höschen. Dieser Anblick würde sich in meine Netzhaut brennen. Fuck! Ich hatte nicht einmal wahrgenommen, was da überhaupt lief.

»Und dann noch Amber ...«

»Was ist jetzt schon wieder mit ihr?« Vielleicht würde Jill mir erzählen, wie ihre Rache aussehen würde. Die Lüge über Lucas war ihr sicher nicht »hart« genug. Da würde noch etwas kommen. Aber ich würde ihr zuvorkommen. Denn ich fand die Nummer über Lucas gar nicht witzig. Sie würde bluten. Ich wusste nur noch nicht, wie.

»Sie lief halbnackt hier herum. Und du hast sie nicht einmal abgecheckt.«

»Das ist Amber«, erklärte ich ihr, als wäre sie völlig begriffsstutzig, wobei eine kleine und leise Stimme mir wie Jill gerade etwas anderes zuflüsterte.

Als würde dich das abhalten!

»Als würde dich das davon abhalten, sie anzumachen!« Jills fast identischer Satz erschreckte mich nicht wirklich. Denn ein Corey Winter von damals hätte mit Sicherheit hingesehen und vermutlich auch einen sexistischen Spruch geschoben. Aber das hatte ich nicht. Das hatte ich einfach nicht.

»Gott, sie verändert dich«, murmelte Jill ehrfürchtig.

Ich schnaubte und ging zur Haustür.

»Ein Schnauben? Ein einziges? Mehr nicht?«

Mein Mittelfinger machte sich selbstständig. Wie so oft.

»Und jetzt der obligatorische Finger. Kennst du nichts Neues? Du rostest ein!«

Ich öffnete die Haustür und lächelte sie an.

Jill saß immer noch im Sessel, sah mir nur nach. »Was will dein Informant?«

Mein Lächeln wurde breiter.

»Es ist wegen Gin. Du planst etwas! Etwas Schönes? Komm, sag schon!«

Ich verdrehte die Augen und ließ sie allein zurück.

GIN

Die letzten Worte für meinen Aufsatz fühlten sich befreiend an. Endlich hatte ich die Hausarbeit fertig und konnte ... ich starrte die Uhr auf meinem Handy an. Wir hatten schon halb elf? Ich verdrehte die Augen. Morgen müsste ich wieder um neun im Seminar sitzen. Viel Schlaf blieb mir da nicht und trotzdem rief mein Magen, er brauchte mehr als die halb volle Chipspackung, die auf meinem Nachttisch lag.

Seufzend entschloss ich mich also, mich noch anzuziehen und rüber in den Supermarkt zu laufen. Der hatte 24 Stunden lang auf, perfekt für uns Studenten.

Als ich die Tür meines Zimmers zuzog, grinste ich, weil mir der Korb mit den zig Klebezetteln ins Auge fiel.

»Hey, wo willst du denn noch hin?« Amber kam mir entgegen und wirkte überrascht. Natürlich. Sie wusste, dass ich, wenn ich hier war, selten nach zehn noch das Zimmer verließ.

»Ich brauche noch irgendwas zu essen. Und du?«

»Ich muss unbedingt mal eine Toilette benutzen, die mit Klopapier bestückt ist.«

Ihre Antwort irritierte mich.

»Glaub mir, du willst niemals in einer Männer-WG wohnen.«

»Ah, okay.« Ich ahnte schon, was sie meinte. Dann winkte ich ihr und ging weiter. »Bis gleich.«

Der Supermarkt befand sich, wie gesagt, nicht weit von meinem Wohnheim. Ich ging durch die Regale, griff nach viel mehr Lebensmitteln als gedacht ... aber hey, man sollte hungrig niemals einkaufen gehen. So what?

Ich bog um die Ecke und rannte fast in eine Packung Toilettenpapier. Was? Toilettenpapier? Irritiert schaute ich auf. Corey. Er wirkte genauso überrascht wie ich mich zu sehen, fand aber ziemlich schnell die Fassung wieder und schmunzelte.

»Rot?«, war seine erste Frage, die mich erst stirnrunzelnd zurückließ. Was meinte er denn damit? Sein Blick glitt über meine Haare. Oh, ja genau. Als ich nach meinem letzten Seminar in meinem Zimmer saß, gefiel mir der Gedanke nicht, dass Winter mich mit dieser blöden Klebebildaktion total durcheinandergebracht hatte. Deswegen hatte ich mir spontan einfach rote Strähnchen verpasst.

Wobei das bei mir meist immer spontan passierte.

»Brauchte was Neues«, antwortete ich ausweichend.

Er trug nur das Toilettenpapier und ich musste schmunzeln. Hatte er es besorgt, weil Amber sich beschwert hatte? Oder allgemein? Mich würde es nicht wundern, wenn er ihr einen Gefallen tun würde. Corey wirkte äußerlich nicht wie der Mann, der er innerlich zu sein schien.

»Wenn du nur auch bei mir so entscheidungsfreudig wärst«, seufzte er und schämte sich nicht mal dafür, dass er öffentlich zugab, mehr von mir zu wollen. Wie machte er das nur? Ja, er vögelte den halben Campus. Jetzt gab er offen zu, dass er von mir mehr wollte als das. Ich glaube ihm, dass er das wollte. Ehrlich. Aber ich war nun mal eine Mutter. Da war noch ein Kind. Lucas. Warum dachte er nicht mal darüber nach?

»Corey ...«, begann ich.

»Winter.«

Ich runzelte die Stirn. »Wenn du mir wieder eine Abfuhr erteilen willst, mach es unpersönlich. Wenn du mich Corey nennst, würde ich dich nicht ernst nehmen«, erklärte er und schmunzelte die ganze Zeit dabei.

Schnaubend ging ich an ihm vorbei, direkt zu den Mikrowellengerichten. Er würde nicht gehen. Das war mir bewusst. Zumindest konnte ich versuchen, ihn zu ignorieren. Auch wenn ein gut aussehender und großer Footballspieler schwer zu übersehen war.

»Chinesisch oder thailändisch?«

Irritiert blickte ich ihn an. Er sah auf das Regal. »Von den Gerichten kannst du nur chinesisches oder thailändisches Zeugs essen. Alles andere wäre zu wenig gewürzt. Und glaube mir, du *willst* etwas Gewürz schmecken, alles andere schmeckt nur nach ›alten Socken‹ oder ›aufgewärmten alten Socken‹.«

Ich war unschlüssig. Das klang alles nicht besonders gut.

»Hier ...«

Er reichte mir eine Tüte, mit einem Burrito.

»Die sind nicht übel. Hab sie mir wegen meiner Massezeit reingezogen.«

Mein Blick fiel automatisch auf seine Oberarme. Er trug nur ein T-Shirt. Ich konnte jeden Muskel genaustens sehen.

»Gin?«

»Mmh?«

»Wenn du mir ernsthaft eine Abfuhr erteilen willst, starr mich nicht so an.«

»Ich starre dich nicht an!«

Mein Blick fiel auf sein Gesicht. Er schmunzelte wieder, aber das war es nicht, was meine Aufmerksamkeit auf ihn zog. Corey war einfach ... so verdammt sexy. Ob er böse schaute, genervt, frustriert oder ebenso selbstgefällig wie eben. Er war einfach sexy. In allem.

»Dann entschuldige, wenn du nur meine trainierten Oberarme angestarrt hast. Auch wenn ich mich, ehrlich gesagt, etwas ausgenutzt fühle. Du denkst ziemlich oberflächlich, wenn ich das mal sagen darf!«

Ich lief mit Sicherheit rot an, mein Körper produzierte auf jeden Fall viel zu viel Schweiß, weil mir das so peinlich war.

Aber trotzdem reagierte ich nicht zu peinlich. Ich schnaubte.

»Soll ich mich darüber beschweren, dass du mir nur einen Burrito gegeben hast? Als würde mein kleiner Körper keinen zweiten vertragen.«

Ich griff mir einen zweiten und einen dritten. Der dritte war aber nur von mir gegriffen, damit ich mir und ihm etwas beweisen konnte. *Völlig bescheuert. Aber gut, es ist zu spät, um den jetzt wieder ins Regal zu legen.*

»Wenn ich dir jetzt das halbe Regal in die Arme gelegt hätte, wäre ich der Arsch, der dich für zu fett hält«, klärte Corey mich auf und musterte mich von oben, bis unten. Ich ignorierte das Leuchten, das er mir dann schenkte.

»Und das bist du definitiv nicht«, musste er dann noch hinzufügen.

»Du wirst auch nicht müde zu schleimen, oder?«, fragte ich stattdessen. Keine Ahnung, warum. Auch wenn es mir gefiel, dass er nette Dinge zu mir sagte, ich konnte das niemals so stehenlassen. Und er hielt mich für genau richtig! Mich!!!

»Komplimente sollen förderlich sein, um Bindungen zu vertiefen.«

»Wo hast du das denn jetzt her?«

Er zuckte mit der Schulter. »Als wir letztens im Wartezimmer saßen und auf Jills Diagnose warteten, stand das in einer Zeitschrift.«

Er hatte auch um Jills »Ehre« gekämpft und das

ganze Schwimmteam windelweich geprügelt, nachdem einige von denen versucht hatten, Jill zu vergewaltigen. Corey stand für seine Freunde ein. Vergessen würde ich das nie.

»Sie hatte großes Glück. Durch euch«, sagte ich.

Wieder nur ein Schulterzucken, als würde der Kerl mit dem Toilettenpapier das für jeden tun, der Hilfe bräuchte.

»Ich wollte schon immer das Schwimmteam vermöbeln. Es kam zu einer Gelegenheit.« Wieder ein Schulterzucken. »Also hab ich sie vermöbelt.«

Warum auch immer. Ich betrachtete ihn neugierig. »Du hast also aus rein egoistischen Gründen Jill geholfen.«

Er seufzte. »Du siehst in mir jemanden, der ich nicht bin, Gin.«

»Vielleicht sehe ich ja jemanden, den *du* einfach nicht sehen willst.«

Corey schnaubte, sah mich dann aber an, als würde er wirklich darüber nachdenken. Er besaß wirklich tolles Haar. Nicht zu kurz, nicht zu lang, und dann dieser maskuline Kiefer. Keine Ahnung, ob man einen Kiefer so beschreiben konnte, jedenfalls gehörte dieser zu Corey.

»Ist das der Moment, in den du dich in mich verschossen hast?«, fragte er plötzlich und schon war wieder *dieser* Corey Winter zum Vorschein gekommen. Ich verdrehte die Augen, aber er gab natürlich direkt

weiter Gas. »Nein, ernsthaft jetzt. Ich meine das hier ...«
Er schaute sich in dem vielleicht 60 Quadratmeter
großen - mit vergilbten Tapeten an den Wänden und
einem Geruch, den man nicht näher versuchen sollte
zu definieren - Supermarkt um und wirkte gespielt
begeistert. Hatte ich schon die indische Musik im
Hintergrund erwähnt? Super süß! »... wäre doch der
total romantische Ort, in dem du bemerkst, wie attraktiv ich doch mit ...«, er las die Beschreibung auf der
Toilettenpackung durch und bekam große Augen, »...
dreilagigem Toilettenpapier wirke. Ich meine, hallo?
Das Zeug riecht nach ...« Jetzt roch er auch noch an der
Verpackung. »Mmh ... Zitrone oder so. Wenn du jetzt
nicht total von mir überzeugt bist, dann liegt es ganz
sicher nicht am Toilettenpapier.«

Ich biss mir auf die Unterlippe, um nicht drauflos zu
lachen. Man konnte ja vieles über Corey Winter sagen,
und es wurde verdammt noch mal einiges erzählt, aber
dass er nicht witzig war, konnte man ihm wirklich nicht
ankreiden.

Und Humor machte attraktiv. Das wusste der Kerl
mit der Toilettenpackung ganz genau.

Im Augenwinkel sah ich den Stapel Toilettenpapier
und griff nach einer Packung.

»Vierlagig, 20 Cent billiger als deine Packung und es
riecht nach Frühling und nicht nach Gemüse oder Obst.«

Er wirkte ziemlich erstaunt, ließ seine Packung auf
dem Stapel liegen und griff sich meine.

»Siehst du, wie gut das schon mit uns funktioniert? Wie lange wird es wohl dauern, bis wir nicht mehr nur Toilettenpapier einkaufen, sondern auch Möbel.«

»Ja genau, weil du ja so der häusliche Typ bist. Lass mich raten? Du stehst auf einen süßen, kleinen Zaun vor deinem Haus. Und einen Hund möchtest du auch haben. Vorstadt nehme ich an?« Ich lachte, während ich an der Kasse die drei Burritos bezahlte.

Er sagte nichts, ich sah ihn aber auch nicht an, weil ich gerade voll in meinem Element war.

»Ich meine, du siehst natürlich nicht wie ein Typ aus, der gerne Millionen mit seinem Football verdienen will.« Er zahlte, wir gingen zusammen hinaus. »Und bei deiner Körpergröße brauchst du auch sicher etwas größeres als ein kleines Häuschen mit vielleicht drei Zimmern.«

Wir liefen über den Campus.

»Ist das deine Meinung, oder darf ich vielleicht auch mal was dazu sagen?«, fragte er.

Ich blieb stehen, um zu ihm hochzusehen. Corey seufzte, als unsere Blicke sich trafen. Er sah so gut aus mit seinen fast zwei Metern und diesen tollen definierten Muskeln. Da half es natürlich auch nicht, dass sein Gesicht so hübsch anzusehen war. Er war zum Footballstar gemacht.

»Als wenn es nicht stimmen würde«, behauptete ich.

»Erst einmal ... Ich arbeite schon seit Jahren hart an meiner Footballkarriere. Ich verdiene nicht an meinem

Football Geld, sondern an dem Spiel. Das ist ein Unterschied.«

Da hatte ich mich einmal versprochen, und schon musste Mr. Arrogant mich wieder mal korrigieren.

»Zumindest habe ich vor, damit Geld zu verdienen. Ist das jetzt falsch, dass ich es tun möchte?«

»Nein«, antwortete ich schnell.

Er legte den Kopf schräg und wirkte leicht belustigt.

»Warum klingst du dann so, als wäre genau das dein Problem?«

»Es ist kein Problem! Nicht für mich, okay! Ich ... ich mag kleine Häuser, weißt du. Die Vorstadt ist ein toller Platz, um Kinder großzuziehen. Ich ... finde es schön.«

Ich lief langsam weiter, weil ich hier nicht einfach rumstehen wollte. Es wurde mir plötzlich bewusst, dass es mich nervös machte, wenn Corey mich so musterte. Er ging neben mir her.

»Findest *du* es schön? Oder findest du es schön, weil du denkst, Lucas würde es dort besser gehen?«

Ruckartig blieb ich stehen und starrte ihn an. »Du stellst zu viele Fragen.«

Er grinste. »Auf die du anscheinend nicht mal eine Antwort hast.«

»Was ist falsch daran, wenn ich das Beste für Lucas möchte?!«, fuhr ich ihn genervt an.

»Nichts«, antwortete Corey und zuckte wieder mit der Schulter. Konnte er das nicht mal sein lassen? Ich hasste diese Reaktion. Seine Reaktion. Sie war mir oft einfach zu gleichgültig, als würde es keine ernsten Fragen oder Antworten geben. Als würde auf Corey Winter nicht die Last der Welt liegen. Oh Gott ... er hatte keine Probleme! Das war es! Er konnte sich einfach nicht in meine Lage hineinversetzen. Eine Erkenntnis, die nicht neu war, aber mir auch nicht wirklich gefiel.

Ich begann schneller zu laufen. Er hielt selbstverständlich Schritt.

»Gin! Hey, warte mal!« Corey ergriff mein Ellbogen, ich drehte mich zu ihm um.

»Was?«

»Du bist sauer«, stellte er fest.

»Ach ...«

»Ich bin nicht überrascht.«

Ich schnaubte.

»Du bist immer sauer auf mich«, redete er weiter.

»Halt dich nicht für so wichtig.«

Er seufzte, ich starrte lieber auf meine Schuhe.

»Du bist echt nicht einfach, Gin.«

Ach, war ich das nicht? Jetzt kam also wieder der Arsch Corey heraus. Gut, sollte er mal kommen.

»Du und ich ... ich glaube, das könnte gut funktionieren.«

Stirnrunzelnd schaute ich auf. Die Verwirrung war mir anzusehen, war ihm aber anscheinend egal. Er lächelte mich an.

»Bist du high?«, war meine Frage daraufhin. Er war

zwar Sportler, aber wer wusste schon, was er in seiner Freizeit trieb.

»Man kann schon sagen, dass ich so langsam klarer sehe«, antwortete er schmunzelnd.

»Marihuana?«, fragte ich nach.

Er schüttelte den Kopf.

»Noch zwei Tage ...«

»Wovon sprichst du eigentlich?«, fragte ich stattdessen. Er hatte diese »zwei Tage« schon einmal erwähnt. Aber was meinte er damit?

»Du glaubst, ich meine es nicht ernst.«

Ich runzelte die Stirn. »Womit?«

»Bin ich froh, wenn die zwei Tage rum sind ...« Er verdrehte die Augen.

»Wovon sprichst du?«, wiederholte ich wie ein ...

Die Burritos fielen zu Boden, als ich seine Lippen auf meinen spürte. Er hatte mich so schnell gepackt, dass ich kaum reagieren konnte.

Corey hörte kurz auf, um mich anzusehen. Vermutlich schielte ich, weil er mir so nah war.

Mein Herzschlag verdoppelte oder verdreifachte sich. So ganz sicher war ich mir nicht. Meine Knie zitterten. Ich hätte vermutlich nicht einen einzigen Schritt machen können. Gott sei Dank hielt er mich an sich gepresst.

»Ich habe mir und dir zwei Tage gegeben.«

Ich sagte nichts, weil ich nicht noch mal wie blöde nachfragen wollte.

Uns zwei Tage gegeben?

Er strich mir eine Strähne aus dem Gesicht und musterte mich mit einem so liebevollen Blick, dass mir fast das Herz stehen blieb. Erst schlug es zu schnell, jetzt wollte mein Herz den Geist aufgeben ... Selbst meine Organe wussten nicht, was sie mit ihm anstellen sollten. Großartig!

»Du hast Hunger. Du solltest nach Hause und etwas essen«, erklärte er mir, als wäre ich begriffsstutzig. Aber er bewegte sich nicht von mir weg. Corey blieb so nah wie möglich bei mir stehen.

Plötzlich ging ein Ruck durch ihn hindurch, er stellte sich aufrecht hin und nahm Abstand.

»Du hast mir noch immer nicht gesagt, wie du wirklich heißt.«

Ich versuchte wirklich nicht enttäuscht zu wirken, aber das war immens schwer. Dass er mich nicht geküsst hatte, nagte an mir. Also noch mal, *nicht* geküsst hatte ... denn geküsst hatte er mich ja, nur zu kurz. Ergab das irgendwie Sinn? Ich sollte einfach nicht mehr an das Wort »küssen« denken.

Dann begann er etwas vom Boden aufzusammeln. Das Toilettenpapier und meine Einkäufe.

»Danke«, murmelte ich.

»Gern geschehen!« Corey strahlte wie ein Honigkuchenpferd auf LSD. Dieser Kerl besaß aber auch verdammt noch mal einen unbezahlbaren Charme. Mit dem Toilettenpapier sah er nicht mal bescheuert aus.

»Küss mich nicht noch mal«, sagte ich und lief weiter. Dicht gefolgt von Mr. Footballstar hier.

»Das war kein Kuss«, behauptete er jetzt.

Ich blieb instinktiv stehen, und er wäre fast in mich hineingelaufen.

»Was soll es bitte denn gewesen sein?«

Jetzt war er es, der vorging. »Na ja ...« Er sah zum wolkenklaren Sternenhimmel. »Ein Kuss ist länger, ein echter Kuss. Das war eher ...«

»Was war es?«, fragte ich schärfer als beabsichtigt. Wenn er jetzt sagte, dass es einfach aus einer Laune heraus geschehen war, dann ...

Corey drehte sich zu mir um und schmunzelte. Als würde er meine Gedanken lesen können. »Interesse.«

Verständnislos starrte ich ihn an. »Bist du wirklich nicht high?«

Corey antwortete nicht, er schien kurz in Gedanken vertieft zu sein, die ich vermutlich niemals nachvollziehen könnte und dann sah er mir wieder ins Gesicht. Ein weicher Ausdruck war in seinem Gesicht zu sehen. Was dieser zu bedeuten hatte, konnte ich beim besten Willen nicht verstehen.

»Gute Nacht, Gin.«

Er lächelte, dann ging er weiter. Erst jetzt wurde mir bewusst, dass wir an meinem Wohnheim angekommen waren. Nicht mal das hatte ich mitbekommen.

Als ich morgens aufwachte, hing der erste Klebezettel

schon an meiner Zimmertür. Auch wenn ich es öffentlich niemals zugeben würde, aber ich war so erleichtert, als ich den Zettel gefunden hatte. Jedes Mal musste ich einfach einen Klebezettel zurücklassen und schon fand sich irgendwo in meiner Nähe die Antwort. Wie Corey das anstellte? Ich hatte absolut keine Ahnung, und es war mir im Laufe des Tages immer mehr egal geworden. Hauptsache die Zettel waren da ...

Coreys Klebezettel: *Gin steht für Gina. Wenn nicht, habe ich soeben zehn Mäuse an Nick verloren.*

Meine Antwort: *Du hast zehn Mäuse an Nick verloren!*

Corey Antwort: *Fu**! Okay, bei unserem ersten Date kann ich dich also nur noch auf einen Burger einladen, Gigi?*

Meine Antwort: *Unser erstes Date? Es wird keines geben! Und lass die Sternchen weg. Corey Winter und Zensierung? Passt nicht! Glaubst du wirklich, ich heiße Gigi? Nur Nutten heißen so! Und nein, ich will nicht sagen, dass ich eine bin!!!*

Coreys Antwort: *Baby, es wird ein erstes Date geben. Shit, die Spitznamen Baby und Babe gehören inoffiziell bereits Nick. Honey kann ich auch nicht nehmen, da rastet der Texaner aus. Wie soll ich dich nennen? Gigi heißt du ja anscheinend nicht. Nur zu deiner Beruhigung, die meisten Nutten heißen Sandy, Candy, Mandy.*

Meine Antwort: *Und mich soll das jetzt beruhigen, wenn du weißt, wie die meisten Nutten heißen?*

Coreys Antwort: *Reine Recherchezwecke ... musste in der 10. mal ein Referat drüber verfassen.*

Meine Antwort: *Über Nutten?*

Coreys Antwort: *Ganz genau. Der Wandel des ältesten Gewerbes der Welt. Vom Mittelalter bis zur Neuzeit.*

Meine Antwort: *Du verarschst mich doch!*

Coreys Antwort: *Okay ... vielleicht ein bisschen. Du bist aber auch die Erste, die auf diesem Thema herumhackt.*

Meine Antwort: *Dann entschuldige ich mich natürlich, dass mein Geschlecht bisher einfach nur dumm war und du dir deswegen etwas ausdenken musstest.*

Coreys Antwort: *Entschuldigung angenommen! Danke. So fühl ich mich schon gleich viel besser.*

Meine Antwort: *Fi** dich!!!*

Coreys Antwort: *Komm schon! Du und Zensur? Ehrlich jetzt? Was würde Lucas dazu sagen?*

Corey hatte in unserem Klebezettelduell schon öfters Lucas erwähnt, oder etwas über ihn gefragt. Das fühlte sich nicht mal mehr komisch an. Immerhin war er der erste Typ, der überhaupt von Lucas wusste.

Meine Antwort: *Er würde vermutlich hoffen, dass ich ihm ein Eis kaufe, damit er meine Schimpfwörter wieder »vergessen« kann.*

Coreys Antwort: *Dein Kleiner hat es drauf! Wobei ich einen Kuss gefordert hätte ....*

Er gab zu, dass er wusste, wie die meisten Prostituierten hießen und doch lachte ich mich hier halb schlapp im Seminar, weil er so »subtil« mit mir flirtete. Wieder ignorierte mich der Professor und ich freute mich darüber.

Und dann tauchte der letzte Zettel auf.

Coreys Klebezettel: *Ich sitze hier gerade, höre mir den Scheiß vom Coach an (er hat jetzt schon das dritte Mal erzählt, wie verfickt beschissen wir doch spielen) und ich denke an dich. Komisch, oder? So sollte ich mich nicht fühlen. Mach ich aber. Sagst du mir, was das bedeutet?*

Ich öffnete den Mund. Erstaunt. Erschrocken und doch glücklich. Alles zusammen ergab halt die Reaktion, wenn Corey Winter so etwas schrieb.

Meine Antwort: *Meistens sollte man nicht darüber nachdenken, was richtig oder falsch ist.*

Die Antwort war alles andere als richtig. Das wusste ich sofort.

Ich klebte den Zettel neben mich, als jemand plötzlich vor mir stand. Dass wir mitten im Seminar saßen, störte diese Person anscheinend nicht. Die Frau war mir völlig unbekannt. Sie trug einen Hosenanzug, eine Brille und schien, als hätte sie noch nie gelacht.

»Kommen Sie mit.«

»Ähm ... ich kann nicht.«

»Sie sind befreit vom Unterricht. Kommen Sie mit.«

Mehrmals runzelte ich die Stirn. Wer war das? Oh

Gott, was, wenn irgendwas mit meinem Collegeplatz nicht stimmte? Mein Hals fühlte sich urplötzlich staubtrocken an.

Auf einmal verwandelte sich der Tag in einen Albtraum. Was, wenn ich jetzt flog?

»Setzen Sie sich.«

Wir kamen in ein Büro, das ich noch nicht kannte. Ich zitterte, versuchte, mich aber irgendwie zu beruhigen. Es half nicht, wenn ich jetzt zusammenbrach.

»So, Ms. Borrow ...« Sie zog eine Akte vor und las darin. Sollte das einschüchtern? Glückwunsch. Es gelang ihr.

»Hören Sie, wenn ich irgendwas getan habe, das ...«

»Sie haben sich vor drei Jahren auf ein Familienapartment beworben.«

Der Satz ließ mich innehalten.

»Ähm ... was? Ich verstehe nicht ganz ...«

»Nach meinen Unterlagen hier haben Sie sich jedes Jahr auf ein Familienapartment beworben. Hier auf unserem Collegegelände. Stimmt das?«

»Ja, ich ... ich habe mich jedes Jahr beworben. Aber ich bin nur auf der Warteliste gelandet.« Einer sehr langen Warteliste.

»Nun.« Sie legte die Akte wieder hin und versuchte zu lächeln. Es blieb bei dem Versuch. »Dann kann ich Ihnen heute sagen, dass wir ein freies Familienapartment für Sie bereit stehen haben.«

»Moment.« Ich schloss die Augen, um kurz Luft zu

holen. »Sie haben ein Apartment für mich und meinen Sohn?«

»Das habe ich gerade gesagt.«

»Sechs Monate vor meinen Abschluss?«

»Gut, wenn Sie die Räume nicht mehr benötigen, dann ...«

»Nein, nein! Natürlich möchte ich das Apartment!« Ich wäre dumm, wenn ich es nicht nehmen würde.

»Aber wie ist das möglich? Erst Ende des Sommers sagte man mir, dass es eine viel zu lange Warteliste gäbe und ...«

Sie winkte ab. »Das war vor Monaten. Jetzt haben wir einen Platz, Ms. Borrow. Sie können ab nächster Woche einziehen. Gehen Sie am Montag ins Sekretariat. Da bekommen Sie den Schlüssel und den Mietvertrag.«

Völlig perplex saß ich nun hier und wusste nicht, woher dieses Glück plötzlich kam. Bald konnte ich mit Lucas zusammenwohnen. Ab nächster Woche, wenn alles klappte.

Ich bedankte mich bei ihr und verließ das Büro. Die Studenten um mich herum bemerkte ich kaum, weil ich immer noch unter Schock stand.

Was war da gerade passiert?

War es wirklich Glück, das mir passierte? Echtes Glück? Oder war es ...

Mein Blick nahm etwas Gelbes an der gegenüberliegenden Wand wahr. Ein Klebezettel. Woher wusste er ...

Automatisch ging ich hin, riss ihn ab und las.

Coreys Antwort: *Seit einiger Zeit denke ich über vieles nach, das ich getan habe. Das meiste war falsch, so falsch, dass ich mir am liebsten selbst in den Arsch gebissen hätte. Aber seit einigen Wochen kenne ich da jemanden, mit dem sich alles richtig anfühlt. Einfach alles.*

Meine Hand zitterte. Konnte es sein, dass ... dass Corey etwas damit zu tun hatte?

War er derjenige, der mir das Apartment verschafft hatte?

Diesmal zögerte ich nicht, klopfte auch nicht. Ich rannte praktisch zurück ins Büro.

»Corey Winter hat das getan, oder? Er ist dafür verantwortlich, dass ich das Apartment bekomme!«

Zehn Minuten später suchte ich ihn. Er war nicht zu finden. Das Training war längst zu Ende, aber auf dem Campus lief er auch nicht herum. Was tat er, wenn er vom Training kam? *Denk nach, Gin. Denk verdammt noch mal nach!*

Die Mensa! Natürlich. Er musste essen, wenn er trainiert hatte.

Meine Beine wurden immer schneller, als ich in die Mensa kam, die völlig überfüllt war. Auf Zehenspitzen versuchte ich zum üblichen Tisch zu sehen, aber da befanden sich nur die Pärchen. Nick und Jill sowie Blake und Amber, die sich unterhielten, aber kein Corey war zu sehen. Wo zum Teufel steckte er?

Und dann spielte plötzlich diese Musik ... die Leute hier wurden leiser und schauten sich auch verwirrt um. Woher kam diese Musik?

Auf einmal sprang jemand auf einen der Tische und begann sich zu ... Corey?

Direkt vor mir begann er tatsächlich im Rhythmus des Songs zu tanzen. Er sah mich an, schmunzelte, als er begann sein Shirt auszuziehen. Die Mädels hier jubelten, einige Kerle pfiffen sogar begeistert mit. Ich blieb wie angewurzelt an Ort und Stelle stehen. Er tanzte jetzt nicht wirklich zu Tom Jones auf dem Tisch der Mensa und zog sich aus? Das konnte er doch nicht ernst meinen!

Doch dann flog mir die Hose direkt vor die Füße. Wieder jubelten sie. Ich jedoch starrte einfach diese verdammte Hose an!

»Ist das ein Football?«, hörte ich jemanden lachend fragen.

Ich starrte in Coreys Schritt. Er hatte sich einen Football aus Pappe auf seinen Schwanz geklebt. *Gut, ich hoffe mal, es ist kein echter Kleber im Spiel.*

»Warum macht er das? Der macht sich doch total lächerlich«, hörte ich einen Typen neben mir reden.

»Manche Frauen stehen drauf«, mutmaßte sein Freund.

»Vielleicht, aber die meisten finden das doch einfach nur peinlich.«

War es peinlich?

Gerade war Corey dabei mit dem Hintern zu wackeln. Es sollte erotisch wirken, und ja, bei mir wirkte es sicher. Aber die meisten hier lachten und trotzdem tanzte er weiter, als wäre niemand hier außer uns zwei.

»Aber eins muss man ihm lassen. Er ist mutig«, sprach dann plötzlich der eine Student wieder mit seinem Freund.

Das war er! Aber warum machte er das dann?

Mein Kopf explodierte, weil ich mir so viele Fragen stellte, während Corey immer noch auf dem Tisch stand und nackt zu Tom Jones tanzte. Er machte gerade irgendeine lustige Bewegung, die eher nach Bauchtanz aussah, als nach Strippen. Deswegen hielt ich mich auch nicht mehr zurück und lachte lauthals mit.

Plötzlich hob er die Hand, und die Musik war wie von Zauberhand plötzlich ausgeschaltet. Jeder hier verhielt sich mucksmäuschenstill. Dann sprang er vom Tisch und kam auf mich zu. So selbstbewusst, wie es nur Corey Winter im Adamskostüm sein konnte.

Jetzt, da er sich nicht mehr wie ein besoffener Bollywoodtänzer bewegte, genoss ich den Anblick seines Sixpacks. Auf seinem Bauchnabel befanden sich ein paar Härchen, die unter dem Football verschwanden.

Dann starrte ich auf seine trainierte, leicht behaarte Brust. Halleluja! Er war einfach ...

»Du solltest mir schon in die Augen sehen, wenn ich vor dir stehe, Sweetie.«

Er hatte mich schon ab und an so genannt, aber diesmal hörte es sich anders an. Fragend blickte ich ihm ins Gesicht.

»Was tust du hier?«

»Dich beeindrucken«, antwortete er stolz und wirkte noch mal ein paar Zentimeter größer.

»Mich beeindrucken?«, wiederholte ich seine Antwort, als wäre ich total begriffsstutzig. Ich sah mich um. Um uns herum befanden sich Dutzende von Studenten. »Dir ist schon klar, dass du dich für die anderen total lächerlich machst.«

»Ist mir klar«, antwortete er wieder mit stolzer Stimme. »Aber das ist auch so geplant.« Dann zwinkerte er mir zu.

Mir blieb die Spucke weg. Ich wäre tomatenrot angelaufen. Vor Scham. Vor Panik. Vor … einfach allem!

Ich starrte und starrte, wusste nicht, was ich sagen sollte. Ach, mir war nicht mal bewusst, warum ich hier war. Was wollte ich noch mal in der Mensa?

Grinsend beugte er sich leicht zu mir herunter.

»Verstehst du es immer noch nicht?«, fragte er, ohne mich aus den Augen zu lassen.

Ich schüttelte den Kopf, er verdrehte gespielt theatralisch die Augen.

»Ich wollte dir zwei Tage geben, damit du mein Interesse mitbekommst und …« Er schien nachzudenken. »Was war es denn noch?«

Corey starrte die Decke an. Seelenruhig stand er

nackt vor mir, bis auf diesen blöden Pappfootball zwischen seinen Beinen. Ich würde es niemals laut aussprechen, aber mich nervte es, dass er ihn angelegt hatte.

»Ich glaube, es war so etwas wie ... der Kerl, der dich zu einem Date einladen will, muss heiß aussehen, super clever sein und sich für dich den nackten Arsch aufreißen. Ja, so hast du es wohl ausgedrückt«, erklärte er und grinste wieder, als mir langsam so einiges klar wurde.

Meine eigenen Worte kamen mir wieder in den Sinn.

»*Ich will einfach nicht raten müssen, was in ihm vorgeht, wenn er mich ansieht. Ich will ... ich will, echtes Interesse, denn dann weiß er auch, was ich will und was er von mir bekommen kann.*«

Er hatte mich gestern Abend geküsst. Aber nur, um mir sein »Interesse« zu zeigen.

»*Das war kein Kuss*«, *behauptete er.*

Ich blieb instinktiv stehen und er wäre fast in mich hineingelaufen.

»*Was soll es bitte denn gewesen sein?*«

Jetzt war er es, der vorging. »*Na ja ...*« *Er sah zum wolkenklaren Sternenhimmel.* »*Ein Kuss ist länger, ein echter Kuss. Das war eher ...*«

»*Was war es?*«, *fragte ich schärfer als beabsichtigt. Wenn er jetzt sagte, dass es einfach aus einer Laune heraus geschehen war, dann ...*

Corey drehte sich zu mir um und schmunzelte. Als würde er meine Gedanken lesen können. »*Interesse.*«

Jetzt stand er vor mir. Nackt. Mitten in der Mensa, weil er für mich getanzt hatte. Zum unerotischsten Song ever. Okay, für die Leute in Tom Jones' Alter war er vielleicht anders.

Ich dachte über meine Worte nach, die ihn zu dieser Tat geführt haben könnten.

»Und dann?«, hakte er weiter, als würde es ihn wirklich interessieren.

»Dann sollte er sein übliches Schema vergessen. Er sollte vergessen, wie gut er aussieht, wie witzig oder wie wahnsinnig intelligent er ist. Ich will einfach sehen, was er kann, wenn er den Kopf ausschaltet. Was er für mich tun könnte.«

Und er hatte es für mich getan. Corey machte sich zum Affen, weil ich davon gesprochen hatte, dass der richtige Kerl schon den Kopf ausschalten müsste, damit ich Interesse an einem Date hätte.

Das hier war also wirklich Coreys Art von »Kopf ausschalten«?

»Das hast du nicht wirklich wegen mir getan«, lächelte ich und konnte auf einmal nicht mehr damit aufhören.

Corey schenkte mir einen intensiven Blick à la »Warum denn wohl sonst«?

Dann fiel mir wieder der Grund ein, warum ich überhaupt hierhergekommen war.

»Du hast mir den Platz im Familienwohnheim besorgt.«

»Sie war schon bei dir?«, fragte er überrascht nach.

Er hatte es wirklich getan. Corey hatte ...

»Liz sollte erst morgen zu dir gehen. Damit du das hier ...« Er zeigte auf seine Erscheinung. » ... auch wirklich zu schätzen weißt.«

»Aha, sollte ich das?«, fragte ich grinsend und musterte noch mal seine Erscheinung. Und es machte ihm überhaupt nichts aus. Corey schien sich sogar zu freuen, dass ich immer wieder zu diesem blöden Football schauen musste.

»Solltest du«, flüsterte er so verführerisch, dass ich ihm wieder in die Augen sah. Coreys Blick verweilte so intensiv auf mir, dass meine Knie zitterten.

Wann war mir das jemals bei einem Mann passiert?

Dass er jede Frau haben konnte, wunderte mich mittlerweile nicht mehr, bei dem Körper und diesem Lächeln. Und doch stand er jetzt hier. Nackt. Nur für mich, obwohl er wusste, dass ich bereits ein Kind hatte. Obwohl er wusste, dass ich alles andere als einfach war.

»Das ist so süß«, hörte ich plötzlich Jill reden.

»Das ist immer noch Winter«, erklärte Blake ihr.

»Trotzdem irgendwie nett«, murmelte Amber.

»Er ist nackt«, beharrte Nick, als hätten wir das alle vergessen.

Ich war mir absolut sicher, dass Winter jedes einzelne Wort gehört hatte, denn sein Blick schweifte kurz auf seinen »Football.«

Kopfschüttelnd versuchte ich, mein Schmunzeln zu unterdrücken. Das gelang mir nur bedingt.

»Ich weiß es zu schätzen«, murmelte ich so leise, dass nur er und ich es hören konnten. Corey sollte wissen, dass ich sein Bemühen registriert hatte.

Winter grinste mich an, als hätte ich ihm gerade gesagt, dass er der beste Liebhaber der Welt wäre.

»Großer Gott, was ist denn hier los?«, hörten wir alle jemanden rufen.

»Was will die denn hier?«, redete Amber.

Corey und ich starrten uns immer noch an, unfähig einen Schritt weiterzugehen. Warum, wurde mir erst klar, als sich jemand praktisch zwischen uns drängte. Sie war blond, halbnackt und ...

»Kelly«, seufzte Winter, als hätte er gerade von einem abgelaufenen Pudding gegessen.

»Was wird das hier?«, fragte sie stattdessen, drehte sich dann zu mir um, um mir einen Blick zu schenken, der eisiger nicht sein konnte.

Kelly Sanders. Der Cheerleader-Captain. Jeder kannte sie. Jeder hatte sie.

Ein Pfiff von Blake ertönte. Er warf Corey eine Hose zu, die er sofort fing und anzog. Dahin war der Anblick seines Footballs - den er übrigens vorher zur Seite geworfen hatte, um überhaupt die Jeans anzubekommen.

»Du machst dich für eine Frau zum Affen?«, fragte sie regelrecht überrascht nach.

»Soll er sich wie du ständig zum Affen machen?«, forderte Amber sie heraus und gesellte sich zu uns in die Runde.

Die Blicke, die Kelly und Amber miteinander tauschten, waren furchterregend. Sie hätten jeden allein mit diesem Blick über den Jordan schicken können.

»Ach, und schon mischt sich die Streberin ein. Blake auch in der Nähe?« Kelly sah sich um und schnaubte verächtlich, als sie ihn sah. »Hat er dich noch nicht abserviert? Wow. Ein Wunder.«

»Sagt die, die sich durch kurze Kleider und Pompons die Aufmerksamkeit der Studenten sichern will«, konterte Amber. Sie beugte sich etwas vor. »Kleiner Tipp, heute ist kein Cheerleadertraining.«

Ich schmunzelte. Kelly trug ihre Cheerleaderuniform und die Pompons. Und das, obwohl sie nicht mal Training hatte? Was war los mit dieser Tussi?

»Niveaulos wie immer, Amber!«

Kelly drehte sich mir wieder zu und musterte mich ziemlich gründlich.

»Und du? Wer zum Teufel bist du?«

Ich wollte gerade ansetzen, als Winter mir zuvorkam.

»Das geht dich einen Scheiß an, Kelly!«

Sie wandte sich jetzt ihm zu.

»Ach, und du beschützt sie? Vor mir? Das ist doch ...«

»Ich muss vor niemandem beschützt werden«, fuhr ich sie an, und bekam wieder ihre volle Aufmerksamkeit. Sie war wirklich hübsch, aber nicht natürlich schön. Kelly war so vieles, aber ganz sicher nicht »echt«.

»Das kann ich mir vorstellen. Mit deiner billigen Tönung, den tiefen Augenringen und dem

Gesichtsausdruck, der schon aussagt, wie beschissen du uns High-Class-Studenten findest, musstest du sicher schon so einiges aushalten. Was glaubst du eigentlich, was du von unserem Winter hier bekommen wirst? Nick und Blake scheinen ihren Verstand zwar verloren zu haben, aber Winter müsste erst einmal einen besitzen, um ihn an jemanden verschwenden zu können. Er kann nur eines sehr gut.« Kelly zwinkerte mir verschwörerisch zu.

»Und so wie du ihn ansiehst, weißt du auch ganz genau, was ich meine.«

Sie und Winter? Warum überraschte mich das überhaupt noch?

»Gin ...«, sagte Corey und wartete darauf, dass ich ihn anschaute. Ich tat es widerwillig. Was ich darin las, war eine Überraschung. Er entschuldigte sich mit seinen Augen bei mir, weil er etwas mit Kelly hatte. Ja, er sah ziemlich verzweifelt aus.

»Erwartest du jetzt, dass ich zusammenbreche oder anfange zu heulen?«, fragte ich jetzt Kelly und beendete den Augenkontakt zu Corey. »Da muss ich dich leider enttäuschen. Die kleinen Spielchen, die ich bereits im Kindergarten verlernt habe ...« Ich zuckte mit der Schulter. »Man wird halt auch irgendwie erwachsener mit der Zeit. Jedenfalls sind solche Spiele schon lange kein Thema mehr für mich. Ich konzentriere mich auf meine Zukunft. Solltest du auch tun.« Ich musterte sie von oben bis unten. »Denn dann wäre dir klar, dass dein Selbstbräuner ziemlich krasse Flecken auf deiner Haut verursacht. Außerdem hast du Spliss.« Kelly versuchte sich zusammenzureißen, aber ihre Hand berührte schon ihr langes Haar. Sie wirkte verunsichert. »Liegt sicher an der überteuerten Spülung, die du benutzt. Teuer ist halt nicht immer besser. Riecht man auch an dem stechenden Parfum, das du trägst. Lass mich raten? Irgendeine Designermarke?« Kelly presste die Lippen aufeinander. Bingo!

»Miststück«, zischte sie mir zu. Ich näherte mich ihr etwas, sodass sie große Augen bekam.

»Ich glaube, du verstehst noch nicht das Prinzip einer Beleidigung. Was glaubst du, wie sich eine Frau nennt, die sich in Beziehungen einmischt? Die Lügen erzählt, sich an Kerle ranmachen will, obwohl sie sofort signalisieren, dass sie kein Interesse haben?«

Kellys Blick schoss zu Blake und Nick rüber.

Ja, ich kannte die Geschichten über Kelly Sanders und ihre Intrigen. Ein Gesicht blieb mir bisher verwehrt. Ich hatte mir nie einen Kopf darum gemacht, mich mit so einer skrupellosen Person auseinandersetzen zu müssen.

»Miststück wäre da wohl noch ein Kompliment.«

Ich spürte Winters Lächeln, das ich allerdings ignorierte. Auch Amber und Jill, die irgendwas erzählten, hörte ich nicht zu.

Kelly war auf 180. Sie hatte nicht damit gerechnet, dass ich ihr Kontra geben würde. Damit rechneten Menschen wie Kelly nie.

»Du magst dir bei Amber und Jill einiges herausgenommen zu haben, aber mit mir machst du das nicht. Ich habe für diesen ganzen Teenagerscheiß einfach keine Zeit. Merk dir das!«

Mein Blick war auf sie gerichtet, als ich mich entschloss, das hier jetzt zu beenden. Die Studenten um uns herum hatten alles mitbekommen. Als wären wir das Theaterstück, das denen den Tag versüßte. Dazu wollte ich nie gehören und jetzt war es doch passiert! Ich war ihre Hauptattraktion!

Weil Corey diese Kelly unbedingt flachlegen musste.

Natürlich lag es wieder nur an seinem Schwanz!

Ich hörte Jill nach mir rufen, als ich mich ohne ein weiteres Wort zu sagen umdrehte und die Mensa verließ.

COREY

So war das alles nicht geplant!

Gins Rücken brannte sich praktisch in meine Augäpfel, als sie die Mensa verließ.

Die Menschenmenge verstreute sich langsam in alle Richtungen, bis nur noch die Clique und Kelly übrig blieb.

»Eines muss man dir lassen, Kelly«, mischte Blake sich jetzt ein. »Du weißt nie, wann du nicht erwünscht bist.«

»Wie geht es deinem Knie, Blake?«, traute sich diese Schlampe auch noch mit zuckersüßer Stimme zu fragen, bevor Blake seine Freundin festhalten musste, die bereit war auf Kelly loszugehen. Gerade verstand ich Amber sehr gut. Wäre ich kein Kerl, würde ich ihr auch eine kleben wollen.

Weil Kelly damals Amber falsche Beweise aufgetischt hatte, dachte sie, Blake wäre fremdgegangen. Daraufhin lief sie kopflos über die Straße und wäre fast von einem Auto angefahren worden. Blake rettete sie, wurde dabei aber verletzt. Sein Knie würde wohl nie wieder richtig heilen. Seine Karriere als Footballspieler war Geschichte. Kein Wunder also, dass dieser Satz ein paar Sicherungen durchbrennen ließ.

Und Gin hatte sie auch vergrault, weil sie angedeutet hatte, dass ich etwas mit ihr am Laufen hatte. Sie konnte weglaufen, mich ignorieren oder sonst etwas machen, aber ich hatte Gins Leuchten in den Augen gesehen, als ich vor ihr gestanden hatte. Sie hatte sich über mein Bemühen gefreut.

»Verschwinde«, mischte ich mich jetzt in diese »Unterhaltung« ein.

Kelly musterte mich zweifelnd.

»Ich sagte, verpiss dich!«

»Ach, komm schon, Winter. Du und diese …«

»Sprich aus, was du zu sagen hast, Kelly. Aber ob ich dich dann noch heil hier rauslasse, ist eine andere Sache«, drohte ich ihr und setzte mein Killer-Face auf. Das Gesicht zeigte ich eigentlich nur auf dem Spielfeld, aber für Kelly war irgendwie alles eine riesige Spielwiese und es reichte mir jetzt!

»Ich habe nur das gesagt, was hier alle denken. Du suchst seit Jahren die Aufmerksamkeit aller Studentinnen, Winter. Und plötzlich strippst du nur für sie? Du hast sie doch schon gefickt! Was willst du denn noch von ihr?«, fragte sie mich jetzt und wirkte ziemlich angeekelt.

»Schon Scheiße, wenn hier fast jede an mir naschen durfte, nur du nicht, oder?«

Sie schnappte nach Luft. Das sollte eigentlich unser Geheimnis bleiben, aber sie wollte es ja nicht anders.

»Und dann taucht da noch Gin auf, die dir das nimmt, was du nie bekommen hast. Verdammt, Gin hat so recht. Wir sind zu alt für diesen Kindergartenscheiß. Geh Kelly, verpiss dich, und tritt mir bloß nicht mehr vor die Augen! Am besten du versuchst, dich die letzten Monate noch irgendwie unsichtbar zu machen.« Ich sah wieder zum Ausgang. Dort war Gin entlanggegangen. Konnte ich sie noch einholen? Würde sie mir zuhören?

Kelly biss die Zähne aufeinander, als würde sie noch gerne etwas sagen, aber ich kam ihr zuvor, während ich Richtung Ausgang lief.

»Übrigens, dein Parfum riecht wirklich scheiße!«

Mir war bewusst, dass ich einen denkwürdigen Anblick gab, weil ich barfuß und nur mit einer Jeans bekleidet über den Campus lief. Mehrmals drehte ich mich um mich selbst, um Gin zu finden.

»Ich finde sie nicht«, sprach Nick mich nach einer Weile an. Er war zu mir gekommen, nachdem er auf der anderen Seite nach ihr Ausschau gehalten hatte.

Ich nickte, versunken in die Suche.

Okay, dass sie abgehauen war, konnte ich irgendwie verstehen. Aber ohne wenigstens noch mal mit mir zu reden?

»Kann ich dich mal was fragen?«, kam jetzt auch noch Nick auf die Idee, mich vollzulabern. Ich wollte nicht mit ihm reden, nicht mit Kelly oder sonst wem. Ich wollte mit Gin reden.

Dieser starke Ausdruck in ihren Augen, als sie Kelly die Leviten gelesen hatte, war beeindruckend gewesen. Leider bekam ich auch den Hauch der Enttäuschung mit, als sie verstand, dass Kelly sich nur einmischte, weil sie auf Gin eifersüchtig gewesen war.

Eifersüchtige Weiber waren schon unheimlich. Aber Kelly? Diese Schlampe duldete einfach keine andere Frau. Sie hatte auf jeden Fall irgendein psychisches Problem!

Ich spürte immer noch Nicks fragenden Blick auf mir ruhen.

»Was?«

»Ich wills nur verstehen«, sagte er.

Ich seufzte und wartete ab.

»Du willst Gin ...«

»Ach? Echt?« Ich schaute mich weiter um, während wir langsam weitergingen.

»Hör auf, mich zu verarschen. Was versprichst du dir davon?«

»Was ich mir davon verspreche?«

Ich blieb stehen, um meinen Freund anzusehen.

»Liebst du sie?«, fragte er ohne zu zögern.

»Ob ich sie ...? Mann, Alter, ich muss sie gerade mal davon überzeugen, dass ich nicht der Pisser bin, den sie in mir sieht und du kommst mir mit Liebe ... also ehrlich, ey.«

»Aber das ist es doch gerade!«, fuhr er mir dazwischen und wirkte gerade viel zu ernst. War das nicht gerade meine Rolle? »Du hast doch schon die Beine in die Hand genommen, wenn irgendeine Mieze mit dir frühstücken wollte.«

»Du redest Bullshit«, antwortete ich.

»Ach wirklich? Das sehe ich aber ganz anders!«

»Ich habe nie einer Mieze die Möglichkeit gegeben, bei mir zu frühstücken. Sie blieben nie über Nacht«, antwortete ich ihm, und fühlte mich in keinster Weise schlecht damit. Jede Einzelne wusste, was sie von mir zu erwarten hatte. Nicht viel.

»Und dann willst du Gin jetzt auf einmal für das große Ganze?«, musste der Idiot weiter nachhaken.

»Was willst du jetzt eigentlich von mir, O'Donnell? Ich check es nicht ganz. Willst du jetzt den Job von Kelly übernehmen und mir einreden, dass Gin nichts für mich ist?«

»Sie hat ein Kind, Corey.«

Wann zum Teufel nannte er mich denn bitte beim Vornamen?

Er sah mir an, dass es mir nicht gefiel, und es schien Nick scheißegal zu sein.

»Das weiß ich«, antwortete ich ihm genervt.

Nick betrachtete mich eingehend, bis er dann schließlich an mir vorbeilief.

»Sie ist da drüben. Läuft Richtung Bushaltestation.«

Ich folgte seinem Blick und tatsächlich. Gin war dabei zur Bushaltestelle zu laufen.

Ohne zu zögern ging ich hin. Nick folgte mir nicht,

das sollte er sich mal wagen. Keine Ahnung, warum er mir ausgerechnet jetzt mit so einem Scheiß kam. Ich jedenfalls kannte nur einen Weg.

Als ich näher kam, bemerkte ich ihren verträumten Gesichtsausdruck. Nicht, dass sie lächelte, sie wirkte eher etwas nachdenklich.

»Wo willst du hin?«, fragte ich sie barsch, wobei das gar nicht so klingen sollte. Aber ihr Anblick gab mir schon wieder den Rest.

Ich lief ihr halbnackt hinterher, weil ich vorher beweisen wollte, wie gut ich mich um sie bemühen konnte. Aber Kelly, selbst Nick, waren sich nicht sicher, was ich damit bezwecken wollte. Wusste ich ja selbst nicht wirklich. Mein Schwanz und meine Birne wollten sie einfach bei mir haben. War das so falsch? Was war überhaupt falsch daran? Weil sie Mom war, durfte ich mir das nicht wünschen oder was? Wer entschied das? Nick? Kelly oder irgendein anderer Scheißer, der meinte, sich mein Freund zu schimpfen? Nein verdammt! Gin entschied, wer mit ihr zusammen sein durfte. Niemand anderes.

Sie wirkte überrascht mich zu sehen. Innerlich schnaubte ich. Was hatte sie denn erwartet? Dass sie mich halbnackt stehen lassen konnte, weil Kelly damit prahlte mit mir gevögelt zu haben? Sicherlich nicht!

»Ich warte auf den Bus«, antwortete sie genauso unfreundlich.

»Das kann ich auch sehen!«

»Warum fragst du dann?«

»Na ...« Gut. Eins zu null für sie.

Irgend so ein Anfänger - er wirkte immerhin ziemlich jung - musterte uns beide ziemlich neugierig. Gut, er musterte nur mich.

»Was willst du, Corey. Denn ehrlich, noch so eine Show verkrafte ich wirklich nicht«, sagte sie und wirkte ziemlich müde.

»Ich wollte nur ...« Das Starren ging mir ziemlich auf die Nerven, ich seufzte aber lieber erst mal. »Gin, ich ... ich habe mich da zum Affen für dich gemacht.«

»Und jetzt willst du mir sagen, ich soll dir um den Hals fallen? Ist es das, was du hören willst? Wobei warte mal, das bekommst du vermutlich immer zu hören, oder? Jede Studentin hier würde dir bei dem Tanz alles von sich geben, richtig?« Provozierend stand sie jetzt vor mir.

Ich zögerte. »Ich glaube nicht, dass es mich gerade weiterbringen würde, wenn ich jetzt die Wahrheit sagen würde, oder?«

Sie verdrehte die Augen, befühlte ihre Stirn und fand für kurze Zeit den Boden interessant. Dann blickte sie wieder auf. »Was willst du dir eigentlich beweisen? Dass es doch eine Frau gibt, die man vielleicht ein zweites Mal ansehen sollte? Da bin ich die Falsche. Ich ... ich muss mich um Lucas kümmern, brauche einen guten Abschluss.«

»Das weiß ich alles«, murmelte ich.

»Na, dann frage ich mich immer noch, was du

glaubst von mir zu erwarten? Ich heile nicht plötzlich einen notorischen Draufgänger!«

»Moment mal!«

»Die Sache mit Kelly ist doch genau das, was ich meine. Ein besseres Beispiel gibt es nicht!«, feuerte sie mir vor die Füße.

»Was meinst du damit?«, fragte ich mit viel zu viel unterdrückter Wut.

Mir war auf einmal nicht mehr ganz klar, wie ich hier als Gewinner aus der Sache kommen sollte.

»Na, was wohl! Du bist Corey Winter! Es gibt kein Mädchen zweimal in deinem Bett!«

»Und du weißt plötzlich mehr über mich als ich, oder wie?«, fragte ich genervt nach.

»Ich sehe es doch. Jede zweite Studentin kennt dich, oder will dich näher kennenlernen.«

»Ah, da kommen wir der Sache doch schon viel näher«, lachte ich sarkastisch auf. Damit konnte ich sie aus der Reserve locken. Gin wirkte nicht mehr angriffslustig. Sie wirkte ... leicht verschreckt. »Du kannst es nicht ertragen, dass sie alle, vielleicht auch ein paar weniger, ...« ich zuckte mit der Schulter, weil sie begreifen sollte, wie wenig mich das interessierte, » ... irgendwann mal mit mir im Bett waren.«

Sie schnaubte und verschränkte die Arme vor der Brust. »Träum weiter!«

»Ich habe Kelly nicht gefickt«, stellte ich klar, damit sie begriff, dass es wirklich nicht ALLE waren.

Gin schnaubte erneut.

»Vielleicht geleckt, mehr nicht.«

Ich sah sie zusammenzucken, und sie wusste, ich hatte es bemerkt.

Wie war das? Ihr war das egal? Ich würde sagen, es stand jetzt eins zu eins.

»Du bist so widerlich!« Gin wollte sich umdrehen, sich von mir abwenden, aber ich bekam sie an ihrem Ellbogen gepackt und zog sie an mich.

Sie war klein, aber das hielt mich nicht davon ab, fast ihre Nasenspitze zu berühren, während wir uns nicht aus den Augen ließen. Ich würde es ihr nicht mal erlauben, den Blick abzuwenden. Dazu war ich einfach zu angepisst.

»Und du bist eine Heuchlerin. Mit mir in die Kabine verschwinden konntest du, aber mehr war nicht drin für dich. Wer ist hier also der Moralapostel? Kläre mich auf, Gin. Du oder ich?«

Sie sagte nichts. Ihr warmer Atem kroch über meine Lippen und ich erschauderte. Genau das war das Gefühl, dass ich nur bei ihr kannte. Wenn ich ihr nahe war, fühlte es sich an, als wäre es nie genug. Als würde ich nie genug von ihr bekommen können.

Ausgerechnet der Mensch, der solche Gefühle in mir auslöste, war nicht in der Lage, mehr in mir zu sehen.

»Das ist nicht dasselbe«, behauptete sie leise. »Und fair ist es auch nicht.«

»Fair?«, fragte ich ungläubig. »Verdammt noch mal, Gin! Ist es fair, dass ich jede Nacht immer nur von dir träume? Ich kann nicht mal mehr in Ruhe pissen, ohne daran zu denken, wie ich dich in der Kabine nehmen durfte. Es ist noch nicht lange her, da habe ich meine Mitbewohner ausgelacht, weil die beiden Idioten für den größten Toilettenpapierverbrauch verantwortlich waren, die es jemals an der Westküste gegeben hatte. Und jetzt bin ich der Trottel, der ständig neues besorgen muss! Und ich war nie fair, wieso sollte ich dann auch fair spielen?«

Okay, *so* ehrlich wollte ich eigentlich nicht sein!

Ich zog noch mal an ihrem Arm, damit sie es endlich begriff.

»Auch wenn es viele Frauen waren, zu viele, um sie alle zu zählen ... du bist die, die mir nicht aus der Birne will. Ich habe gedacht, einmal und nie wieder, dann wärst du nicht mehr so interessant. Aber das hat es doch alles nur noch schlimmer gemacht!«

Sie starrte mich an. Ich starrte sie an. Wenn das so weiter ging, würden wir noch den Weltrekord im Anstarren gewinnen. Sollte sie nicht mal langsam irgendwas darauf antworten? Vielleicht sogar erwidern?

»Ich weiß nicht, was ich sagen soll«, war ihre Antwort. Gin sprach völlig erschüttert, als hätte sie alles erwartet, nur nicht das.

Vor ein paar Wochen hätte ich vermutlich genauso reagiert, wenn man mir gesagt hätte, dass ich einem

Mädchen - einem einzigen wohlgemerkt - sagen würde, wie wenig Verstand noch fähig war, in meiner Birne zu arbeiten.

»Vielleicht ist auch alles gesagt für den Moment«, war meine total erwachsene und reife Antwort darauf.

Gin wirkte ziemlich skeptisch.

»Was? Ich bin für meinen ausgeglichenen Wesenszug bekannt und ...« Der Pisser starrte immer noch. »Was ist? Gaff nicht so, du kleine ...«

Gins genervtes Schnauben hielt mich zurück.

Der Bus fuhr ran, und Gin machte sich tatsächlich bereit zu gehen.

»Wo willst du hin?«

»Ich muss nach Richmond. Meine Mom soll wissen, dass Lucas und ich ...« Sie seufzte, als würde es ihr schwerfallen, weiter zu reden. War es doch keine so gute Idee, ihr das Apartment für Lucas und sie zu besorgen?

»Kann ich dir irgendwie helfen?«

Mann, ich war nie selbstlos gewesen, aber bei Gin verlor ich stetig über alles die Kontrolle. Ich *wollte* ihr helfen.

Gin stieg kopfschüttelnd ein, drehte sich dann aber noch zu mir um.

»Zieh dir was an!« Ihr Schmunzeln war ansteckend und schon schloss sich die Bustür.

GIN

»Du schaffst das! Du schaffst das ... Du schaffst das.«

Ich stand vor Moms Haustür und ... stand einfach da.

»Du schaffst das. Du schaffst das, du ...«

Die Tür wurde geöffnet, ohne dass ich es hatte kommen sehen.

Mom blickte mich an.

»Geneuve«, begrüßte sie mich mit meinem ganzen Namen. Ich hasste es, und das war meiner Mutter auch mehr als bewusst. Aber ich wollte ja heute etwas von ihr. Das musste ich taktisch klug angehen.

»Hey Mom, ich weiß, ich hätte mich anmelden sollen, aber es ist ...«

Sie hob die Hand.

»Komm erst mal rein.«

Sie ließ mich stehen, und ich folgte ihr dann ins Haus.

»Mom? Mom?« Lucas kam kreischend die Treppe herunter und rannte mir dann in die Arme. »Du bist da? Das ist toll, ich habe Lego aufgebaut und ich wollte ...«

»Ich freu mich auch, Schatz. Aber warte bis gleich. Oma und ich wollten noch eben was bereden, ja?«

Wie so oft, schürzte Lucas die Lippen, so als würde er mich noch überreden wollen, aber er gehorchte und stampfte etwas zu laut die Treppen wieder hoch.

Mom beobachtete uns wie immer ganz genau dabei. Auch das hasste ich.

Wir setzten uns ins große Esszimmer.

»Setz dich.«

Ihr Befehlston entging mir nicht. Aber ich wollte ja freundlich sein ...

»Möchtest du was trinken?«

Ich schüttelte den Kopf. »Ich bin hier, weil ich ...«

»Ich möchte aber was trinken«, fuhr sie mir dazwischen und verschwand in die angrenzende Küche.

Währenddessen ignorierte ich das Ticken der Uhr an der Wand. Wie lange würde sie wohl brauchen, um vollends die Fassung zu verlieren?

Na ja, wenn du ihr sagst, dass du ihr den Enkel nehmen willst, nimmt sie das sicher nicht so gut auf ...

Mom kam mit einem Glas Wasser wieder rein, dann setzte sie sich.

Sie hatte eine Pille in der Hand. Am liebsten hätte ich die Augen verdreht.

»Mom ...«

Sie hob wieder gekünstelt die Hand und schluckte sie dann mit einem Schluck Wasser herunter.

»Findest du das nicht etwas ...«

»Nein. Das brauche ich jetzt. So, schieß los«, antwortete sie und wartete ab.

Oh Mann ... mir war ja bewusst, dass es nicht einfach werden würde, aber ...

»Gut, wenn du nicht anfangen willst ...«

»Ich möchte Lucas mitnehmen«, sprach ich es schnell und schmerzlos aus.

Jetzt wartete ich auf den Aufschrei, dass das Glas flog oder der Heulkrampf anfing. Wenn meine Mutter etwas konnte, dann überreagieren, wenn es um mich ging.

»Okayyyyy«, zog sie das Wort sehr lang.

Meine Hände verkrampften sich, bereit mein Gesicht zu schützen, wenn es sein musste.

»Dein Tutor hat sich schon gemeldet, und mir gesagt, dass du wohl kommen würdest und ...«

»Moment ...« Wovon sprach sie? »Tutor?«

»Ja, dein Tutor. Mr. Winter. Er rief an und meinte ...«

Ich verdrehte die Augen. Das konnte er doch unmöglich gewesen sein ...

»Er sagte, du hättest jetzt das große Glück, dieses Familienapartment zu bekommen. Weil du so ein Engagement gezeigt hast ...«

»Ach, habe ich das ...«, murmelte ich.

»Und das College natürlich Familien unterstützt, die so verzweifelt zusammen sein wollen. Darauf seien sie besonders stolz. Und deswegen wollten sie Lucas und dir unbedingt noch ein halbes Jahr zusammen die Möglichkeit geben, sich aneinander zu gewöhnen.«

Ich bezweifelte, dass Winter den letzten Satz

wirklich gesagt hatte. Das war Moms Fantasie ... Sie war es, die fand, dass Lucas und ich keine feste Beziehung zueinander pflegten. Und sie wusste ganz genau, dass das nicht stimmte.

»Also, ich war wirklich überrascht, als er mich anrief. Das ist ziemlich nett von ihm. Du solltest deinen Tutor auf jeden Fall zum Essen einladen. Er würde sich übrigens freuen. Wenigstens mal ein Mann in deinem Leben, der sich für dich einsetzt und nicht nur für sich selbst.«

Ich biss mir auf die Lippen, um nicht laut loszuschreien oder zu grinsen. Darauf konnte ich mich noch nicht wirklich einigen.

Er hatte wirklich bei meiner Mutter angerufen. Corey hatte das wirklich getan!

»Du hast also nichts dagegen, wenn Lucas bei mir wohnt?«

Sie seufzte und seufzte und seufzte.

»Er ist mein kleiner Junge. Das war er immer, aber er gehört zu seiner Mutter. Der Tag musste kommen.«

Dass sie es so gut aufnahm, war wirklich eine Überraschung.

»Außerdem hat Mr. Winter bestätigt, dass Lucas absolut in guten Händen ist. Das College kümmert sich um seine Studenten und deren Familie.«

Der letzte Satz kam sicherlich nicht von ihr. Was zum Teufel hatte Corey ihr eigentlich noch erzählt?

»Moooom!«, rief Lucas plötzlich und setzte sich auf meinen Schoß.

»Du hast gelauscht«, stellte ich fest und er nickte ganz und gar nicht schuldbewusst.

»Stimmt es? Darf ich zu dir auf die Schule?«

Ich nickte lächelnd. »Und ob!«

»Yeah! Das wird so cool!«

Mom schluchzte auf.

COREY

»Ich will ihn aber fragen!«, hörte ich Jill laut rufen.

»Nein, wirst du nicht«, antwortete Nick ihr.

»Ach, komm schon!«

»Babe ...«

Seufzend legte ich meine Gabel zur Seite. Der Salat schmeckte eh nicht. Warum versuchte ICH es überhaupt? Grünzeug war Grünzeug.

»Ich kann euch hören.«

Wir saßen am letzten Samstag vor den Winterferien an unserem üblichen Tisch. Blake und Amber waren noch nicht da.

»Siehst du! Er kann uns hören, dann kann ich auch direkt fragen«, redete Jill.

Nick verdrehte die Augen, ich tat es ihm gleich.

»Du und Gin ...«

»Großer Gott, Frau. Lass den armen Kerl doch endlich in Ruhe«, fuhr Nick seine Freundin genervt an.

Die gesamte Mensa war in den Farben unserer Mannschaft dekoriert. Dieses Spiel war wichtig heute ... und wäre ich nicht so scheiß nervös wegen Gin gewesen, hätte ich das auch alles registrieren können.

»Wir haben heute ein Spiel zu gewinnen! Er muss sich darauf konzentrieren!«

»Er hat gestern nackt herumgetanzt. Darf ich da nicht nachfragen?«

»Winter will aber nicht, dass du nachfragst!«

Es war wie immer interessant den beiden zuzuhören.

Aber da war die Aufmerksamkeit schon auf die kleine süße Zicke am Ende der Mensa gezogen. Gin.

Sie suchte jemanden. Scheiße, sie suchte ganz sicher mich.

Gin hatte mich entdeckt. Grinsend stand ich auf, um ihr entgegenzukommen. Sie würde mich umarmen, abknutschen und mir auf ewig dankbar sein. Scheiße, der Tanz gestern hätte sich somit sowas von gelohnt!

Gin war noch wenige Meter von mir entfernt. Deswegen konnte ich mir ihre heißen Kurven noch mal einprägen, bis …

Ohne es kommen zu sehen, schlug sie mir ihre kleine Faust in den Magen. Ich krümmte mich leicht und hustete auf. *Fuck …*

Ich blinzelte kurz die Tränen weg, die sich automatisch in meinen Augen gebildet hatten und nahm einen tiefen Luftzug. Der Schlag war so schnell gekommen, dass ich den Schmerz auch voll wahrnahm.

»Das war fürs Einmischen. Es war strohdumm, meine Mom anzurufen, Mr. Winter!«, sagte sie mit drohender Stimme und betonte dabei noch mal meinen Namen.

Ich rieb mir den Magen und schaute sie an.

Scheiße, ey.

Wo war denn die Umarmung, das »Danke« und die Liebe, die ich in ihrem Blick hätte sehen müssen? Standen Frauen nicht auf Typen, die den strahlenden Ritter gaben?

Plötzlich schmunzelte sie.

»Viel Glück heute ...«

Ich grinste. »Und mein Essen?«

Sie schmunzelte immer noch. Das war doch ein gutes Zeichen, oder? Das war es doch!

Gin zuckte mit der Schulter und verschränkte die Hände hinter ihrem Rücken. Sie sah gerade so verdammt süß aus, dass ich diesen Anblick einfach in mich aufnehmen musste.

»Gewinn erst mal das Spiel. Dann reden wir weiter ...«

Lächelnd ging sie wieder.

Wie so ein verdammtes Hündchen schaute ich ihr nach. Gerade war ich ein sehr glückliches Hündchen.

»Was zum Teufel war das denn? Sie hat dir eins verpasst?«

Nick war dazugekommen und sah jetzt mit mir zusammen Gin aus der Mensa gehen.

»Mhm. Das hat sie«, antwortete ich lächelnd und rieb mir wieder den Magen.

»Ihr beide habt sie nicht mehr alle!«

Ich ignorierte Nick. Ich ignorierte alles, außer diesen süßen Schmerz oberhalb meines Schwanzes.

Sie hatte mich. Sie hatte mich aber sowas von ...

GIN

»Na, wen haben wir denn da?«, begrüßte Jill mich und auch Amber grinste, als ich mich zu den beiden auf die Tribüne setzte.

»Ich wollte mir noch mal den neuen Rasen ansehen«, antwortete ich, ohne mit der Wimper zu zucken.

»Ah ja«, sagte Amber. »Und wie lange hast du gebraucht, um dir diese Ausrede auszudenken?«

Ich sagte nichts, während ich mit den Augen schon nach ihm suchte.

Die Leute jubelten schon, obwohl die Mannschaft noch gar nicht aus der Kabine gekommen war.

»Mach dir nichts draus, unsere liebe Amber hier hatte damals keine so gute Ausrede«, grinste Jill.

»Hey!« Amber schien kurz zu überlegen. »Ja, gut, du hast vielleicht recht.«

Ich grinste, als Amber so absolut verschossen durch die Gegend starrte.

»Wo ist Blake eigentlich?«, fragte ich sie.

»In der Kabine. Sein Knie kann zwar kaputt sein, aber er würde alles dafür geben, um zumindest in der Kabine dabei sein zu können.«

»Sie kommen!«, rief Jill aus, und tatsächlich schritt die Mannschaft auf den Platz.

Die Zuschauer standen alle auf, jubelten, klatschten und manche Frauen schmissen … Slips hinunter?

Ich verdrehte die Augen. Manche Weiber waren wirklich …

Das Team ließ sich kurz bejubeln, dann rückten sie eng zusammen, um gemeinsam noch mal alles zu besprechen. Aber einer nicht …

Einer starrte auf die Tribüne.

»Das ist Winter«, flüsterte Jill mir zu, weil alle schon ihren Helm trugen.

Ich wollte wirklich nicht … aber lächeln musste ich einfach. Grüßend hob ich kurz die Hand, das schien ihm zu reichen, denn dann konzentrierte er sich wieder auf seine Leute.

»Dann hat es wirklich was gebracht, dass er sich vor allen lächerlich gemacht hat, oder?«, fragte Jill mich plötzlich.

Kurz war ich sprachlos. Hatte es etwas gebracht?

Corey hatte in so kurzer Zeit verdammt vieles getan, dass wohl niemand von ihm erwartet hatte.

»Er hat vieles getan und … ich weiß nicht«, antwortete ich ehrlich. »Es ist kompliziert.«

»Klar, du hast eine Menge Verantwortung und so«, redete Jill weiter.

Amber nickte verständnisvoll.

Sie wussten es also auch.

»Lucas ... Lucas ist ...«

Keine Ahnung, was ich sagen wollte.

»Schon klar, Gin. Wir verstehen das, du musst uns nichts erzählen. Wir beide waren ungebunden, und hatten Bedenken, was Nick und Blake anging«, sagte Amber. »Außerdem ist Winter ja mal eine andere Hausnum ...«

»Was Amber damit sagen will, ist ...«, mischte Jill sich ein und drohte Amber mit einem wirklich furchteinflößenden Gesichtsausdruck. »... dass du uns auf keinen Fall Rechenschaft schuldest, ob du jetzt mit Winter zusammen sein willst, oder nicht ...« Sie ließ mir Zeit darüber nachzudenken. Oder auch nicht ... »Also, es ist in meinen Augen total süß, wie du ihn veränderst. Und ich glaube, du fühlst dich auch wohl in seiner Nähe. Wenn man sich gut tut, sollte man vielleicht doch ...«

»Sie muss uns keine Rechenschaft schulden, Jill. Das waren deine Worte«, mischte Amber sich kopfschüttelnd ein.

Ich lächelte leicht, während Jill so tat, als hätte sie mich nicht zu überreden versucht.

Plötzlich hörte ich Amber verträumt seufzen.

»Seht euch nur meinen Kerl an.«

Jill und ich folgten ihrem Blick. Blake war gerade dabei die Treppe hochzusteigen. Er humpelte immer noch leicht, aber das war es nicht, was die Blicke auf ihn rissen. Blake Michaels war einfach mega heiß. Er trug nichts Auffälliges, aber dieses enge Shirt versteckte auch nicht wirklich irgendwas.

»Gibt es irgendwas Heißeres als meinen humpeln-den Mann?«, hörten wir Amber weiter verträumt reden.

Jill und ich grinsten uns vielsagend an. Amber war eher die schroffe, besserwisserische Studentin. Zu all denjenigen, die eben nicht Blake waren.

»Also ich stell mir gerne Nick vor, wie er mit rohem Muffinteig überzogen ist«, sagte Jill plötzlich.

Ich runzelte die Stirn und auch Amber starrte ihre Freundin an, als hätte sie gerade sämtlichen Verstand verloren. *Sie ist nah dran ...*

»Ich meine ...«, versuchte, Jill sich noch zu retten, doch ihr tomatenrotes Gesicht verriet alles. »Okay okay, ich würde ihn am liebsten den ganzen Tag abschlecken. So what?«

Amber und ich nickten. Ihre Fantasie war krank, aber bei Nicks Aussehen verständlich.

Mein Blick glitt automatisch zu Corey. Er fing gerade einen Football, um sich aufzuwärmen. Wie er mich wohl aufwärmen würde?

Instinktiv biss ich mir auf die Unterlippe. Er würde seinen Körper nehmen. Mich umarmen. Mich halb verschlingen, nur um mir noch näher zu kommen. Ich erinnerte mich noch an seine leicht behaarte, trainierte Brust und dazu diese starken Arme, die mich fest an sich gedrückt hatten. Ich erinnerte mich an seinen männlichen, maskulinen Geruch. Sein Aftershave, das mir eine Vertrautheit gegeben hatte, dass ...

»Erde an Gin?«, holte mich Jills Frage zurück ins Hier und Jetzt.

Denn wir befanden uns noch immer zwischen 500 jubelnden Fans, mitten auf der Tribüne.

»Alles okay mit ihr?« Blake hatte Amber im Arm und beide schauten mich fragend an. Wann war er denn bei uns angekommen?

»Ich glaube, Gin war am Träumen«, grinste Amber und kuschelte sich enger an Blake ran.

»Träum bloß nicht zu viel. Winter labert die ganze Zeit schon davon, dir zu zeigen, wie ein echter Kerl gewinnt«, erklärte Blake und sah wieder zum Spielfeld. »Und ich hoffe, er hat Erfolg damit.«

»Ach, meinst du das?«, fragte ich direkt und verschränkte die Arme vor der Brust.

Blake seufzte. »Du musst nicht mit Winter zusammenleben, Gin. Also mach was, damit er endlich weiß, woran er bei dir ist.«

»Ich ...«

»Sag es nicht mir. Sag es ihm«, antwortete er und zeigte aufs Feld.

Angestrengt dachte ich über Blakes Worte nach. Ich spürte Jills eindringlichen Blick auf mir, ignorierte ihn aber gekonnt. Was sollte ich Corey sagen? Was würde ich ihm sagen?

Das Spiel wurde angepfiffen und die Teams nahmen ihre Spielpositionen an. Aber für mich war das gerade nebensächlich.

Auch wenn es Blake und die anderen absolut nichts anging, hatten sie recht. Corey und ich ... ich und

Corey. So verrückt es klang, so sehr wollte ich das hier. Was bedeutete schon die Angst, ob es klappen könnte, wenn man es nicht versuchen würde?

In jeder Hinsicht hatte Corey mir gezeigt, dass er auch anders konnte. Dass er nicht nur der Playboy war, für den er sich die ganzen letzten Jahre über ausgegeben hatte.

Nicht nur, dass er mir Lucas zurückgeholt hatte. Er besaß genug Humor, um auch über sich selbst zu lachen. Das bewies der Strip in der Mensa vor all seinen Mitstudenten.

Wie auf heißen Kohlen saß ich das ganze Spiel über auf meiner Bank und versuchte mich so ruhig wie möglich zu verhalten. Vom Spiel selbst bekam ich auch kaum etwas mit. Was ich vorhatte war ... Mist. Ich bekam gedanklich nicht mal vernünftige Sätze zusammen.

Auf einmal jubelten alle auf der Tribüne. Sie waren aufgesprungen und fielen sich in die Arme. Blake knutschte gerade Amber ab, und Jill pfiff begeistert aus Leibeskräften.

Mein Blick fiel aufs Feld. Das gesamte Team feierte sich. Die gegnerische Mannschaft saß enttäuscht auf dem Rasen. Corey und die Jungs hatten also gewonnen.

Und dann nahm Corey seinen Helm ab, klatschte sich mit einigen Teamkollegen ab und sah ... zu mir.

Vor einem Monat hätte ich niemals gedacht, dass ich mir dabei absolut sicher war. Aber jetzt wusste ich, dass sein erster Blick zur Tribüne mir galt.

Mein Herz pochte so unwahrscheinlich schnell, sodass ich meine zitternden Händen auf den Brustkorb drückte, um mich irgendwie zu beruhigen. Es half nicht.

»Gin?«, sprach Jill mich jetzt an. Sie musste lauter sprechen, weil die Leute hier so laut waren.

Ich sah sie an, und da fiel mir nur eines ein, dass ich ihr sagen musste.

»Corey trägt einfach nie etwas, wenn ich ihn anschaue«, erklärte ich ihr meine tägliche Träumerei über ihn.

Jills offenes Lächeln traf mich und sie machte Platz, damit ich hindurchgehen konnte. Ohne zu Zögern ging ich los.

Ich blieb oben am Gang stehen und blickte hinunter.

Corey befand sich noch auf dem Feld, wurde aber schneller, als er mich hier stehen sah. Wenn er dachte, ich würde weglaufen, irrte er sich.

Die wenigen Stufen nahm er schnell, bis er kurz vor mir stoppte. Seine Atmung ging schneller, sein Gesicht war verschwitzt, das Haar tropfnass. *Das wird meine neue Fantasie von ihm.*

»Hier, halt mal«, sagte Corey zu irgendeinem Typen auf der Tribüne und warf ihm seinen Helm zu.

Coreys Blick traf meinen. Meine Lippen fühlten sich staubtrocken an, mein Puls hatte die Kontrolle über meinen gesamten Körper übernommen.

»Du hast mein Spiel gesehen«, waren seine ersten Worte.

Hatte ich schon erwähnt, wie sehr mir seine Stimme gefiel? Jedes Mal wenn er redete, sei es auch völliger Schwachsinn, fühlte ich mich so schön wohl bei ihm. Als würde er nur mit seinen Worten die Welt regieren. Nichts konnte Corey anhaben. Nichts.

Er war der starke Idiot, der anscheinend alles schaffen konnte.

Ich nickte, weil meine Stimme hingegen gerade versagte.

Corey grinste.

»Und dir hat es gefallen.«

Er stellte keine Frage. Für ihn war es eine Tatsache.

»Meine Granny ...«, fing ich an und plötzlich wurde er todernst. Sein Grinsen war wie weggewischt. »Sie hat mir immer viele Ratschläge auf den Weg geben wollen. Aber einen Einzigen, den habe ich wirklich ernst genommen.« Ich holte einmal tief Luft, bevor ich ihren Ratschlag aussprach.

»Bekommst du eine ganz bestimmte Person nicht mehr aus dem Kopf, dann ist es ganz einfach jemand, der auch genau dorthin gehört. Und ist er erst einmal dort, wird er auch den Weg zu deinem Herzen kennen.«

Wehmütig dachte ich an Granny zurück. Sie war ein wunderbarer Mensch gewesen. Aber das war gerade nicht wichtig. Wichtig war Corey.

Er sagte nichts. Corey starrte mich nur an und ich hatte absolut keine Ahnung, was er gerade dachte.

»Fuck, Sweetie. Deine Granny war ein Genie!«

Ich lächelte über seine Antwort. Nur Corey konnte Schimpfwörter benutzen und im selben Atemzug meine Granny als Genie bezeichnen.

»Das heißt, du gehst mit mir aus?«

Ich ignorierte seine Frage und griff mir sein verschwitztes Trikot.

»So ungefähr«, antwortete ich, zog ihn zu mir und küsste ihn.

Der Kuss war kein bisschen schüchtern. So wie ich mich an seine Lippen erinnern konnte, küsste er auch. Stürmisch, zu allem bereit. Ich wollte noch so viel mehr, aber er gab mich frei und sah mich an.

»Ich danke deiner Granny so sehr, das kannst du gar nicht glauben.«

Ich lachte. »Du bist ein Idiot.«

»Ein Idiot, der dich auch mit seinem atemberaubenden Spiel erobert hat, oder?«

Wieder lachte ich.

COREY

Es war ein Traum. Nicht nur, dass wir das so wichtige Spiel vor den Winterferien gewonnen hatten. Nein. Endlich raffte Gin, was wir sein könnten, wenn sie es zuließ.

Noch nie in meinem Leben duschte ich so schnell nach einem Sieg. Einige der Jungs feierten noch in der Kabine, aber das galt nicht für mich. Diesmal nicht!

Ich stürmte wie so ein Wahnsinniger aus der Kabine, ignorierte Michaels und O'Donnell und blickte mich um.

»Ähm, Winter ...«

Auch Blakes Versuche mich anzusprechen, ignorierte ich, bis ich endlich *sie* sah.

Gin stand angelehnt an der nächstgelegenen Wand und lächelte.

Sie lächelte wegen mir. Sie lächelte, weil sie auf mich gewartet hatte. Sie lächelte ... scheiße. Das konnte den ganzen Tag so gehen, wenn es nach mir gehen würde.

Sie schnappte erschrocken nach Luft, als ich sie hochriss und anstarrte. Jetzt war sie einen guten Kopf größer als ich, während ich sie trug. *Wenn sie nur wüsste, wie weit höher sie für mich stand. Aber das würde sie nie erfahren.*

Da nun klar war, was wir füreinander sein würden, stand da nichts mehr zwischen uns. Und das las ich auch in ihrem Blick, der meinem standhielt. Gin. Meine Gin. Die tatsächlich mit mir zusammen sein wollte. Gin wollte tatsächlich mit mir ...

»Ähm, Winter ...«, fing Michaels schon wieder an.

»Was ist denn jetzt schon wieder?«, fuhr ich ihn genervt an.

Gin schien die anderen jetzt auch zu bemerken und blickte dann an mir vorbei.

»Du hast da noch Shampoo«, grinste sie und berührte eine Stelle an meinem Kopf. Tatsächlich fand sich dort noch weißer Schaum.

»So nötig hast du es schon, Winter«, hörte ich McCoy labern, als er mit ein paar Jungs die Kabine verließ. Der bittere Zug um seinen Mund war nicht zu übersehen. Automatisch drückte ich Gin noch etwas fester an mich, ließ sie dann aber los, weil ich eines klarstellen wollte.

Meine Schultern zogen sich instinktiv hoch, meine Muskeln verhärteten sich. Mein Blick hielt seinen fest.

»Irgendein Problem, McCoy?«

McCoys Blick wurde finsterer. *Und ob er ein Problem hatte.*

Dennoch schüttelte er den Kopf und lief mit seinen Jungs weiter. Wenigstens wusste er, wann er verloren hatte.

»Was war das denn?«, fragte Gin mich irritiert.

»Nichts«, antwortete ich ihr schnell, hörte Michaels aber lachen. Ich ignorierte es und drehte mich wieder zu ihr um.

»Also, wo willst du essen gehen?«, lenkte ich sie schnell ab.

Gin runzelte die Stirn. »Essen gehen?«

»Unser erstes Date. Man geht doch essen.« Oder?

Gut, dass ich das letzte Wort nur in meinem Kopf als Frage formuliert hatte.

»Essen?«, wiederholte sie noch einmal total verwirrt. »So richtig essen?«

Machte man das nicht so? Was zum Teufel hatten mir Michaels und O'Donnell eigentlich erzählt?

»Also, ich habe Hunger«, versuchte ich es noch einmal. Dass »denke ich«, sparte ich mir auch mal zu sagen.

»Gut, dann essen wir«, lächelte sie, aber die seltsame Betonung bei dem Wort »essen« entging mir nicht. War das irgend so eine Frauensache?

Eine Stunde später war ich immer noch nicht schlauer.

Wir hatten uns bei einem Italiener, den O'Donnell mir empfohlen hatte, hingesetzt. Auch nur wegen ihm hatten wir einen Tisch bekommen. Jill und er aßen irgendwie mehrmals im Monat hier.

»Es ist ... romantisch«, hatte Gin dazu gesagt, nachdem sie sich umgezogen hatte. Ich bat sie darum, weil nun ... man machte sowas doch bei einem Date. Oder?

Scheiße. Als würde meine Birne mir dazu wirklich eine Antwort geben.

Der Geigenspieler gegenüber von uns begann gerade seine 500. Wiederholung zu spielen, während ich Gin weiterhin beobachtete.

Sie war ziemlich schweigsam. Ich aß dieses echt perfekt gebratene Steak in Miniformat und sie ... nun Gin stocherte in ihrem Essen mehr herum, als es wirklich zu kauen.

Machten Weiber das so? Nicht zu viel essen, damit es nicht zu verfressen rüberkam? Oder schmeckte es ihr einfach nicht?

Und ehrlich ... Gin trug ein rotes, kurzes, sehr kurzes Kleid und wirkte in diesem düsteren Licht echt absolut heiß. Vielleicht benutzte ich gerade zu viele Adjektive, aber bei diesem scheißgeilen Anblick ging das gerade auch gar nicht anders.

»Alles okay?«, fragte ich sie, weil ich es einfach wissen musste.

»Mmh?« Gin wirkte total in sich gekehrt. Was zum Teufel war denn los?

»Doch, doch ... alles ist ...«, antwortete sie und machte wieder eine bedeutungsvolle Pause. Sie war doch bedeutungsvoll, oder?

Gin seufzte, als wäre sie verzweifelt.

Fuck. Sie war verzweifelt!

Sie wollte dieses Date überhaupt nicht. Sie wollte mich nicht. Sie wollte nicht hier sein. Sie wollte ...

Warum hatte ich das nicht eher gerafft?

Jetzt gehörte ich tatsächlich schon zu der Fraktion Nerds, die ein Date mit einer Frau hatte, die am liebsten rittlings über die Toilettentür geklettert wäre - Achtung, O'Donnell! Das war ein Seitenhieb an dich! - nur um nicht mehr Zeit mit mir zu vertrödeln.

Mein erstes verficktes Date und die Braut wollte das gar nicht?

Das konnte auch nur mir passieren.

»Es ist nur ...«, hörte ich sie plötzlich reden. Gin hatte sich nach hinten an ihren Stuhl gelehnt und wirkte weiterhin, als wäre die Welt untergegangen.

Meine Welt ist untergegangen.

Vielleicht würde das niemand verstehen, aber das Gefühl war mir nicht unbekannt.

Ich saß damals vor der Glotze und sah dabei zu, wie Bruce den Knopf drückte, damit die Menschheit überleben konnte. Gott, war der Mann gut.

Einziges Manko. Er rettete dabei diesem unterirdisch nicht-begabten »Schauspieler« *Ben Affleck* das Leben.

Nach so vielen Jahren wusste ich immer noch nicht, ob ich Mr. Willis anbeten oder ihm eine pfeffern sollte. Aber ich driftete gerade ab.

Dennoch war das Gefühl, dieses unterirdisch schlechte Gefühl identisch mit diesem Augenblick jetzt.

Jetzt war es Gin, die den Knopf gedrückt hatte.

Sie war mein *Armageddon.*

»Du wirst mich für verrückt halten ...«, murmelte sie so leise, dass es bei diesem Geigengedudle fast untergegangen wäre.

Meine Nerven waren zum Zerreißen gespannt. Sie wollte es mir tatsächlich »schonend« beibringen. Was sollte ich dazu jetzt sagen? Wie sollte ich reagieren? Cool, wie ein verfluchter Mann?

Fuck. Ich stand kurz davor, meinen Verstand zu verlieren.

»Ich kann das hier nicht sagen, Corey.« Gin drückte sich nach vorne. »Wir sind in einem Sterne-Restaurant.«

Ach so. Sie wollte mich hier nicht abservieren. Na, das wurde ja immer besser.

»Und warum starrst du mich so an? Das macht mich völlig nervös. Erst dieses Essen, dann ...« Gin wedelte mit den Händen herum, und scherte sich plötzlich nicht mehr darum, wo sie sich befand. »Ehrlich, Corey. Du machst mir Angst.«

Ich runzelte die Stirn. »Wovon ....«

»Jetzt rede ich«, fuhr sie mir dazwischen. »Es ist total nett von dir, dass du mit mir essen gehen willst. Wirklich. Immerhin ist es der letzte freie Abend, bevor Lucas endlich ...« Sie schüttelte den Kopf. »Das, was ich sage, vergisst du mal ganz schnell wieder. Ich will nicht essen. Ich wollte nicht essen. Du hast mich überrumpelt, und ... und ... verdammt, jetzt starr ich mich nicht so an! Sag doch auch mal was dazu!«

Gin wollte, dass ich was dazu sagen sollte?

Ja, was denn?

Ich runzelte die Stirn.

»Wenn du nicht hierhin wolltest, wohin wolltest du dann?«, fragte ich sie mit ruhiger Stimme.

Gins Mund öffnete sich, aber es kam kein Wort heraus. Dafür röteten sich ihre Wangen.

Verflucht!

Da wollte ich einmal, ein einziges Mal, alles richtig machen und das Einzige, was Gin wollte, war vögeln?

»Damit ich das richtig verstehe ...«, begann ich, aber Gin hob warnend die Hand.

»Versuch dich gar nicht erst lustig über mich zu machen. Danke!«

Lustig? Lustig? Scheiße, ich wollte einiges machen, aber ganz sicher nicht über sie lachen.

Ich hob, ohne sie aus den Augen zu lassen, die Hand.

Der Kellner kam.

»Sie wünschen?«

»Die Rechnung, aber schnell!«

Gin runzelte die Stirn, sagte aber nichts weiter.

»Sie wollen die ...«, begann der Kellner zu fragen, aber ich verdrehte nur die Augen.

»Machen Sie einfach, was ich sage und wenn sie schon dabei sind, tauschen Sie diesen Musiker aus. Die Leute sollen essen, nicht einschlafen.«

Gin lachte, der Kellner besorgte die Rechnung.

Zwei Minuten später waren wir draußen und ich griff mir

sofort ihre Hand. Gin wirkte überrascht, ließ sich aber direkt zu mir ziehen. Ohne zu überlegen, küsste ich sie.

»Du willst mich also benutzen«, sagte ich grinsend und ignorierte die Passanten auf dem Bürgersteig.

Gin blinzelte mehrmals, als würde sie nach ihrer Fassung suchen.

Verdammt! Sie sieht dabei so heiß aus!

»Als würde dich das stören«, antwortete sie.

»Wenn es dann ein zweites Mal passiert«, murmelte ich gegen ihre Lippen und küsste sie dann. »Und noch mal ...« Wieder berührte ich ihre Lippen mit meinen. »Und weitere Wiederholungen folgen ...«

Gin biss sich auf die Unterlippe und musterte mich.

»Hast du deinen Autoschlüssel?«

Ich fragte nicht nach, ich zog den Schlüssel aus meiner Hosentasche und zeigte ihn ihr.

»Komm.« Gin zog mich an der Hand mit sich.

Blakes Truck stand einen Block weiter, in einer schlecht einsehbaren Parkbucht.

Sie schloss auf und setzte sich auf den Beifahrersitz.

»Fährst du mich nach Hause?«

Ihre Frage hätte ich fast nicht mitbekommen. Gin in diesem kurzen Kleid gab mir den Rest. Die Küsse zuvor brachten mich in die richtige Stimmung.

»Mmh?«, fragte ich, während sie bereits drin saß.

Sie grinste. »Du musst dich schon ans Lenkrad setzen, wenn wir hier wegkommen wollen.«

»Oh, na klar.«

Während ich ums Auto lief, drückte ich meine Erektion in der Hose zurecht. Die würde mir während der Fahrt noch Ärger machen.

Aber das sollte sich ändern. Als ich die Tür hinter mir schloss, betätigte sie das Radio und kletterte plötzlich auf meinen Schoß.

»Was zum ...«

Sie küsste mich fast besinnungslos. Ehrlich. Würde ich nicht sitzen, wäre ich wie so eine Tussi umgefallen.

Gin zog sich Zentimeter zurück und streichelte meine Wange. Ihr hübscher Mund war am lächeln. Ihre Augen strahlten, als wäre die Sonne gerade aufgegangen. Eine irritierende Vorstellung. Immerhin schaute sie mich so an.

Mich.

Gut, dass sie nicht hören konnte, wie laut mein Herz in meiner Brust gerade schlug.

»Corey ...«

Vier Jahre lang nannte mich jeder bei meinem Nachnamen. Jeder verdammte Wasserjunge, jede bedeutungslose Mieze, jeder Heini ... ich ließ nichts anderes zu. So hielt man Leute auf Abstand.

Ich war kein Trottel. Man lernte Abstand zu halten, wenn man für mehr nie bereit war. Aber das Wort »nie« war austauschbar. Weil Gin auftauchte.

»Das war wirklich ein wunderbarer und süßer Versuch ein Gentleman zu sein«, redete sie weiter.

Ich schnaubte.

Von wegen!

»Aber seien wir mal ehrlich: Gentleman ist das letzte Wort, das ich benutzen würde, um dich zu beschreiben.«

Ich grinste.

Sie traf es einfach auf den Punkt.

»Dates liegen mir nicht so«, antwortete ich ihr ehrlich.

Gin biss sich auf die Unterlippe, um nicht loszulachen.

»Was?«, fragte ich nach.

»Nichts.«

Ich kniff ihr leicht in eine ihrer Pobacken.

Gott. War sie durchtrainiert!

Sie quiekte daraufhin kurz auf.

»Hey!«

»Du lachst mich aus!«, erklärte ich ihr.

»Ich lache mir dir, Corey. Du und Dates? Dass du das Wort überhaupt kennst, hat mich fast in Ohnmacht fallen lassen.«

Ich grinste. »Du willst Ohnmacht? Die kannst du haben.«

Instinktiv drückte ich sie enger an mich. Gin bekam große Augen, als sie meine Erektion spüren konnte. *Deutlich* spüren.

Aber wieder zeigte sie mir, warum Gin mir so gefiel. Sie rieb sich an mir und ließ mich fast in meiner Hose kommen.

»Warte ...«, brachte ich krächzend hervor, doch sie hörte mich gar nicht. Oder ich hörte sie nicht. Keine Ahnung.

Der Strudel, in dem ich mich befand, war das Einzige, was ich wirklich, also wirklich wahrnahm.

Meine Hände fuhren automatisch von ihren Oberarmen hinunter zu diesen fantastischen Oberschenkeln. Straff und trotzdem weich. Wie geschaffen für einen Mann, der das Beste im Leben nie gewollt hatte. Warum auch? Man gab sich mit dem zufrieden, was man geschenkt bekam.

Aber Scheiße noch mal! Es war doch verrückt, eine Frau wie Gin zu verpassen.

Sie war witzig, aufregend, megasexy und sie ... verstand mich. Jedes Mal wenn sie nicht verwundert über mich war, weil ich nun mal nicht wie jeder verliebte Trottel Blumen, Pralinen und diesen ganzen Kram besorgte, freute ich mich darüber.

Moment. Hatte ich gerade gedanklich erwähnt, dass ich ein verliebter Trottel wäre?

Verliebt?

Ich?

No way.

Gin war gerade dabei, meine Lippen mit Küssen zu bedecken. Ich drückte sie enger an mich und erwiderte die Geste. Zwischen Stöhnen und Fummeln wollte ich sie eigentlich wirklich nach Hause fahren. Damit wir in ein Bett kamen. In ein großes, gut gebautes Bett, aber leider dachte Gin sich das anders. Die Betonung lag auf »leider.«

Meinem Arschloch-Ich war es total egal, wo sie mich reiten wollte. Sie sollte es einfach tun. Aber mein

Arschloch-Ich war nicht das, was sie verdiente. Was Gin verdiente.

»Gin ...« Ich griff mir ihr Handgelenk. Sie war dabei, meinen Reißverschluss zu öffnen.

Sie blickte mich fragend an.

»Warte. Glaubst du wirklich, dass das eine gute Idee ist?«, fragte ich und hörte mich so angepisst dabei an, weil es nicht das war, was ich eigentlich wollte. Und das brachte mich fast um. Mein Schwanz in der Hose stand kurz davor, wortwörtlich in die Luft zu fliegen. *Okay, sich das bildlich vorzustellen, wäre wirklich gruselig. Und schwups, dachte ich genau daran.*

»Coreeyyyy«, zog sie meinen Namen in die Länge. Dann seufzte sie. »Das hier ist mein letzter Abend. Danach bin ich Vollzeitmama. Ich kann froh sein, wenn dann ein Quickie im Badezimmer möglich ist.«

Das Bild von meinem Schwanz, zerfetzt in tausend Stücke änderte sich in ein Bild, wie sie auf der Waschmaschine saß und ich zwischen ihren Beinen am »arbeiten« war. Ich räusperte mich.

»Ich glaube, damit könnte ich leben«, antwortete ich ihr.

Gin grinste. »Das denke ich mir. Aber es geht um so viel mehr. Wir haben uns gerade erst kennengelernt. Wir sind ... keine Ahnung, was wir sind, aber ich wollte den Abend genießen. So wirklich genießen.« Gin spielte mit dem Kragen meines Hemdes herum.

»Du meinst, du wolltest vögeln.«

»Ehrlich Corey, du musst es ständig aussprechen, oder?«, fragte sie mich gereizt.

Ich grinste wie immer, wenn Gin mir eine Steilvorlage gab.

»Wenn du es dringend nötig hast, bin ich gerne derjenige, der es dir besorgt.«

Sie verdrehte die Augen, aber mir war bewusst, dass sie die Reaktion nicht ernst meinte.

Seufzend drückte ich meine Stirn an ihre, und so saßen wir hier.

Ich unter eine halbnackten, geilen Frau während im Radio gerade *Celine Dion* sang. Unglaublich.

»Du machst mich fertig, Gin. Ich wollte echt alles richtig machen. Der überteuerte Italiener, dieses enge Hemd ... ich wollte es richtigmachen«, sagte ich ihr und war froh, ihr wenigstens erklären zu können, was ich versucht hatte. »Aber nein, du sitzt jetzt hier, in Michaels Truck und willst mich fertigmachen. So richtig fertigmachen.«

»Ich mach dich also fertig?«, fragte sie verblüfft.

Natürlich kam das wieder mal nicht gut an.

»So meinte ich ...«

Gin hielt ihren Zeigefinger vor meine Lippen, und ja, ich musste zugeben, ich parierte sofort und blieb stumm.

Einen langen Moment schauten wir uns einfach an.

»Ich glaube ...«, begann sie zu flüstern und fummelte tatsächlich wieder an meiner Hose herum. Erst wollte ich etwas sagen, aber da hatte sie bereits meinen Schwanz mit ihrer warmen Hand umschlossen.

Ich bin im Arsch.

Instinktiv schloss ich die Augen, als sie begann meinen Schwanz zu bearbeiten.

Vor und zurück.

Vor und zurück.

Vor und ...

Ich griff mir ihre Hand, sie erstarrte.

»Was ist los?«

»Soll ich wie ein kleiner Schuljunge in deiner Hand kommen?«, fragte ich flüsternd nach.

»Wie ein kleiner Schuljunge?«, fragte sie skeptisch nach.

Ich grinste. »Ich war frühreif.«

Sie lächelte, und ich verlor mich in ihren schönen und wachen Augen. Gin war weder betrunken noch zugedröhnt. Sie wollte das hier wirklich. Sie wollte mit mir zusammen sein.

Wieder übernahm sie die Führung, als sie sich so umständlich, wie es in diesem Truck wegen der Enge eben war, ihr Höschen auszog.

Meine Kehle war staubtrocken, als nur noch dieses dünne Kleid die einzige Barriere zwischen mir und ihrer Muschi war. Nur noch dieses Kleid ...

»Corey?«

Ihre Unsicherheit ging sofort auf mich über.

»Willst du das wirklich, Gin?«

Statt eine Antwort zu geben, schaute sie mich einfach nur an. Das trug jetzt nicht wirklich dazu bei, dass ich mich sicherer fühlte.

Und dann gab sie mir einen Kuss, den ich selbstverständlich erwiderte.

Denn es war Gin, Herrgott noch mal!

Auch wenn ich früher keinen Wert aufs Knutschen legte, war das jetzt etwas anderes. Es gab mir ein verdammt gutes Gefühl, dass sie sich von mir küssen ließ.

Gin war keine Frau für eine Nummer und dann *Adieu*. Das würde nie klappen. Weil eine Frau wie Gin immer etwas zurückließ. Man konnte sie nicht vergessen. Nicht Gin.

Völlig außer Atem löste sie sich von mir. Ich roch ihren unverwechselbaren blumigen Duft und ihre Erregung unter diesem Kleid. Mein Griff um ihre Hüfte wurde fester. Wenn ich sie jemals loslassen müsste, würde ich vielleicht nie wieder meines Lebens froh sein. Genau solche Gedanken sollten mich panisch davonlaufen lassen, aber ich konnte es ganz einfach nicht.

Egal was sie mit mir anstellte, ich würde es über mich ergehen lassen. Selbst ich hörte die Ironie in meiner Stimme, die diesen Gedanken äußerte.

»Ich will es, Corey. Allein schon, weil du mich fragst, ob ich mir sicher bin, will ich das hier«, erklärte sie mir leise.

Musste ich ihr folgen?

Mir war nur bewusst, was ich als Nächstes sagen wollte.

»Kondome sind im Handschuhfach.«

Gin nickte, erhob sich kurz, damit sie sich am Handschuhfach bedienen konnte und ich natürlich ihren hübschen nackten Hintern bewundern konnte.

Sie war schnell wieder da, riss das Kondom aus der Verpackung und stülpte es mir drüber, bevor ich überhaupt reagieren konnte.

Während ihre Lippen meine fanden, setzte sie sich auf und umschloss mich mit ihren wunderbaren, feuchten …

»Heilige Mutter Gottes«, murmelte ich gegen ihre Lippen.

Dieses Gefühl war scheiße noch mal das Beste, was ich jemals erleben durfte.

Gin holte hörbar tief Luft, während ich sie dirigierte weiterzumachen. Gin schob sich mit den genau perfekten Bewegungen auf meinen Schwanz, damit ich ihr mit meinen Stößen entgegenkommen konnte.

Perfektion. So fühlte es sich an.

Es gab zig Gründe, warum ich diesen Moment nicht verdiente und nur einen, der mich aufhielt, ihn nicht zu stoppen.

Ich strich ihr eine verirrte Strähne aus dem Gesicht und blickte ihr in die Augen, während ich in ihrer feuchten Mitte war. Jetzt sah ich den einzigen Grund an, warum ich es so sehr wollte. Warum ich *sie* wollte.

Gin küsste mich. Ihre Lippen schmeckten nach Hoffnung. So viel Hoffnung, dass es mich halb wahnsinnig machte.

Ich zog sie dichter an mich. Unsere Atmung vermischte sich, die Stöhngeräusche wurden lauter und unkoordinierter.

Instinktiv zog ich ihr Kleid von der Schulter, griff mir ihre Brust, die in keinem BH steckte - dieses kleine Biest - und lutschte ihren Nippel.

Ich brauchte es, und nach ihrem wohligen Schrei zu urteilen, brauchte sie es auch.

Sie klammerte sich an meinen Schultern fest, während ich weiter diesen kleinen, dunkelroten, süßen Nippel bearbeitete. Und dann erhöhte Gin noch das Tempo und ritt mich wie eine Profirodeoreiterin.

Fuck.

»Gin«, brummte ich verzweifelt gegen ihren Nippel.

»Nein! Ich höre nicht auf«, rief sie und drückte mich fest an ihre Brust. »Und du verflucht noch mal auch nicht! Leck mich! Los!«

Das musste sie mir kein zweites Mal sagen.

Ich saugte, knabberte und fickte.

Alles Dinge, die ich gut konnte, aber sie verdammt noch mal auch!

Gin ritt mich weiter wie verrückt, ich ließ mich reiten und ...

»Hühnerscheiße«, fluchte ich, weil mein Schwanz sich nicht weiter lenken ließ.

Gott sei Dank spürte ich, wie ihre Muschi sich begann um meinen Schwanz zusammenzuziehen.

Diese Schraubstocknummer wäre niemals länger gut gegangen.

Ich kam, während auch Gin lustvoll schrie.

Mein Orgasmus traf auf ihren und dann hing ich an ihrer Brust und hoffte nicht zu ersticken. Ich war völlig fertig. Corey Winter. Der verdammte Profisportler war kaputt gefickt worden.

Kaum zu fassen!

Während ich nicht fassen konnte, wie geil das hier war, fing Gin natürlich an zu lachen. Warum sollte sie auch nicht völlig anders reagieren?

Das Problem war, sie bekam sich gar nicht mehr ein.

»Frau, ich bin noch in dir drin, während du dich schlapp lachst. Gleich nehme ich es persönlich«, murmelte ich ihr zu, während diese Nippel vor meiner Nase wirklich köstlich aussahen.

»Hühnerscheiße? Ehrlich, Corey?«, lachte sie weiter.

Ich grinste, bis die Hupe uns plötzlich aufschreckte.

Gin war ans Lenkrad gekommen.

Jetzt lachten wir beide schallend auf.

GIN

»Wohin gehen wir, Mom?«, fragte Lucas, während er neben mir herlief.

»Noch etwas essen, bevor wir losmüssen.«

»Kann ich Eis haben?«

Ich verdrehte die Augen, während wir an der Theke in der Mensa standen.

Es gab nicht so viel Auswahl, wenn Ferien waren. Aber es würde genügen.

»Eis ist kein wirkliches Essen«, antwortete ich und lud einen Salat auf und aufgebackene Brötchen.

»Ist es doch. Komm schon, Mom. Ich habe Hunger.«

»Wenn du Hunger hättest, würdest du kein Eis wollen. Das, was du meinst, nennt man Appetit«, erklärte ich ihm und bezahlte an der Kasse.

Die Kassiererin wirkte belustigt, weil sie die kleine Diskussion mitbekam.

»Appetit? Dann habe ich Appetit auf Eis!«, rief er fröhlich aus.

»Nein, hast du nicht.«

»Doch, habe ich! Ich will Eis!«

»Und ich will, dass du jetzt gleich deinen Salat isst.

Da ich deine Mom bin, gewinne ich automatisch«, erklärte ich und schon war die Diskussion beendet.

Ich war gerade dabei mit dem Tablett zu einem der Tischen zu gehen, als ich fast gegen Corey gelaufen wäre.

Er wirkte genauso überrascht, lächelte aber dann wieder sein unwiderstehliches ...

»Mom, den Mann kenne ich!«, sprach Lucas und musterte Corey neugierig.

Seit er mich ins Wohnheim gebracht hatte, hatten wir nicht mehr miteinander gesprochen. Das war weniger als 56 Stunden und zwei Minuten her. Aber wer zählte schon nach? Ich ganz sicher nicht.

»Und ich kenne dich«, sagte Corey und bückte sich zu ihm hinunter. »Hab gehört, du kannst hier ab sofort mit deiner Mutter wohnen.«

Lucas strahlte bis über beide Ohren. »Ja, ich wohne jetzt hier mit Mom. Wenn ich jetzt noch Eis bekommen darf, wäre ich überglücklich.«

Ich verdrehte die Augen, während Corey sich wieder erhob.

»Na, deine Mom weiß doch sicher, dass es auch anderes ...« Sein Blick fiel auf mein Tablett und den Salat.

Seine Augenbrauen schossen in die Höhe.

»Was wolltest du sagen?«, fragte ich gespielt fröhlich.

Coreys Blick traf meinen. Er versuchte, nicht allzu angewidert zu schauen.

»Hör auf deine Mom.« Mehr konnte er nicht sagen.

Plötzlich klingelte mein Handy. Ohne zu fragen, drückte ich Corey mein Tablett in die Hände und nahm den Anruf an.

Bevor ich etwas sagen konnte, wurde ich bereits darüber informiert, dass noch Papiere im Sekretariat fehlten, damit alles reibungslos mit Lucas' Kindergartenplatz klappte.

»Natürlich. Ich komme gleich.«

Seufzend legte ich auf.

»Alles okay?«, fragte Corey nach.

»Geht so. Das Sekretariat benötigt noch Unterschriften.«

Jetzt musste ich mit Lucas quer über den Campus laufen.

»Ich kann ihn mit zu uns nehmen, wenn dir das nichts ausmacht.«

Coreys Angebot kam überraschend. So schaute ich ihn auch an.

»Also, wenn du nichts dagegen hast.«

»Er muss was essen, deswegen ...«, begann ich, aber Corey nickte bereits.

»Kein Problem. Das bekomme ich hin.«

Ich zögerte, bis Lucas mehrmals auf und ab sprang.

»Ich will mit Mr. Sommer mitgehen, Mom.«

Corey wirkte amüsiert und verbesserte ihn nicht. Ich zögerte weiter, aber warum?

Es war nichts zwischen ihm und mir geklärt, wir

hatten am Samstag Spaß zusammen, aber was waren wir?

Die Frage sollte ich mir erst einmal nicht stellen.

Corey war kein schlechter Mensch, und wenn er jetzt mal eine halbe Stunde auf Lucas achten würde, wäre das einfach eine nette Geste.

Und Corey war nett. Wenn er es sein wollte. Und gerade bot er es an.

»Okay. Ich komme so schnell es geht, und hole ihn dann ab.« Ich sah zu Lucas hinunter. »Benimm dich.«

Lucas nickte viel zu lang.

Dann blickte ich wieder zu Corey. Er wirkte über Lucas amüsiert.

»Danke.«

Er schüttelte beiläufig den Kopf. »Kein Problem.«

COREY

Sie hatte einfach einen Traumhintern. Anders konnte man diesen Knackarsch in dieser Jeans nicht benennen, als sie die Mensa verließ.

»Warum schaust du meine Mom so komisch an?«

Ich zuckte regelrecht zusammen. Den Kleinen hatte ich ganz vergessen.

»Sie hatte was ... im Haar«, murmelte ich.

»Echt?«

Ich starrte auf das Tablett, das sie mir in die Hände gedrückt hatte.

Salat. Also wirklich ...

Das Tablett flog in den nächsten Mülleimer.

»Komm, bei mir gibt's richtiges Essen.«

»Eis?«, fragte Lucas neugierig.

»Cornpops. Genauso lecker.«

Wir liefen los.

»Magst du meine Mom?«

Ich blieb kurz stehen, nur um schnell wieder die Fassung zu erlangen.

»Wie kommst du denn darauf?«

»Weiß nicht. Mom ist immer allein und es wäre

cool, wenn sie das nicht ist, wenn ich bald in den Kindergarten gehe.«

Wir liefen über den Campus und sorgten für eine Menge Gesprächsstoff. Viele Leute blieben nicht über die Winterferien hier, aber diejenigen, die es taten, starrten verblüfft. Ich ignorierte sie alle.

Ich schmunzelte über den kleinen Racker neben mir.

»Ja, ich finde auch, dass sie nicht allein sein sollte. Da gebe ich dir voll und ganz recht.«

Lucas strahlte wieder über beide Ohren.

Mann, der Kleine war wirklich knuffig.

Und wieder wollte meine Birne etwas völlig anderes von mir.

»Du hast mich Jahre lang angelogen! Jahre! Ich habe gedacht, sie wären tot!«

»Es tut mir leid.«

»Es tut dir leid? Und der Scheck soll mich jetzt ruhig stellen? Oder wie hast du dir das gedacht?«

»Nein! Bitte glaub mir, Corey ...«

»Nenn mich nicht so! Du hast dir das Recht vor 17 Jahren verwirkt!«

»Mr. Sommer?«

Lucas Frage holte mich ins Hier und Jetzt zurück.

»Mmh?«

Ich war mitten auf dem Weg stehengeblieben. Das hatte ich nicht mal bemerkt.

»Du hast so komisch geguckt«, erklärte Lucas.

»Habe ich das?« Ich fuhr mir durchs Gesicht. »Bin nur etwas müde. Pass auf ... hast du Lust auf ein Spiel?«

»Ein Spiel? Oh ja. Was für ein Spiel?«, fragte der Kleine, der Gin so ähnlich sah, begeistert nach.

Ich grinste. Die Ablenkung würde guttun.

Zehn Minuten später wartete ich hinter der nächsten Ecke auf Lucas' Einsatz. Wir befanden uns im Hausflur zu unserer Bude.

Lucas klopfte dreimal hintereinander.

Die Tür wurde wenige Sekunden später geöffnet.

»Was ...«, hörte ich Michaels verwirrt sagen.

Ich schloss die Augen, um nicht sofort loszulachen.

»Bist du mein Daddy?«, sprach Lucas und ich presste die Lippen zusammen, um mich zusammenzureißen.

»Fuck!«, antwortete Michaels. »Kleiner, du musst dich irren, du ...«

»Ihr Name ist doch Blake Michaels, oder? Meine Mom hat gesagt ...«

»Heilige Mutter ...«

»Blake? Was ist denn los?«, rief die Brillenschlange durch die Wohnung.

»Na, wunderbar ...«, murmelte Michaels.

»Blake? Oh, was macht denn der kleine Junge hier?«, fragte Amber.

»Honey, ehrlich ... Ich weiß nicht, woher das Kind kommt, aber ...«

»Er kommt mir bekannt vor«, hörte ich Amber reden.

Ja, weil sie ihn bekanntlich bereits gesehen hatte. Diese dumme Kuh hatte mir nicht gesagt, dass Lucas nicht Gins fester Freund war, sondern ihr Sohn. Aber anscheinend wusste der Streber das nicht mehr.

Rache war süß!

»Oh Gott, jetzt sag nicht, Blake ... das ist doch wohl ein Scherz!«

»Komm schon, Hun. Du weißt, dass ich ...«

»Dass du was nicht tust? Blake Michaels vögelt ja nicht ...«

Das war mein Zeichen!

Ich rannte zu Lucas und hielt ihm die Ohren zu.

»Achtung, ein Kind ist anwesend!«

Amber und Michaels starrten mich überrascht an.

Ich grinste. »Wir sind quitt.«

Ambers Nasenflügel bebten, aber Michaels zog sie schon mit sich.

»Wir klären das später«, murrte mein Mitbewohner, dann verschwanden sie in seinem Zimmer.

»Komm, Lucas. Das hast du toll gemacht, und wie versprochen, gibt's jetzt eine Portion vom Himmel.«

Ich suchte nach zwei Schüsseln und der halb vollen Cornpops-Packung.

»Himmel? Was meinst du damit?«

Lucas setzte sich an den Esstisch und beobachtete mich neugierig.

Ich hob die Packung, damit er begriff, aber immer noch reagierte der Kleine nicht.

»Du willst mir doch nicht erzählen, dass du Corn-pops nicht kennst?«

Wieder reagierte Lucas nicht.

»Ernsthaft?«

»Bei Granny habe ich immer Müsli mit Obst gegessen«, behauptete der Kleine.

»Natürlich«, murmelte ich angewidert und kippte ihm eine extra große Portion Cornpops samt Milch rein. »Genieß es!«

Ich stellte ihm die Schüssel und den Löffel hin und Lucas probierte.

Die großen Augen und das Staunen in seinem Blick waren Zuckerschock genug, um zu wissen, dass es auch für ihn der verdammte Himmel war.

Zufrieden mit seiner Reaktion, setzte ich mich ihm gegenüber und begann auch zu essen.

Während wir so einträchtig aßen, musterte ich Lucas.

Er sah seiner Mutter wirklich unglaublich ähnlich. Dasselbe Haar, dieselben lebhaften Augen. Ich konnte mir gut vorstellen, wie er in 15 Jahren die Frauen um den Verstand brachte. Wenn seine Mom schon diese Wirkung besaß ...

»Du, Mr. Sommer ...«

»Nenn mich Corey.«

»Okay, Corey. Duhuuu ....«

Ich grinste. Der Kleine war wirklich süß.

»Glaubst du, du könntest uns mal besuchen

kommen? Mom und ich müssen zwar noch alles ein-
räumen und so weiter, aber wenn du uns besuchen
kommst, würde ich das gut finden. Wir könnten
zusammen *Peppa* gucken oder *Paw Patrol.* Dazu bringst
du einfach Eis mit.«

Keine Ahnung, was er damit wirklich meinte, aber
ich nickte.

»Klar. Komm gerne vorbei.«

Lucas klatschte in die Hände. »Yeah! Und vergiss
das Eis nicht.«

COREY

Ich traf immer wieder dieselbe Stelle an der Decke mit meinem Ball, während ich auf meinem Bett lag.

Allein.

Das durfte wirklich absolut keiner wissen ...

Mein Handy klingelte.

Seufzend nahm ich den Anruf an und stellte direkt auf Lautsprecher. Immerhin wollte ich weiter meine Decke mit dem Ball bearbeiten.

»Was?«

»Oh, dir auch fröhliche Weihnachten!«, sprach O'Donnell, der die Feiertage bei Jills Familie verbrachte.

Ich verdrehte die Augen.

»Ja ja, was willst du?«

»Nichts.« Eine Pause entstand, weil wir beide wussten, was für eine Scheiße er gerade erzählte. »Okay, okay. Blake und ich hatten gewettet. Du bist aber anscheinend noch zu Hause.«

Auch wenn er es nicht als Frage formulierte, war es eine. Darauf wollte ich ihn gerade ansprechen, als es in der Leitung klopfte. Ein zweiter Anruf.

»Bleib in der Leitung oder eben nicht. Ich krieg einen zweiten Anruf rein.«

Ich wartete erst gar nicht O'Donnells Antwort ab und stellte sofort um.

»Was?«, war meine nette Begrüßung.

»Wow, wie nett du dich anhörst«, trällerte Gins Stimme aus dem Handy.

Ich erstarrte und bekam den Ball nicht mehr richtig zu fassen. Er traf mich mitten auf die Nase.

»Verfickte Scheiße!«, brüllte ich und hielt mir die schmerzende Nase fest.

»Ist das irgendein perverses Spiel? Ich sage etwas, und du versuchst noch versauter zu reden?«

»Scheiße nein ... Ich habe nur ...«, vorsichtig tastete ich meine Nase ab. Nichts gebrochen, »... was auf die Nase bekommen.«

»Aha«, antwortete Gin, als würde sie das nicht mal wundern. »Wie heißt sie?«

»Haha. Ich dachte, ihr feiert bei deiner Mom«, lenkte ich das Thema schnell auf etwas anderes. Gut, dass sie mich nicht sehen konnte. Die ungeweinten Tränen waren mir mit Sicherheit ins Gesicht geschrieben.

»Ja, waren wir. Aber ...« Sie seufzte. »Frag nicht. Jedenfalls ... ähm also ...«

Je länger sie benötigte, einen zusammenhängenden Satz in den Hörer zu sprechen, umso breiter grinste ich.

»Ich merke schon, du bist dir absolut sicher, was du sagen willst.«

»Ach, halt die Klappe«, zickte sie herum.

Erleichtert seufzte ich auf. So gefiel sie mir schon viel besser.

»Lucas ist endlich eingeschlafen. Er war total nervös, weil der Weihnachtsmann ja morgen früh die Geschenke bringt und so, und ... also, wenn du Lust hast ...«

Ich schloss kurz die Augen.

»Ich komm gerne vorbei.«

Sie wartete mit ihrer Antwort. »Schön. Dann bis gleich.«

Ich legte auf, und brauchte erst mal ein paar Momente, um wieder runterzukommen. Ihre sanfte Stimme war mir gerade bis in den Schwanz gefahren. Dieser besagte Schwanz stand kerzengerade in meiner Jeans. Manchmal verstand ich Amber und ihre Abneigung gegen mich. Ich dachte wirklich nur an das eine.

Dann fiel mir wieder O'Donnell ein.

»Sorry«, entschuldigte ich mich, und fuhr mir durch mein Haar, nachdem ich seinen Anruf wieder angenommen hatte.

»Kein Ding. Wer war denn auf der anderen Leitung?«

Seufzend stand ich vom Bett auf. »Als wenn du das nicht wüsstest.«

»Nur so aus reiner Neugier. Bleibst du weiter zu Hause und starrst die Decke an?«

Automatisch blickte ich an die Decke. Woher hatte er das gewusst?

»Oder wirst du zu ihr fahren?«

Diese direkte Frage ließ mich aufhorchen. »Wer hat gegen mich gewettet?«

»Na ja ...« O'Donnell brauchte viel zu lang für seine Antwort.

»Tja, dann hoffe ich mal, dass du nicht allzu hoch gewettet hast. Fröhliche Weihnachten!«

Ich hörte ihn noch Fluchen, legte aber dann auf.

Es gab Wichtigeres.

Zum Beispiel innerhalb von acht Minuten und zweiundzwanzig Sekunden bei Gin vor der Tür zu stehen.

»Wow. Du bist ... schnell«, begrüßte sie mich, als sie die Tür geöffnet hatte.

Einmal holte ich noch mal tief Luft.

»Ach echt? Ich war gerade in der Nähe.«

Wie gesagt, acht Minuten und zweiundzwanzig Sekunden.

Ich folgte ihr ins Apartment und nickte zufrieden. Die Bude war echt fein eingerichtet. Mir war bekannt, dass sie voll möbliert war, aber dass das Zeug doch so gut erhalten war? Super. Die bunten Lichterketten, der kleine Weihnachtsbaum und der Weihnachtsmann auf der Fensterbank, der gerade »Jingle Bells« sang, sorgte für die richtige Stimmung.

»Gemütlich hast du es hier«, sagte ich und blickte überall hin, nur nicht zu ihr. Mir war gerade schon aufgefallen, wie leger sie gekleidet war. Zu leger.

Diese engen Leggins und das schlabbrige Top, das ihre Schultern entblößte, war zu viel für einen Mann, der sich diese Frau ständig nackt unter sich vorstellte. Aber nicht, dass ich groß hingeschaut hätte …

»Danke. Vielleicht weißt du ja, wer die fünf Footballkerle geschickt hat, die sich gestern hier breitgemacht haben, um meine Kisten zu schleppen.«

Ich runzelte die Stirn, und tat so, als würde ich sehr konzentriert darüber nachdenken, während Gin uns beiden ein Glas auf den kleinen Sofatisch stellte und sich dann auf das Sofa setzte.

»Ne, keine Ahnung. Muss aber ein echt netter und heißer Typ gewesen sein«, antwortete ich ihr und setzte mich zu ihr auf das Sofa. Ein kleiner Abstand bestand noch zwischen uns.

Sie lächelte. »Danke. Auch wenn ich nicht ganz verstanden habe, warum du nicht aufgetaucht bist um dir die Lorbeeren des Dankes sofort abzuholen?«

Ich zuckte mit der Schulter. »Ich wollte dich nicht … Lucas und du, ihr seid gerade erst wieder … ach, keine Ahnung. Ich wollte nicht stören, denke ich.«

Diese Unsicherheit in meiner Stimme und in meinem Blick nervte mich total. Aber Gin hatte das die ganze Zeit in mir ausgelöst, seit ich wusste, dass sie Verantwortung trug, kein Mädchen für nur eine Nacht und verdammt noch mal eine Mom war. Eine tolle Mom. Eine Mom, die hier in hautengen Fetzen saß und so tat, als würde ich das nicht bemerken.

Ich räusperte mich und mein Hintern fühlte sich auch nicht mehr ganz so wohl auf dem Sofa. Ach was. Mein Schwanz. Mein halbsteifer Schwanz fand diese Entfernung zwischen Gin und mir nicht gut. Das war mein Problem!

»Was war jetzt mit der Feier bei deiner Mom?«, fragte ich. Eine perfekte Ablenkung! Gin musste nachdenken, und bei mir schaltete mein Schwanz sofort auf »schlapp« um, weil ich ihre Mom erwähnt hatte.

»Sie war den ganzen Abend schon so merkwürdig. Gut, sie heulte herum, weil Lucas ihr ja so fehlen würde.«

Ich runzelte die Stirn. »Aber Lucas ist doch erst ...«

»Jepp, zwei Tage weg. Aber meine Mom liebt es etwas theatralisch. Deswegen war es auch komisch, dass sie das Essen vorzog und die Geschenke schon unter dem Baum lagen. Na ja, anscheinend waren wir nicht schnell genug, da Mr. Pomphrey, der Fleischer ihres Vertrauens, mit Blumen und Pralinen vor ihrer Haustür stand.«

»Moment ... sorry, aber nach »Fleischer ihres Vertrauens« habe ich völlig den Faden verloren. Deine Mom datet ihren Fleischer?«, fragte ich nach.

»Jepp.«

»Also, wie darf man sich das vorstellen? Er klingelt, sie öffnet und er steht da mit einer Schweinshaxe?«

Gin nickte. »Dienstags und Samstags.«

Lachend schüttelte ich den Kopf. »Wer hätte das

gedacht ... so manch ein Kerl ist an seiner Angebeteten an den kleinsten Dingen gescheitert, und der Kerl schafft es mit einem Pfund Hackfleisch.«

»Na danke aber auch«, sagte Gin und verzog angewidert das Gesicht. »Es ist schon echt schlimm, dass sie urplötzlich ein Date hat, und dann werde ich mich dank dir jedes Mal an Hackfleisch und Schweinshaxen erinnern.«

»Gern geschehen!«, grinste ich.

Gin grinste zurück. »Du bist so ein Idiot.«

»Höre ich öfters.«

Dann entstand eine merkwürdige Stille zwischen uns.

»Du musst keine Rücksicht nehmen, weißt du«, begann Gin plötzlich zu reden. Sie spielte mit ihrem langen Shirt herum. »Ich meine, du hast so viel für Lucas und mich getan, Corey. Du bist der Letzte, der sich zurückhalten sollte.«

Es war total niedlich, wie sie da nervös an ihren Klamotten herumnestelte. Genauso süß war es, dass sie mir dabei nicht mal in die Augen schauen konnte.

»Dann weiß ich ja Bescheid«, sprach ich und setzte mich etwas näher an sie heran.

Gin schaute auf. Unsere Blicke trafen sich.

Jetzt war ich es, dem die Luft wegblieb.

»Scheiße Gin, du bist echt ...«, flüsterte ich, weil es einfach gesagt werden musste.

»Was bin ich echt?«, flüsterte sie zurück.

Unsere Gesichter fuhren automatisch zusammen, bis Gin auf einmal zurückschreckte.

»Warum bist du eigentlich auf dem Campus zu Weihnachten?«

»Warum ich ...«

»Ja, was ist mit deiner Familie?«, fragte sie neugierig nach.

Einen langen Moment schaute ich sie einfach an.

»Normalerweise feiere ich Weihnachten wie du.«

Ich ließ es aus, dass ich mit »feiern« Saufen bis zum Anschlag und unverbindlichem Sex meinte.

»Warum denke ich, dass das nur die halbe Wahrheit ist?«, fragte sie nachdenklich nach.

Ich verdrehte die Augen. »Weil du zu viel nachdenkst.«

»Ach, ist das so?«, hakte sie nach.

»Jepp. Definitiv. Außer, wenn wir nebeneinander auf deinem Sofa sitzen. Dann denkst du immer über die falschen Dinge nach«, erklärte ich.

»Was soll das jetzt schon wieder heißen?«, seufzte sie genervt auf.

Ich grinste. »Nun ...« Ich drückte mein Oberschenkel an ihren. »Du hast zwei Gläser geholt, aber nichts zu trinken.«

Gins Blick flog zum Tisch. »Oh.«

»Ja, oh ...«

Dann schmunzelte sie.

»Gut, ich gebe zu, dass du mich durcheinanderbringst,

wenn du zugibst, dass du darauf gewartet hast, mich besuchen zu kommen.«

Lauthals begann ich zu lachen, während ich sie auf meinen Schoß zog. Gin ließ mich gewähren.

»Hübsch, witzig und clever. Eine ganz gefährliche Mischung«, murmelte ich gegen ihren Hals. Ihr so verdammt verführerischer Geruch würde mich noch ins Grab bringen.

»Mom?«

Lucas stand an der Tür und rieb sich die Augen. Gin war schneller auf den Beinen, als ich gucken konnte.

»Was ist los, Lucas? Kannst du nicht schlafen?«

Sie ging zu ihm und hob ihn in ihre Arme. Automatisch lächelte ich.

»War der Weihnachtsmann schon da?«

Gin setzte sich wieder auf das Sofa. Lucas Blick fiel auf mich.

»Du! Wartest du auch auf den Weihnachtsmann?«

Ich grinste. »Und ob …«

Gins und mein Blick begegneten sich.

Diesmal hatte Lucas dazwischengefunkt … damit musste man leben. Und das würde ich, wenn ich dafür Gin bekam.

GIN

Drei Wochen später:

Ich stellte die Waschmaschine gerade an, als ich die Haustür hörte. Automatisch grinste ich.

»So, Lucas ist in der Kita. Und so wie er die kleine Lucille angesehen hat, wird er die Zeit dort genießen!«, rief Corey und lehnte sich an den Türrahmen.

Langsam drehte ich mich zu ihm um, ohne aufzuhören zu grinsen.

»Wie lange hast du noch bis zum Training?«

»Ich hätte längst da sein sollen«, antwortete er, ohne mich aus den Augen zu lassen.

»Oh ...« Es tat mir ganz und gar nicht leid. Ich setzte mich auf die Waschmaschine und zog mein Shirt aus. »Nun, dann solltest du einen wirklich guten Grund haben, warum du zu spät kommst.«

Coreys Blick brannte sich lichterloh in meine Haut ein.

»Das denke ich auch!«

Corey kümmerte sich ganze zwanzig Minuten um mich und meine Bedürfnisse, bis wir dann auch mal losmussten.

Es waren verrückte drei Wochen gewesen.

Nachdem wir Sex in Blakes Truck hatten, wusste keiner von uns beiden so richtig, wo wir standen. Seit Weihnachten sah das wieder ganz anders aus.

Corey stand jeden Morgen vor unserer Tür, spielte mit Lucas und spielte mit mir, sobald der Kindergarten offen hatte.

Wir waren ein Paar. Wie das passieren konnte? Das fragte ich mich immer noch, aber solange sich das so gut zwischen uns anfühlte, wollte ich nichts infrage stellen.

Händchenhaltend liefen wir beide nun über den Campus.

»Du hast erst Training und dann?«, fragte ich nach seinem Tag.

»Algebra. Danach habe ich Pause. Sobald bei dir Mathe durch ist, komm in die Mensa«, antwortete er, zog mich an sich, um mir noch einen langen Kuss zu verpassen und ließ mich dann zurück.

Mein Hirn brauchte wie so oft erst mal einen Moment, um zu begreifen, was er da zu mir gesagt hatte. Corey hatte genau gewusst, welchen Kurs ich heute hatte.

Ein lautes Räuspern war zu hören, und dann noch eines, als ich dann endlich mal bemerkte, dass wohl ich angesprochen wurde.

Ich drehte mich um.

Beth stand vor mir.

»Beth ... guten Morgen.«

»Bist du jetzt mit ihm zusammen?«

Aus ihren kalten Augen triefte der Hass. Das konnte selbst ich sofort erkennen.

Gruselig genug war es, dass sie anscheinend immer noch nicht dazugelernt hatte.

»Beth, ehrlich ...«

»Gut eingefädelt hast du das ja. Mir spielst du die gute Freundin vor, und ihn machst du an!«

Gut, dass wir uns mitten auf dem Campus befanden. Je mehr Leute, umso weniger Gelegenheit hatte sie, mich anzuzünden. *Ich bin aber auch wieder sarkastisch am frühen Morgen.*

»Ich habe Corey sicherlich nicht angemacht! Also, nicht sofort ...«

»Nenn ihn verdammt noch mal nicht so. Er heißt Winter!«, brüllte sie und jetzt hatte sie wirklich alle Blicke auf uns gezogen. Na großartig.

»Ohne Scheiß, Beth. Komm mal wieder runter«, flüsterte ich ihr zu, weil nicht jeder mitbekommen sollte, wie verrückt ihre Ansichten waren. »Er hat es dir mehr als einmal gesagt. Es war nur eine einmalige Sache.«

»Von wegen! Du hast ...«

»Alles in Ordnung hier?«, mischte sich plötzlich Nick ein, der wie alle anderen diese Geschichte hier mitbekommen hatte. Wie auch nicht? Beth stand wie eine Furie vor mir. Als hätte ich ihre Süßigkeiten gestohlen. Wobei das wohl mehr zutrifft, als jeder ahnt.

»Jetzt erzählst du auch noch Winters Freund davon? Ich hasse dich!«, schrie Beth und stürmte zwischen den Studenten davon.

Seufzend schüttelte ich den Kopf.

»Ein Albtraum ...«, murmelte ich vor mich hin.

»Wow, eigentlich dachte ich immer, Winter würde die Frauen gegen sich aufbringen«, stellte Nick belustigt fest.

Ich sah ihn genervt an. »Was glaubst du wohl, was ihr Problem ist?«

»Oh Shit. Eine Ex?«

»So in etwa«, antwortete ich ihm und ignorierte die wenigen Studenten, die immer noch starrten, und ging mit ihm langsam weiter.

»Wie du das alles hinbekommst, bleibt mir ein Rätsel, Gin. Jill bekommt schon die Krise, wenn sie nur hört, ich hätte etwas mit irgendeiner Studentin haben können ... bei Winter ist es etwas komplizierter.«

»Weil er jedes Mädchen gehabt hat. Du kannst es ruhig aussprechen«, erklärte ich belustigt.

Nick wirkte mit seinen blonden Haaren und diesem ehrlichen Gesicht jedes Mal superheiß. Jetzt schaute er allerdings aus, als wäre er sich nicht sicher, ob ich ihm gleich eine kleben würde.

»Mir gefällt es nicht, wenn sich immer noch Mädels auf seinen Schoß setzen, ihm versaute Dinge zuflüstern und darauf warten, dass er mit ihnen auf die Toilette verschwindet. Das kannst du mir glauben.«

»Er ist jedes Mal stocksauer und manche fliegen schneller von seinem Schoß, als sie überhaupt reagieren können. Zwei von denen sind in Tränen ausgebrochen, als er laut gebrüllt hat, sie sollen ihren billigen Hintern bloß nicht mehr in seiner Nähe schwingen und sich vielleicht mit dieser Tour, so Zitat ›selbstständig in Branchen aufmachen, wo solche Sachen gebraucht werden‹.«

Ich unterdrückte ein Schmunzeln. »Das hat er gesagt?«

Jills Freund nickte. »Wir sind alle begeistert, dass er endlich die Kurve bekommen hat. Durch dich ist er nicht mehr nur der Clown, der gut für die Stimmung unserer Gruppe ist. Er wirkt lebendig. Als hätte er endlich ein Ziel für sich gefunden.«

Mein Lächeln war gezwungen. Denn eines beschäftigte mich immer mehr.

Corey und ich konnten stundenlang reden, wenn wir Bock drauf hatten. Er fragte mich aus, ich antwortete ... aber über ihn wusste ich kaum etwas Persönliches.

Er konnte mir stundenlang erzählen, wie gut er im Surfen war oder wie groß seine Footballleidenschaft war. Aber was vor dem College war, wusste ich einfach nicht. Jedes Mal, wenn ich versuchte, näher auf seine Familiensituation einzugehen, blockte er ab, indem er Nähe suchte oder mit Lucas begann zu spielen. Irgendwas sagte mir, dass da etwas nicht stimmte ... aber drängen wollte ich ihn auch nicht.

Vielleicht dachte ich auch zu sehr nach. Wir beide waren gerade mal ein paar Wochen zusammen. Was für große Offenbarungen sollte ich da schon erwarten? Für Corey war es das erste Mal, dass er so etwas wie eine Beziehung führte ...

COREY

»Sie verarschen mich!«

»Nein.«

»Doch, das tun Sie!«

»Junge«, hörte ich den Coach hinter mir seufzen, während ich den Vertrag immer wieder durchlas. Gut. Ich starrte auf die dicke fette siebenstellige Zahl.

»Seit geschlagenen zwanzig Minuten sage ich dir schon, dass die Chance, die du bekommst und der Vertrag echt sind, und das verdammte Geld dir gehört, sobald du in Chicago unterschreibst. Wie oft muss ich dir das jetzt eigentlich noch erklären?

»So lang, bis es bei mir auch in der Birne angekommen ist, Coach.«

Der Coach setzte sich wieder nach vorn an seinen Schreibtisch.

»Scheiße Junge. Dein letztes Spiel war profiwürdig. Es waren Scouts vor Ort, die das mit eigenen Augen gesehen haben! Und jetzt wunderst du dich wirklich, dass du ein Angebot von denen bekommst? Mach die Augen auf, Junge. Du kommst zu den Profis.«

Ich komme zu den Profis.

Ich komme zu den Profis.

Er hatte es nicht kommen sehen. Aber ich gab dem Coach einen dicken fetten Schmatzer auf die Wange, jubelte einmal laut und rannte dann wie ein Berserker aus seinem Büro. Schnell musste ich wieder umdrehen, da ich das Vertragsangebot vergessen hatte.

Es gab jetzt nur noch eine Person, die das erfahren musste.

In der Mensa war sie komischerweise nicht zu finden. Also beschloss ich, mal eben rüber zu ihrem Apartment zu rennen. Jeder Dummdödel sah mir nach, weil ich immer schneller wurde. Aber who cares?

»Wehe, du bist nicht zu Hause, Sweetie!«, rief ich in ihr Apartment, als ich die Tür aufgeschlossen hatte.

Ich hörte die Spülung im Badezimmer.

Jepp, Volltreffer!

Gin öffnete die Tür und schlich wortwörtlich aus dem Bad.

»Alles okay?«

»Was machst du denn schon hier?«, seufzte sie und ließ sich aufs Sofa fallen.

Statt Jeans trug sie jetzt eine abgewetzte Jogginghose und ein verblasstes T-Shirt. Ihr Gesicht wirkte blass.

»Die Frage ist eher, was machst du hier? Wollten wir uns nicht in der Mensa treffen?«

»Es ist mir was dazwischengekommen, okay«, konterte sie genervt.

»Ähm ... okay ...« Irgendwie hatte ich das Gefühl, dass ich, egal, was ich ihr sagte, das Falsche erzählen würde.

»Ich bin müde, Corey ... also, wenn du irgendwas willst, dann ...«

Sie sah meinen Vertrag in den Händen, konnte aber nicht lesen, was es war.

»Ne, alles gut. Ich ... ich bin mal weg.«

Sie hielt mich nicht auf.

»Was machst du denn hier?«, fragte Michaels überrascht.

O'Donnell und er saßen am Esstisch und frühstückten.

»Ja, was machst du hier?«

Nicks Frage ließ mich die Augen verdrehen.

»Ich wohne hier«, antwortete ich genervt und ließ mich aufs Sofa fallen.

»Ja, das wissen wir. Trotzdem hängst du ständig bei Gin drüben rum«, sagte Nick.

Ich schnaubte. Gerade war ich mir nicht so sicher, was Gin betraf.

»Spürst du das O'Donnell?«, hörte ich Blake sagen. »Ärger im Paradies.«

Die beiden Heinis waren schneller bei mir, als ich blinzeln konnte.

»Was ist passiert?«, fragte Nick und starrte auf den Vorvertrag, den ich immer noch in der Hand hielt. »No Way!«

»Scheiße, ist das ein Angebot?«, fragte auch Blake und entriss mir die Zettel. Er las, Nick beugte sich drüber und tat es ihm gleich.

»Fuck, das ist der Wahnsinn! Freut mich, Alter.«

Nick klopfte mir auf die Schulter. »Hast du dir verdient.«

»Und ob ich das habe«, erklärte ich.

»Na, am Angebot liegt es wohl nicht, dass du aussiehst, als hättest du einen kräftigen Eiertritt kassiert, oder?«, fragte Blake und gab mir meinen Vertrag zurück.

»Scheiße, natürlich liegt es nicht daran. Ich wollte zu Gin und ihr die Neuigkeiten erzählen. Nur war sie überhaupt nicht in Stimmung. Wobei sie vor drei Stunden noch mächtig in Stimmung war«, sagte ich und dachte an die Nummer im Wäscheraum nach. Fuck. Niemals im Leben hätte ich gedacht, dass es so einfach war, Kind und Sexleben unter einen Hut zu bekommen. Das klang jetzt ziemlich merkwürdig. Aber jeder wusste doch, was gemeint war.

»Sie hat sich auf die Couch gelegt, nicht gut drauf, in alten Klamotten und sah mich mit dem Arsch nicht mehr an.«

»Oh, das ist definitiv nichts Gutes«, murmelte Blake.

Während Blake und Nick sich verschwörerisch anstarrten, verlor ich die Geduld.

»Wollt ihr vielleicht beide allein sein?«

Jetzt wirkten beide verwirrt.

»Na, ihr blickfickt euch gerade wie verrückt. Wenn ihr mehr Privatsphäre haben wollt, dann ...«

»Ach, halt die Klappe, Winter«, fuhr mich Blake an, nahm Abstand und pflanzte sich in den Sessel. »Nick und ich haben nur unsere Vermutung, woran es liegen könnte.«

»Und teilt ihr mir bitte mit, was es sein könnte«, fragte ich ungeduldig nach.

»Na ja, du bist jetzt fest mit ihr zusammen«, begann Nick.

»Danke, dass ihr mich darüber informiert. Das rettet mir den Arsch«, schnaubte ich.

Was sollte dieses Gespräch bringen?

»Und somit ... nimmst du alle *Begleiterscheinungen* mit, die es in so einer Beziehung nun mal gibt«, sprach Blake weiter in Rätseln.

Ich runzelte die Stirn und starrte die beiden »Männer« vor mir an.

»Ich hab keine Ahnung, was ihr mir damit sagen wollt!«

Nick verdrehte die Augen.

»Sie hat ihre Tage.«

»Wie meinen?«, fragte ich direkt nach, weil ich mich bestimmt verhört hatte.

»Meine Fresse, Winter. Selbst du musst doch mitbekommen haben, dass Frauen einen Monatszyklus haben!«, erklärte Blake weiter. Als ich nicht reagierte, redete er einfach weiter. »Na, ne Frau hat wie lange diesen Zyklus?«

Blake schaute zu Nick, der seufzend antwortete:

»Im Durchschnitt 30.«

»Im Durchschnitt 30 Tage hat«, wiederholte Blake, als hätte ich Nicks Antwort nicht bereits gehört.

»Meine Fresse, ich brauche diesen ganzen Bio-Scheiß nicht. Ich habe nie mehr als einen von diesen Tagen mitbekommen. Das wisst ihr ganz genau!«

»Deswegen solltest du auch erfahren, wie man damit umzugehen hat«, sagte Blake.

Ich schnaubte. »Als würde ich das nicht können.«

Beide blickten mich wieder mit diesem Blick an, der genau aussagte, dass sie mir nicht einen Funken glaubten.

»Ja gut, vielleicht habe ich keinen Schimmer, wie ich damit umgehen soll.«

Gin war ja vorhin schon völlig neben der Spur gewesen.

Periode ... Scheiße. Und genau deswegen hatte man keine festen Freundinnen ...

»Schokolade. Ganz viel Schokolade«, sagte Nick, gefolgt von Blakes bestätigendem Nicken.

»Und versuch dich nicht an Witzen. Sie werden eh immer falsch aufgenommen. Mach am besten gar nicht erst den Mund auf«, redete Blake.

»Halt genug Abstand. Sie könnten dich nämlich einfach so schlagen«, fügte Blake noch hinzu.

So langsam kam mir der Gedanke, dass hier sehr viel Frust aufgestaut war.

Dennoch ließ ich mir so manche Tipps durch den Kopf gehen.

Eine Stunde später hielt ich Gin den 30-Dollar-Blumenstrauß vors Gesicht. Stirnrunzelnd starrte sie darauf.

»Blumen?«

»Ja, damit es dir besser geht und so«, war meine total mitfühlende Antwort.

»Besser?«, hakte sie nach, aber da streckte ich meinen anderen Arm schon aus, mit einer 35 Dollar teuren Pralinenschachtel in der Hand.

Irgendwas sagte mir, dass die Verkäuferin meine Verzweiflung vorhin mitbekommen hatte ...

»Schokolade, damit es dir besser geht und so.«

Beides nahm sie nur widerwillig an.

Wir gingen hinein in ihre Wohnung.

»Ich bin nicht krank, Corey.« Sie stellte die Dinge in der Küche ab und drehte sich zu mir um.

»Natürlich bist du das nicht«, antwortete ich ihr mit genug Inbrunst in der Stimme.

»Ach echt?« Sie zweifelte an meiner Antwort, als sie den Kopf schräg hielt und mich musterte. »Noch nie länger Zeit mit einer Frau verbracht, die ihre Tage hat, was?«

Ich erstarrte.

»Quatsch.«

Gin starrte weiter.

»Ja, okay. Dein Zustand hat mich ziemlich irritiert und die Jungs meinten ...«

Gin verdrehte die Augen. »Glaub mir, jede Frau ist da anders. Süß, dass du dir Hilfe holen wolltest. Abe es geht mir gut und ich komm schon klar ...«

Nein. Kam sie nicht.

Gin wirkte noch blasser im Gesicht und ziemlich kraftlos.

»Es ist offensichtlich, dass dir Schokolade nicht helfen wird. Was kann ich dir also Gutes tun?«

Mein Bedürfnis, sie nicht mehr so angeschlagen zu sehen, wuchs. Klar, das was sie durchmachte, war eine natürliche Geschichte. Aber dass es ganz und gar keine schöne Sache war, konnte ein Blinder erkennen.

Gin wirkte überrascht.

»Du willst mir was Gutes tun?«

Ich nickte. »Natürlich.«

Ihr strahlendes Lächeln war Antwort genug.

Dreißig Minuten später starrte ich meine Freundin sprachlos an. Sie war gerade dabei, Rippchen Nummer sieben zu essen.

Sie hatte mich wirklich gebeten, BBQ-Rippchen zu bestellen. Rippchen!

Ihr ganzer Mund war bekleckert mit der Sauce, aber es störte sie nicht. Während wir die Wiederholung von *Kimmel* schauten, aß sie ein Rippchen nach dem anderen.

Ich hatte zwar auch ordentlich zugelangt, aber Gin war einfach der Hammer gewesen.

Wir saßen dicht beieinander, während sie gerade lauthals lachte, weil irgendwas im TV passierte. Doch ich hatte nur Augen für mein rippchenfressendes Mädchen.

Von wegen Schokolade oder Blumen. Sie wollte Fleisch. Mein Mädchen wollte in Sauce getränkte Rippchen.

Mann, wenn ich sie nicht längst lieben würde, wäre jetzt der Moment gewesen, in dem ich mich in sie verliebt hätte.

Ich erstarrte.

Fuck.

Ich liebe sie.

Ich liebe Gin.

»Alles okay?«, fragte Gin mich. Sie blickte mich mit ihrem verschmierten Gesicht an, als würde sie nicht mal bemerken, wie sie gerade ausschaute.

Ihre Stirn runzelte sich, weil ich nur starrte, statt zu antworten.

»Corey?«

Nur sie nannte mich beim Vornamen. Nur sie durfte mich beim Vornamen nennen.

»Herrgott noch mal! Kannst du bitte mal was sagen?«, fuhr sie mich genervt an.

Ich lächelte. Nur sie konnte so fluchen ... Gin konnte fluchen, und mich damit noch heiß machen.

Warum sollte ich sie nicht lieben?

»Scheiße Frau! Ich liebe dich.«

Drei Worte. Drei sehr bedeutende Worte. Und ich sagte sie ihr vor *Kimmel*, während wir auf dem Sofa saßen und sie so aussah, als hätte sie gerade ein Massaker mit einer BBQ-Sauce überlebt.

Gins Miene fiel in sich zusammen. Ungläubig starrte sie ... und starrte weiter.

Wie eine Tarantel sprang sie auf, schrie und fiel mir in die Arme.

Danach konnte ich mich nur noch an den Geschmack der BBQ-Sauce erinnern, Gin auf mir und das Glück, dass sie mich wollte.

GIN

Bevor ich mich auf dieses letzte Semester auf dem College eingelassen hatte, gab es eine Regel, die ich nicht brechen wollte.

Kein Mann dieser Welt würde mir in die Quere kommen.

Wie dieser ganze Verlauf schon verriet ... die Regel war gebrochen, als Corey Thema wurde.

Er war ein Kerl, der auf den ersten Blick nicht viel mehr zu bieten hatte als eine tolle Optik. Gut, er konnte viel quatschen, aber für eine Frau mit einem Kind, war das kein Grund, ihre Prinzipien einfach so über Bord zu werfen. Da brauchte es mehr. Viel mehr. Und Corey war gewillt, es mir zu zeigen.

Corey Winter hörte mir zu, wenn ich redete. Und nicht nur das. Er speicherte es ab.

Dieser heiße und humorvolle Footballspieler besaß Tiefe. Echte Tiefe, die mich schwindelig vor Glück machte.

Nicht nur, dass er mich um den Verstand brachte, er hatte Lucas innerhalb weniger Wochen um den Finger gewickelt. Meinen Sohn!

Und deswegen hätte ich niemals gedacht, dass Anfang Februar plötzlich alles anders wurde.

Die Zeichen waren da ... nur wollte ich es nicht wahrhaben. Immerhin kannte Corey mich quasi in- und auswendig. Aber was wusste ich über ihn? Genau ... zu wenig, wie ich herausfand.

Ich war gerade dabei in Coreys Apartment hineinzugehen, als ich Amber und Jill am Esstisch sitzen sah.

»Hi«, begrüßte ich sie und schloss die Tür hinter mir. Dann legte ich meine Jacke und Tasche auf die Couch und ging in die Küche.

»Na, Corey ist nicht hier. Aber wenn du zu uns willst, kann ich mich wohl aufrichtig über deinen Besuch freuen«, grinste Amber und trank einen Schluck Saft.

Ich schüttelte grinsend den Kopf. »Ihr zwei und eure Streitigkeiten. Wann hört das jemals auf?«

»Wenn er von mir auf den Boden der Tatsachen gebracht wurde. Und ich werde eine Möglichkeit finden. Pah! Er wird schon sehen!«

Ambers Drohung klang unheimlich und ziemlich ... na ja, unheimlich eben. Jill störte sich schon gar nicht mehr daran, denn sie aß seelenruhig weiter ihren Muffin.

»Dein Freund ist noch mit Lucas unterwegs, soweit ich weiß. Wow. *Dein Freund.* Das hört sich so komisch an, oder? Immerhin sprechen wir von Corey Winter, der Typ, der ...«

Sie wollte weiterreden? Ich zog eine Augenbraue in die Höhe, als sie mich ansah.

»Ach, das gehört zur Vergangenheit. Ich rede nie wieder davon. Versprochen.«

Ich nickte. »Danke.«

»Ja, ich muss zugeben, dass der Penner sich wirklich Mühe gibt«, sagte Amber und wirkte leicht nachdenklich. »Gut, wenn ich ihn mit einer anderen erwischen würde, wäre ich selbstverständlich so solidarisch und würde ihn kastrieren.«

Jill nickte inbrünstig.

Na, es ging ja nichts über Solidarität unter Frauen.

»Auch da bin ich euch dankbar für. Irgendwie«, antwortete ich und bemerkte den vollen Wohnzimmertisch, der mit Bierflaschen und Chipskrümeln bedeckt war.

Seufzend machte ich mich auf und sammelte diese ein.

»Lass das nicht die Jungs sehen, Gin. Ehrlich. Die merken sich das«, sagte Amber.

»Das ist das typische Mama-Gen. Kommt einfach immer bei mir raus«, antwortete ich und wollte die letzte Flasche aufsammeln, als mir die Zettel auffielen.

Instinktiv stellte ich die Flaschen wieder zurück und nahm dann die Zettel an mich.

»Vorvertrag«, las ich leise vor.

»Jepp, die Jungs hören deswegen seit einer Woche nicht mehr auf zu feiern«, rief Jill mir zu.

Was?

Ich runzelte die Stirn.

Mein Blick schoss die Zeilen hinunter ...

... *zwischen den Chicago Bears und Corey Harold Winter.*

Mir blieb die Spucke weg, mein Mund öffnete sich leicht schockiert.

Offensichtlich hatte ich eine Menge verpasst, während ich die Woche über oft im Krankenhaus ausgeholfen hatte.

»Ähm ... Gin?« Jill stand direkt neben mir. Wie lange stand sie denn schon hier? Ich sah, wie sie sich zu Amber umdrehte. »Ich glaube, sie steht unter Schock oder sowas.«

»Weil sie offensichtlich nicht Bescheid weiß!«

»Quatsch. Das würde Winter doch nicht ...«, wollte Jill sagen, blickte dann aber in mein Gesicht, das ihr die Antwort anscheinend sofort gab. »Du weißt nichts davon?«

Nein! Ich wusste nichts davon!

»Oh, dieser Idiot«, murmelte Jill.

»Arschloch trifft es besser, Jill«, sagte Amber.

Dann entstand eine Stille zwischen uns, die unangenehmer nicht hätte sein können.

Die Tür wurde aufgerissen.

»Hey, Girls«, rief Corey herein, und Lucas kam mit einem riesigen Teddybär in den Händen auf mich zu gerannt.

»Mommy, Mommy. Sieh mal, den hat Corey für mich geschossen. Mit einer echten Waffe.«

»Lucas, was hatten wir über Waffen gesagt?«, fragte Corey ihn.

»Oh, ja. Dass es kein Vergnügen ist, es sei denn, man kann damit umgehen.«

Corey lächelte zufrieden auf ihn herab.

Dieses Bild hätte mir vor zehn Minuten noch das Herz schmelzen lassen. Jetzt war es verhärtet. Vor Wut. Vor Wut und vor ... verdammt noch mal, nicht mal in meinem Kopf konnte ich meine Gedanken ordnen.

Und dann erkannte Corey die Zettel in meiner Hand. Er starrte viel zu lange darauf, bis er meinem Blick begegnete. Unbeteiligt. Absolut nichtssagend.

»Lucas, komm. Ich wollte mit Jill noch auf den Spielplatz und du hast bestimmt auch Lust, oder?«, fragte Amber, nahm Lucas an die Hand, der lauthals jubelte, uns zuwinkte und mit den beiden dann das Apartment verließ.

»Was ist das hier?«, fragte ich ihn sofort.

»Gin, ich wollte ...«

»Was wolltest du? Mir Bescheid sagen, wenn du die Koffer gepackt hast, um den Flug nach Chicago pünktlich zu bekommen?«

»Ich weiß es doch selbst erst seit knapp einer Woche«, versuchte, er sich herauszureden.

»Eine Woche, in der ich selbst völlig ahnungslos war, Corey! Ich wusste es nicht, du dummer Idiot!«

»Hey!« Sein Ausdruck wurde härter. »Ich hätte es dir erzählt, wenn du mich nicht gebraucht hättest.«

»Reden wir hier von meiner Periode? Ist das dein Ernst? Dir ist schon klar, dass das absolut lächerlich ist.«

»Du machst dich doch selbst gerade total lächerlich. Es ist nur ein Vorvertrag!«

Ich schnaubte. »Nur? Nur? Du feierst einen Vorvertrag, weil du ihn ablehnen willst? Das willst du mir wirklich verkaufen?«

Natürlich hatte ich recht. Coreys Schultern sackten etwas herab.

»Ich versteh echt nicht, wo das Problem ...«

Ich warf ihm den Vertrag vor die Füße. Etwas melodramatisch, aber hey ... er hatte mich verarscht.

Coreys Blick schweifte zu Boden. Er starrte und starrte, bis er mir wieder ins Gesicht sah. Wenn ich nicht mit absoluter Sicherheit gewusst hätte, dass meine Wut berechtigt wäre, wäre ich eingeknickt. Einfach, weil er so sauer aussah.

»Wie hast du dir das vorgestellt? Du spielst für Lucas ein paar Monate den Ersatz-Daddy und haust dann einfach ab?«

»Was?« Er wirkte überrascht, dann schüttelte er verwirrt den Kopf. »Das habe ich nicht ...«

»Oder hast du gedacht, wir kommen mit? Ich kündige meinen Job im Krankenhaus, hoffe auf gut Glück, dass ich irgendeinen neuen dort finde, und du dein Ding abziehen kannst, während ich mich füge?«

»Ich habe nicht ... Scheiße Gin, was willst du jetzt für eine Antwort? Egal, was ich sage, es wird nicht das Richtige sein!«

»Weil du mich nicht mit einbeziehst, Corey. Und das ständig!«

Er schnaubte. »Du bist die Einzige, die mehr über mich weiß, als sonst jemand!«

»Ach ja? Lassen wir den Scheiß mit dem Vorvertrag mal weg, aber wann erzählst du mal etwas über dich? Nur über dich? Du kennst meinen echten Namen ... den, den ich nie hören will, weil er so verdammt französisch ist."

Er grinste, weil er meinen Namen echt heiß fand, aber ablenken ließe ich mich nicht.

»Gin, ehrlich, du weißt genug über ...«

»Und die Zeit vor dem College? Was ist damit? Woher stammst du? Wer ist deine Familie?«

Die starre Haltung, die Corey jetzt annahm, war Bestätigung genug.

»Siehst du, du machst sofort zu. Das ist doch nicht normal ...«

Er machte zwei Schritte auf mich zu. »Normal ist es nicht, dass ich mich über Jahre in sämtliche Betten schleiche, nur um mich dann in eine Frau zu verlieben, der es nicht reicht, dass ich meine ganzen Gewohnheiten über Bord geworfen habe. Für sie!«

»Ach, jetzt bin ich schuld, dass du deine Gewohnheiten nicht ...«

»Arrgh!«, rief er aus und lief schnurstracks in die Küche, öffnete den Kühlschrank, schaute sich um und schmiss ihn dann mit so einer Kraft zu, dass der ganze Schrank wackelte. »Michaels hätte einkaufen sollen und er hat es natürlich nicht gemacht.«

»Blake ist hier nicht das Problem, Corey!«

»Ja, das ist mir klar. Immerhin höre ich seit zehn Minuten, wie scheiße ich doch bin, weil ich keine Psychogespräche mit meiner Freundin führe«, antwortete er mit so viel Sarkasmus in der Stimme, dass ich einfach nur sprachlos war.

»Ich bin keine normale Studentin, Corey. Ich bin Mutter. Mutter eines Kindes, das ein stabiles Umfeld braucht«, sprach ich mit ruhiger, aber bestimmter Stimme.

»Gin, das weiß ich doch ...«

»Weißt du das? Ja, dann ist dir doch bestimmt bewusst, dass wir beide, Lucas und ich, keinen Mann in unserem Leben brauchen, der nicht mal weiß, was er wirklich will. Ich will darüber reden, was vor dem College los war, damit ich vielleicht mal begreife, warum du mich nicht in so eine wichtige Sache wie mit Chicago einbeziehst. Aber nein, du sagst gleich, ich würde mit dir irgendwelche Psychogespräche führen wollen. Glaubst du allen Ernstes, dass das eine gesunde Einstellung ist, Corey? Glaubst du das?«

Wir beide blickten uns an. Corey hätte Antworten können, aber dann begann er den Kopf zu schütteln und mit dem Fuß auf dem Boden zu scharren.

War ich so blind gewesen?

Seit Lucas auf der Welt war, versuchte ich dem Typ Mann aus dem Weg zu gehen, der uns nicht guttun würde. Männer, die nicht treu sein konnten und einem das Blaue vom Himmel lügen konnten. Aber niemals im Leben hätte ich gedacht, dass er der Typ Mann war, der mit irgendwas selbst zu hadern hatte. Etwas, das er mir, seiner Freundin, nicht anvertrauen konnte.

»Ich habe mich nie als *gesund* angesehen, Gin.« Sein Lächeln war aufgesetzt und offenbarte mehr als in den letzten Wochen.

Corey Winter hatte Geheimnisse. So große und tiefe Geheimnisse, dass er sie selbst nicht mal aussprechen konnte.

Und das erkannte er auch. Er wirkte nicht mehr bemüht, mir eine lockere Fassade vorzuspielen. Corey schaute leidend aus.

»Hör mal ... es tut mir leid, dass ich dir das mit dem Angebot nicht erzählt habe, ehrlich. Das alles ist neu für mich, Gin. Ich muss auch erst einige Dinge lernen, vermute ich mal.«

Ich sah ihn an. Eine ganze Weile.

Was, wenn er wirklich erst lernen musste eine Freundin zu haben? Eine ehrliche, langfristige Beziehung zu führen?

Automatisch schüttelte ich den Kopf.

Nein. Würde er nicht.

Wir waren bereits über einen Monat zusammen und

er benahm sich bei dem Thema Familie immer noch, als wäre ich eine Wildfremde, die ihm Geheimnisse entlocken wollte, um sie teuer an eine Zeitung oder so etwas zu verkaufen.

Und dann hatte er mir das mit Chicago verheimlicht. Chicago ...

Es stand außer Frage, dass dieses Angebot eine große Chance für ihn wäre.

Nur war das nichts für Lucas und mich. Meine Zukunft war hier. Der Plan war, Lucas ein sicheres und dauerhaftes Heim zu ermöglichen. Was, wenn das mit Corey nicht funktionierte? Immerhin bekamen wir nicht mal diese Situation hier hin.

Ich stellte Fragen, aber beantworten wollte er sie mir nicht.

»Gin, komm schon ...« Er kam auf mich zu, wollte meine Hand ergreifen. Das ließ ich auch zu, bis die nächsten Worte aus seinem Mund kamen. »Sieh es bitte nicht so eng, wenn ich über bestimmte Dinge einfach nicht sprechen will.«

»Niemals?«, fragte ich nach.

Er schloss die Augen, als würde er kurz darüber nachdenken, aber dann kam schnell die Antwort, die das widerlegte. »Niemals.«

Ich entriss ihm meine Hand, er wollte wieder auf mich zugehen, doch ich hob warnend die Hand.

»Lass es einfach gut sein.«

»Gut sein? Scheiße Gin, willst du alles, was wir

haben, einfach so wegwerfen, weil du unbedingt wissen willst, wann ich meinen ersten feuchten Traum hatte oder wann ich das erste Mal meinen Schwanz in eine Muschi stoßen durfte?«, fuhr er mich gereizt an.

»Wow ... sehr erwachsen, Corey«, antwortete ich, ging zum Sofa und zog mir meine Jacke an.

»Was erwartest du denn jetzt von mir?«

»Gar nichts mehr.« Ich griff nach meiner Tasche.

»Dein Ernst? Was ist mit Lucas?«

»Was mit Lucas ist?«, fragte ich geschockt und ging wütend auf ihn zu. »Was mit Lucas ist? Du verdammter Idiot. Alles, was ich hier tue, hat mit ihm zu tun! Du bist derjenige, der nicht daran denkt, dass es ihm das Herz bricht, wenn du weiterhin mit ihm Zeit verbringst und ihm das Gefühl von Familie vermittelst, wenn du gedanklich schon deinen Abschied feierst! Also sag du mir nicht, dass ich an meinen Sohn denken soll! Ich trage Verantwortung.«

Schnaubend wandte er sich ab. »Wenn man mit 17 schwanger wird, hat man sich sowas von verantwortungsvoll benommen ...«

Ich erstarrte und auch er wirkte völlig perplex. Corey fuhr sich seufzend durch sein Haar.

»Das war nicht so ...«, begann er, aber das konnte ich mir nicht weiter anhören.

Ich drehte mich um, schmiss die Tür auf und rannte los. Seine Schritte hörte ich hinter mir.

»Gin! Verdammt, bleib stehen!«

Mit unnormal schnellen Schritten war ich die Treppe hinuntergerannt und aus dem Haus raus.

Corey war nicht mehr zu sehen.

COREY

Wenn ich Frauen abwimmelte und ihnen zu verstehen geben wollte, dass es nur einmal Sex mit mir geben würde ... dann war ich fies. So richtig fucking fies!

Einmal hatte ich einem Mädchen vor meinem ganzen Team zu verstehen gegeben, dass der Sex nicht mehr als »okay« war und ein Star wie ich nun mal nicht weniger als »ausgezeichnet« verdiente. Das alles tat ich bewusst. Ich *wollte* sie loswerden. Ich *wollte* verletzen. Ich *wollte* der Arsch sein.

Damit konnte ich gut umgehen. Damit konnte ich bisher gut fahren ...

Aber das war vor Gin.

Vor dieser ganzen Beziehungskiste.

Vor Lucas.

Vor dem »Ich liebe dich.«

Irgendein Pisser lief direkt in mich hinein. Der Student fiel auf seinen Allerwertesten und starrte mich schockiert an.

»Alter, hättest du Augen im Kopf, würde ich sie dir jetzt herausreißen«, fuhr ich ihn an.

Der mir unbekannte Student stand zitternd auf und rannte irgendwo hin. Hauptsache fort von mir.

Vor zwei Tagen hatte ich mich wieder so dermaßen daneben benommen, dass Gin die Reißleine gezogen hatte und sich aus meiner Reichweite verzogen hatte. Ähnlich wie der Typ gerade ...

Wie dämlich musste man eigentlich sein?

»Wenn man mit 17 schwanger wird, hat man sich so was von verantwortungsvoll benommen ...«

Der Satz, den ich zu ihr gesagt hatte, war so beschissen falsch gewesen.

Gin war eine gute Mom. Eine tolle Mom und Lucas war ein verdammt toller Junge. Ob sie nun 17 war oder nicht, als sie ihn bekommen hatte. Was spielte das für eine Rolle?

Aber sie hatte nicht aufgehört nachzubohren. Sie wollte mein Geheimnis erfahren.

Das Ironische an der Sache war ja, dass ich es bisher nicht mal als eines gesehen hatte.

War es ein Geheimnis, wenn ich über Dinge einfach nicht sprechen wollte?

Nein.

Aber wenn ein geliebter Mensch etwas über dich wissen möchte, dass du nicht erzählen willst?

Ja.

Gin machte aus etwas ein Geheimnis, und ich war verdammt noch mal nicht bereit, es mit ihr zu teilen.

Also tat sie doch das Richtige.

Sie wollte etwas, dass ich ihr nicht geben würde.

Problem gelöst.

Das zumindest redete ich mir jetzt seit zwei langen Tagen ein.

»Na, wen haben wir denn hier?«

Ich verdrehte die Augen.

Kelly.

Und wie man es kannte, lief sie wieder in Uniform herum. Jeder hier auf dem Campus wusste, wann die Cheerleader Training hatten. Heute zum Beispiel nicht.

»Du tauchst auch immer dann auf, wenn keiner Bock auf dich hat, oder?«

»Ich bin täglich hier«, antwortete sie zickig.

»Ja, eben!«

Das ließ sie die Stirn runzeln, aber selbstverständlich kapierte Blondie nicht, was ich damit meinte.

»Warum hechelst du eigentlich nicht dem Punk hinterher, wie sonst immer?«, fragte sie jetzt.

Ich biss mir auf die Innenseite meiner Wange. Diese kleine Schlampe hatte sehr schnell begriffen ...

»Lass mich raten ...« Sie tippte mit ihren lackierten Fake-Nägeln auf ihrem Kinn herum. »Sie hat geschnallt, dass du lieber herumhurst, anstatt nur ihr Bettchen zu wärmen, oder?«

»Für ein dummes Hühnchen, das nur Daddys Geldbörse leert, stellst du aber ziemlich viele Fragen unter der Gürtellinie. Ich wette, Daddy weiß nicht, wie freizügig sein liebes Töchterchen ist, nur damit sie die Beachtung bekommt, die er ihr niemals geben würde. Auch wenn es nur geschätzte zehn Minuten dauert.«

Kellys Wangen begannen sich rot zu färben.

»Du bist ein mieses Arschloch, Winter. Und das hat der Punk auch begriffen. Jede wird das früher oder später schnallen!«

»Baby«, seufzte ich und stellte mich direkt vor sie.

Natürlich wich Kelly nicht zurück.

Sie stand auf solche Spiele. Kranke Spiele. Es gab mal einen Abend, da hatte mich das tierisch angemacht. Aber das war vor ... allem anderen gewesen.

Diese selbstzerstörerische Scheiße hatte ich hinter mir gelassen, nur um jetzt zu erkennen, dass der Grund, der mich das beenden ließ, nichts mehr von mir wissen wollte.

Aber Kelly war noch mitten dabei.

Dieses Miststück würde sich niemals ändern.

»Komm endlich klar damit, dass wir Typen nach vier Jahren mit dir auf diesem Campus begriffen haben, dass notgeile und überschminkte Schlampen ...« Ich musterte sie mit meinem typisch überheblichen Blick. »Nichts für ›Und sie lebten glücklich bis an ihr Lebensende‹ sind. Wir brauchen Frauen mit Substanz. Und Substanz Baby, wirst du niemals haben!«

GIN

»Kino?«, fragte Jill nach, während wir Richtung Mensa liefen.

»Ne, eher nicht«, antwortete ich ihr.

»Und was ist mit essen gehen? Vielleicht Tacos? Oder wir gehen ...«

»Merkst du nicht, dass sie absolut keine Lust dazu hat?«, fragte Amber sie, und traf den Nagel so ziemlich auf den Kopf.

»Aber ...«

Jill blieb kurz vor der Tür zur Mensa stehen. Amber und ich drehten uns zu ihr um.

Sie wirkte ziemlich hilflos, als würde sie wirklich nicht glauben können, dass man sich nach einer Trennung nicht ablenken lassen wollte. Wenn man das zwischen Corey und mir überhaupt so nennen konnte. Um sich zu trennen, musste man fest zusammen sein und eben dies bezweifelte ich jemals gewesen zu sein. Warum sonst hatte er mir nicht erzählt, dass er vorhatte nach Chicago zu gehen?

Diese Gedanken gingen mir seit zwei Tagen ununterbrochen durch den Kopf.

Warum?

Bis ich irgendwann darauf kam.

Corey Winter war nun mal Corey Winter.

Er überlegte nicht viel, er machte einfach.

Nur diesmal hatte er mich damit verletzt.

Lucas verletzt.

Der seit zwei Tagen fragte, wo Corey abgeblieben war.

Auch das bereute ich zutiefst. Lucas hatte eine Bindung zu ihm aufgebaut.

»Chinesisch?«

Jills Gesicht tauchte direkt vor meinen Augen auf. Sie blickte enthusiastisch, fast schon im Wahn in meine Augen.

»Jill, das ist total nett von dir, aber ...«

»Na, siehste! Sie will nicht. Also lass sie auch in Ruhe«, sagte Amber und rückte sich die Brille etwas zurecht. Dann erstarrte sie plötzlich und blickte hinter mich.

»Was ist los?«

Ich schaute mich um, Jill tat es mir gleich.

Circa zehn Meter vor uns stand Corey mit dem Rücken zu uns gewandt und sprach mit jemandem ... Korrektur: Er sprach nicht, er fluchte, als mir sein Gesprächspartner ins Auge fiel.

»Dass die noch irgendeiner frei herumlaufen lässt, ist mir echt ein Rätsel«, hörte ich Amber fluchen.

Kelly Sanders war alles, aber ganz sicher keine Frau, mit der man sich sehen lassen sollte.

Sie hatte Amber und auch Jill schon einen Haufen Ärger gemacht, wenn ich den beiden Glauben schenken durfte. Und so wie Kelly sich gerade wieder benahm, hatten die beiden mehr als recht damit.

Kelly begann gerade tatsächlich vor Wut zu schäumen und Corey schüttelte den Kopf, als hätte er echte Schmerzen.

»Oha, das wird interessant«, flüsterte Jill und schlich tatsächlich wie ein Dieb in der Nacht näher an die beiden heran. Hier draußen standen mittlerweile so viele Studenten herum, dass Kelly und Corey es nicht mitbekamen.

»Was macht sie da?«, fragte ich panisch.

»Sie macht, was sie will. Ich habe ihr schon gesagt, sie soll den Zucker runterschrauben, aber sie hört genauso wenig auf mich wie Blake.«

Ich grinste. Ganz im Gegenteil. Amber hatte Blake sowas von an der Leine.

»Hey, Honey ...«

Besagter Blake griff Amber an ihrer Hüfte und drückte sie an sich.

»Was steht ihr denn hier so rum?«, fragte Nick, der zwischen mir und Amber fragend schaute.

»Frag deine Freundin«, seufzte ich und zeigte mit dem Kopf in ihre Richtung.

Nick verdrehte die Augen, als er Jill lauschen sah.

»Du bist ein verdammtes Arschloch, Winter!«, brüllte Kelly so laut, dass wirklich jeder mittlerweile hinschaute.

Kelly stapfte wütend davon, während Corey ihr lässig hinterher sah.

»Erzähl mir was Neues«, rief er ihr noch nach und wirkte im Gegensatz zu ihr weiterhin ruhig. Dann drehte er sich um, und runzelte die Stirn. Sein Blick fiel erst auf seine Freunde, um schlussendlich bei mir kleben zu bleiben.

Instinktiv machte er wohl einen Schritt nach vorn. Blieb aber unschlüssig stehen.

Zwei Tage hatten wir jetzt kein einziges Wort miteinander gesprochen. Die Handys blieben still.

Corey sah gut aus. Wie immer. Simple Jeans, Shirt und diese verfluchten Haare, die ihm so gut standen. Er hatte mir gefehlt.

Wie schnell man sich an einen Menschen gewöhnen konnte, wenn er erst mal da war ...

»Sieh es bitte nicht so eng, wenn ich über bestimmte Dinge einfach nicht sprechen will.«

»Wenn man mit 17 schwanger wird, hat man sich so was von verantwortungsvoll benommen ...«

Quälend langsam schloss ich die Augen.

Ich konnte über all dies nicht hinwegsehen.

»Ich muss Lucas abholen«, murmelte ich und drängte mich durch die Menge.

Dabei sah ich die Leute vor mir nicht und wir fielen fast auf den Boden.

»Oh, sorry, das wollte ich nicht!«

»Ist ja mal wieder so typisch. Die vielen Färbungen müssen dir die Augen schon verätzt haben!«

Na großartig! Ich war direkt in Kelly gelaufen.

Ich verdrehte die Augen, als mir die Person direkt neben Kelly auffiel.

Beth?

»Ist noch was?«, fauchte Kelly.

Beth und ich blickten uns an. Aus ihrem Gesicht war nichts zu lesen. Seit wann hatten die beiden etwas miteinander zu tun?

»Ne, es ist nichts«, antwortete ich und ging weiter.

COREY

Es war noch akzeptabel, das O'Donnell und Michaels meinten, sich in die Sache zwischen Gin und mir einzumischen.

Doch war es etwas verdammt anderes, wenn ihre Bräute mich auch noch nervten.

Die ganze Woche über beleidigte Amber mich und Jill wollte am liebsten jedes Mal, wenn wir uns sahen, psychotherapeutische Stunden mit mir durchziehen.

Blake begann jedes Mal mit folgenden Sätzen: »Frauen brauchen halt mal ein bisschen Abstand. Sie wird sich schon wieder einkriegen.«

Nicks philosophische Meinung dazu war immer: »Na ja, ist schon beschissen gelaufen, das mit dem Angebot aus Chicago. Kauf ihr Blumen.«

Blumen würden da ganz sicher nicht helfen.

Von Amber kam immer nur eine geflüsterte Beleidigung, von Jill eine ganze Stunde voller Vorwürfe und Verbesserungsvorschläge.

Wenn das so weiterging, müsste ich noch ausziehen.

Deswegen stand ich schon unter Strom, als ich abends nach Hause kam. Ich machte mich wieder darauf gefasst, irgendeinen dummen Kommentar oder einen völlig bekloppten Vorschlag von meinen Mitbewohnern zu bekommen.

Ich schloss die Tür auf und bekam gerade noch mit, wie Blake sagte: »Zoe, ehrlich jetzt, das habe ich nie so gesagt.«

Zoe?

Ein kleines Mädchen saß mit meinen Mitbewohnern und deren Freundinnen am Esstisch.

»Hey, Winter!«, begrüßte Nick mich.

»Was machst du denn hier?« Ambers Frage und dieser »nette« Tonfall waren nichts Neues.

»Zum Mitschreiben, Brillenschlange. Ich wohne hier«, antwortete ich, warf meine Tasche auf das Sofa und bemerkte das Starren dieses Mädchens.

Je näher ich kam, umso mehr wurde mir bewusst, dass das »Mädchen« eine junge Frau war.

Diese zwei geflochtenen Zöpfe ließen sie einfach wie ein junges Schulmädchen aussehen. Und dann bemerkte ich die Ähnlichkeit zur Brillenschlange.

Blake hatte mir erzählt, dass Amber eine jüngere Schwester hatte.

»Wer bist du?«, hörte ich sie fragen.

»Du musst nicht mit ihm reden, Zoe«, erklärte Amber ihr.

Ich verdrehte die Augen. »Warum? Hast du Angst, dass deine Schwester zu Asche zerfällt, wenn sie mit mir quatscht, oder was?«

Ambers Blick sagte eben genau das.

»Du musst der dritte Mitbewohner sein«, hörte ich die Kleine plötzlich sagen.

Ich staunte und grinste dann Amber an. »Du hast von mir geredet?«

Amber schnaubte.

»Sie hat nie nett über dich gesprochen«, sagte Zoe.

Ich hörte Nick und Blake hinter ihren Fäusten leicht lachen. Jill klatschte beiden auf den Kopf.

Lachend ging ich in die Küche und griff nach den Cornpops.

»Wird dein Name mit einem C geschrieben?«, fragte Zoe.

»Jepp«, antwortete ich und suchte nach einem Löffel und nach einer Schüssel, die ich schnell fand und mit den Cornpops füllte.

»Ich mag dich«, hörte ich sie plötzlich sagen.

Überrascht schaute ich auf. Amber gab ein sehr undamenhaftes Geräusch von sich, Nick wirkte auch nicht gerade zufrieden und Jill und Blake fanden irgendwas irre witzig.

»Sie nennt die Leute gerne nur bei ihrem Anfangsbuchstaben«, teilte Amber mir ziemlich widerwillig mit. »Deswegen kommt Nick nicht so gut bei ihr an.«

»Ah«, sagte ich, als wäre damit alles erklärt. Was es natürlich nicht war. Die Milch fand ich wie immer im Kühlschrank und schüttete sie direkt in die Schüssel.

Dann lehnte ich mich an die Küchenzeile und löffelte in der Milch herum.

Eigentlich hatte ich gar keinen Hunger. Fuck. Seit Tagen aß ich viel zu wenig.

Ich war zwar manchmal ein Idiot, aber so ein dummer nun auch nicht! Es lag an ihr ...

»Dir geht es nicht gut.« Zoes Feststellung traf mich ziemlich heftig.

Stirnrunzelnd sah ich auf.

Alle blickten mich jetzt an.

»Meine Fresse, ich bin kein Sozialfall. Sucht euch ein anderes Projekt!«, fuhr ich sie alle an.

»Das liegt daran, Zoe, dass er seine Freundin sehr sehr tief verletzt hat«, redete Jill mit ihr.

Musste sie so viele »sehrs« benutzen? Natürlich. Es war Jill. Sie liebte die Dramatik.

»Verletzt?«, fragte Zoe und wirkte so nachdenklich, als wenn sie darüber wirklich grübeln musste. »Liegt sie im Krankenhaus?«

»Nein, mein Liebes ...« Amber griff nach ihrer Hand und lächelte. Mir entging diese liebevolle Geste nicht. »Jill meinte, dass seine Freundin tief enttäuscht und wütend auf ihn ist.«

Ja, diese Erklärung war natürlich um Welten besser und sprach noch weniger für mich.

»Na, dann soll er sich dafür entschuldigen«, war Zoes simple Antwort darauf.

»Danke, Zoe. Das ist eine ziemlich gute Idee, oder?« Jills Frage war an mich gerichtet.

»Eine Idee? Nein. Eine Feststellung«, sagte Zoe.

»Sagt mal, habt ihr alle nichts Besseres zu tun, als über mein Leben zu tratschen?«, fragte ich in die Runde.

Blake nickte, als würde er mich verstehen. Nick hielt bewusst die Klappe und Jill und Amber blickten mich an, als hätte ich es gerade nicht besser verdient. Einzig Zoe schaute ohne ein Gefühl in ihrem Blick zu mir hin. Dieses Mädchen war wirklich merkwürdig.

»Starr sie nicht so an!«, fuhr mich Amber plötzlich an.

»Honey ...«, seufzte Blake.

»Was denn? Er soll sie nicht so ansehen! Das ist doch nicht so falsch zu verstehen.«

»Ich bin Autistin«, sprudelte es aus Zoe heraus, und schon war Amber mucksmäuschenstill. Ich war beeindruckt.

Alle Blicke ruhten jetzt auf mir.

»Okay, und ich bin Demokrat. Aber erzähl es nicht unserem Texaner hier«, sagte ich.

Blake schnaubte.

»Ich verstehe vieles nicht richtig. Emotionen zum Beispiel. Ich kann hören, wenn jemand wütend ist. Verstehen kann ich es aber nicht. Und du bist gerade wütend geworden. Das war eine Emotion, richtig?«

Zoes Frage ließ mich einen Moment etwas verwirrt zurück. Dennoch nickte ich. Die restlichen von der Bande sahen wieder zu Zoe.

»Du magst es nicht, wenn jemand über dich redet, oder C?«

Die Bande wandte sich zu mir hin. Ich lachte kurz auf.

»Das ist mir sowas von egal.«

Zoes Kopf lag schräg, als würde sie wirklich versuchen mich verstehen zu wollen.

»Aber warum bist du dann wütend gewesen?«

Ich erstarrte zur Salzsäure und jeder dieser verfluchten Idioten bekam das auch ganz genau mit. Verflucht!

»Weil es um die Frau geht, die verletzt ist?«, sprach Zoe weiter.

Die Schüssel in meiner Hand nervte, also stellte ich sie auf der Küchenzeile ab.

»So wütend reagiert A immer, wenn jemand fies zu mir ist.«

Mit A meinte sie wohl ihre Schwester, die Brillenschlange. Diese blickte Zoe lächelnd an. Bingo.

»Weil ich dich lieb habe«, hörte ich Amber flüstern.

»Ich weiß das.« Zoe lächelte nicht, ließ sich aber wieder von ihrer Schwester die Hand drücken.

»Und B liebt dich auch, A.«

So langsam kam ich bei den ganzen Buchstabensalat nicht mehr mit. Aber als Zoes Blick zu Blake glitt, wusste ich Bescheid.

»Oh ja, Ma'am«, antwortete Blake stolz.

Ich verdrehte die Augen.

»Es wäre nicht richtig, wenn A und B zueinanderfinden, C aber keinen Partner bekommt.«

Wir alle runzelten die Stirn.

»Du brauchst ein D.«

»Ein D, ja?«, fragte ich schmunzelnd.

Jetzt ergab dieses Buchstabenzeugs auch Sinn. Soweit ich wusste, brauchten Autisten so was wie Regelmäßigkeiten, und Zoe suchte sich das gerade in Form des Alphabets.

»Sie heißt Gin, Zoe«, erklärte Amber ihr.

»Was ist das denn für ein Name?«

Jetzt hatte sie mich vollends auf ihrer Seite.

»Scheiße, Zoe. Wenn du einen Fanclub hättest, wäre ich Ehrenmitglied.«

»Was ist ein Fanclub?«

Mir kamen die Tränen.

»Lachst du sie etwa aus?«, hörte ich Amber laut fluchen.

»Scheiße, nein. Ich lache sie ganz sicher nicht aus!«, antwortete ich und wischte mir eine Träne von der Wange. »Deine Sis ist der Wahnsinn. Du solltest dir da mal ein Beispiel nehmen. Und wenn wir schon dabei sind. Die Kleine kommt super zurecht. Sie braucht keinen Babysitter, sie braucht eine Schwester!«

Sprachlos blickte Amber mich an. So konnte man sie still bekommen? Würde ich mir merken.

»Ich könnte akzeptieren, wenn du ein G bekommst«, sagte Zoe, und tat so, als hätte sie Amber und mein Gespräch nicht mitbekommen. Womöglich hatte sie das wirklich nicht.

»Ach wirklich?«

Inbrünstig nickte Zoe. »A ist viel mehr am Lachen, seit B da ist. Ich habe mal gelesen, dass lachen gesund macht. Wenn du G zum Lachen bringst, ist sie nicht mehr verletzt.«

»Liebes, Gin ist nicht *so* ver ...«

Blake hielt Amber auf, weiterzureden. Vermutlich hätte Zoe ihr eh nicht zugehört.

Alle Augen ruhten jetzt auf mir. Jeder Einzelne erwartete jetzt eine Reaktion. Die Wahrheit war aber ... ich wusste nicht, wie ich reagieren sollte.

Gins Problem war, dass ich ihr nichts von Chicago erzählt hatte. Und das war nicht die einzige Sache, die ihr nicht gefiel. Wie zum Teufel sollte sie da überhaupt noch ein Lachen für mich übrig haben?

»Ich glaube nicht, dass ich derjenige bin, der sie noch zum Lachen bringen könnte«, sprudelte es aus mir heraus.

Zoe zeigte immer noch keinerlei Emotion.

»Willst du denn, dass sie für dich lacht?«

Scheiße, ey. Die Kleine sollte wirklich darüber nachdenken eine Karriere in der Psychotherapie zu machen. Sie stellte die einfachsten Fragen und doch bewirkten sie, dass ich über alles und jeden nachdachte.

Die Antwort war schnell beantwortet.

»Ja. Scheiße, ich will, dass sie für mich lacht.«

Und jetzt strahlte Zoe bis über beide Ohren. Wir alle waren so überrascht, dass keiner etwas darauf sagen konnte.

»Dann geh, und bring sie zum Lachen.«

Für die Kleine war alles schwarz oder weiß. Irgendwie süß, aber auch so verdammt naiv.

Frustriert fuhr ich mir durch mein Haar.

»Das ist nicht so einfach ...«

»Herrgott noch mal«, mischte Jill sich jetzt ein. Für mein Verständnis mischte sie sich sowieso schon ziemlich spät ein. »Was immer auch zwischen euch vorgefallen ist, ihr liebt euch doch!«

»Das ist auch nicht mein verdammtes Problem!«, fuhr ich sie an.

Jills Augen wirkten tellergroß.

»Na, wenn die Liebe nicht das Problem ist, dann ...«

»ICH bin das Problem, Jill! Ich allein!« Sie schloss den Mund wieder, weil sie anscheinend selbst nicht wusste, was sie sagen sollte.

Es gab so viel Ungesagtes zwischen Gin und mir. Und natürlich lag es nur daran, weil ich nicht darüber reden wollte.

»Alter, wir alle mussten erst verstehen, dass wir uns auch für nur eine Frau entscheiden können«, hörte ich Blake sagen.

»Danke aber auch«, sagte Amber genervt.

»Nick schließen wir mal aus«, mischte Jill sich ein.

»Danke, Babe ...«

»Glaubt mir, ich wäre froh, wenn das der Grund wäre«, seufzte ich und haderte weiter mit mir.

»Na, wenn das nicht der Grund ist, dann wird es wohl niemals so schwierig sein, einen Mittelweg für euch zu finden. Oder liegt es an Lucas?«, hörte ich Jill mich fragen.

»Lucas ist der klügste kleine 5-jährige Scheißer, den ich kenne«, antwortete ich wahrheitsgemäß. Er fehlte mir genauso wie Gin. Und doch hatte ich bisher meinen beschissenen Arsch nicht hochbekommen, um den beiden das so auch zu sagen. Was war ich nur für ein feiges Arschloch ...

»Na, wo liegt denn dann das Problem? Ich verstehe das nicht!«, fragte Jill mit schriller Stimme nach.

Seufzend schüttelte ich den Kopf. Ich konnte ihnen nichts sagen.

»Manchmal glaubt man fest daran, die tiefsten Geheimnisse für sich behalten zu müssen.«

Ambers ruhige Stimme ließ uns alle überrascht schauen. Sie wirkte angespannt, während sie mit Zoes Hand spielte. Ihre Schwester ließ es widerstandslos geschehen.

»Aber dann taucht da dieser Mensch auf, mit dem man es unbedingt teilen will. Und wenn man trotzdem der festen Überzeugung ist, es nicht tun zu können, gibt es zwei Möglichkeiten.«

Sie wartete eine gefühlte Ewigkeit, um weiterzureden.

»Entweder springt man über seinen Schatten und sagt die Wahrheit oder man macht es nicht und nimmt sich die Chance, glücklich zu werden.«

Blake strich ihr währenddessen die ganze Zeit über den Rücken.

Dann sah Amber auf und direkt zu mir.

»Kommt halt drauf an, wie viel dir dieser Mensch bedeutet.« Es klang wie eine Herausforderung.

Wie viel mir Gin bedeutete?

»Und ob du es ertragen könntest, dass jemand anderes sie irgendwann glücklich machen könnte.«

Bäm! Voll in die Eier getroffen.

Eines musste man Amber ja lassen. Sie konnte einem nur mit Worten die Eier schrumpfen lassen.

Ich konnte Gin nicht mit einem anderen Mann sehen. Ich würde sie niemals neben einem anderen Mann sehen können. Der am besten dann auch noch mit Lucas Stiefdaddy spielte. Fuck nein!

Aber wenn ich sie nicht gehen lassen wollte, dann brauchte sie Antworten.

Hühnerscheiße!

»Hast du echt Hühnerscheiße gesagt?«, fragte Blake belustigt nach.

Ich hatte das Wort laut gesagt?

»Nicht nur das«, grinste Nick.

Was?

Kopfschüttelnd versuchte ich, einen klaren Kopf zu bekommen.

»Wo ist sie jetzt?«

»Keine Ahnung«, antwortete Jill belustigt. »Solltest du das nicht besser wissen?«

Ich nickte. Wir hatten kurz nach sieben. Sie war bestimmt zu Hause. Jepp, da wäre sie jetzt.

»Ich muss los!«

»Komm, ich fahr dich. Bevor du noch vor einen Baum oder sowas fährst«, sagte Nick.

Dankbar nickte ich.

»Machs gut, C!«

Zoe winkte mir, ich winkte zurück.

Diese Kleine war wirklich Gold wert.

GIN

Man würde ja meinen, dass ein Kind eines der besten Ablenkungen wäre, wenn man Liebeskummer hatte. Das half nur bedingt, wenn eben dieses Kind innerhalb von nur drei Wochen bereits mit der gesamten Kindergartengruppe befreundet war.

Lucas war das dritte Mal diese Woche bei einem Freund spielen und ich suhlte im Selbstmitleid.

Nicht mal den Fernseher wollte ich einschalten. Und normalerweise half das.

Ich lungerte auf meiner Couch herum und versuchte eine Antwort auf meine zig Fragen zu bekommen.

Was lächerlich war.

Derjenige, der mir Antworten geben könnte, wollte sie mir ganz einfach nicht mitteilen.

Das war so frustrierend!

»Arrrgh!«, rief ich in mein leeres Apartment hinein.

Das mit Chicago regte mich zwar auf, war aber nicht mein größtes Problem mit Corey.

Ich dachte an Jills Worte zurück.

»Er ist nun mal noch nie in der Situation gewesen, dass er sich mehr als nur um sich selbst Gedanken machen

muss. Und plötzlich sind es zwei weitere Menschen, die er mit einbeziehen muss.«

Ich musste ihr notgedrungen recht geben ...

Corey hatte noch nie eine ernsthafte Beziehung geführt. Da jemanden urplötzlich in alles mit einzubeziehen, war sicherlich nicht einfach. Aber dass er sich so merkwürdig verhielt, was seine Vergangenheit anging? Nick und Blake wollte ich nicht fragen, weil es sich irgendwie nicht richtig anfühlte.

Wer war Corey vor dieser ganzen Collegegeschichte gewesen?

Was hatte er erlebt? Wer war er wirklich?

Ich kannte den Corey von jetzt, aber irgendwas sagte mir, dass es noch einen gab. Einen, der durch all das geformt worden war ...

Aber er will es dir nicht zeigen ...

Meine innere Stimme nervte gerade und provozierte ... Deswegen griff ich mein Handy vom Couchtisch und wollte gerade diesen Penner anrufen, um ihm zu sagen, wie wenig er mich verdient hatte, als es an der Tür klopfte.

Lucas konnte das nicht sein. Er würde erst in knapp einer Stunde gebracht werden.

Vielleicht ...

Ich sprang praktisch von der Couch auf und zur Tür.

Meine Haare ...

Ich fuhr mir durch das wirre Haar. Besser ging es jetzt nicht ...

Auch das Grinsen wollte ich einstellen, schaffte es aber nicht, als ich die Tür öffnete.

Und erstarrte ...

Es war Beth. Die ein circa zwanzig Zentimeter langes Messer in der linken Hand hielt und einen Benzinkanister in der anderen mit sich trug.

Ich brauchte gar nicht sagen, was diese Szene zu bedeuten hatte. Automatisch nahm ich ein paar Schritte nach hinten, während diese Verrückte in mein Apartment eintrat.

Langsam hob ich die Hände, damit sie begriff, wie wehrlos ich eigentlich war.

»Beth, ich ...«

»Halt die Schnauze!«, brüllte sie und ich zuckte regelrecht zusammen.

Ich stieß bis an meine Couch und plumpste drauf. Beth begann wie wild die Wohnung mit Benzin zu begießen.

Großer Gott ...

»Beth, du kannst doch nicht ...«

Sie drehte sich zu mir um.

»Was kann ich nicht? Den Grund loswerden, weswegen Winter keine andere mehr ansieht? Oh nein, Gin. Nicht mit mir! Wenn du weg bist, wird er wieder mein sein.«

Wird er wieder mein sein?

Okay. Das war nicht nur gruselig ... das war völlig wahnsinnig!

Ich beobachtete, wie sie meine Lampe, den Schrank und die halbe Wohnzimmerwand mit Benzin bespritzte. Mein Handy lag auf der anderen Seite der Couch. Ich musste Hilfe holen. Aber wie?

»Beth, bitte ... Corey und ich sind nicht mehr ...«

Sie warf den Kanister in die nächste Ecke und starrte mich dann an.

»Er wird dich wieder wollen! So wie sie alle! Kelly sagt ...«

»Moment mal? Kelly hat dich angestiftet?«, fragte ich überrascht nach. »Sie hat ...« Ich wollte aufstehen, aber das erledigte sich, als Beth mit diesem Messer auf mich zulief.

Instinktiv hob ich die Hände. »Ich bleib sitzen, Beth! Ich bleib sitzen!«

Sie beruhigte sich sofort und blieb kurz vor mir stehen und gaffte. Sie gaffte wirklich mit diesem irren Blick.

Und dann zog sie mit diesem irren Blick tatsächlich ein Feuerzeug heraus und mir blieb praktisch die Luft weg.

Sie wollte es wirklich machen!

Sie wollte mich abfackeln!

»Verfluchte Hühnerscheiße!«

Corey stand in der Tür und starrte erst auf Beth' Hand, dann zu mir. Sein Kiefer begann zu mahlen.

»Winter«, flüsterte Beth fast schon ehrfürchtig.

Ich hätte fast die Augen verdreht, wenn ich nicht so verschissene Angst gehabt hätte, dass ich gleich Feuer fing.

Er bemerkte die nassen Wände, sagte aber nichts.

»Nimm das Messer runter.«

»Aber sie muss doch weg!«, fuhr Beth ihn verzweifelt an und fuchtelte wieder damit vor mir herum.

Ich begann zu zittern, weil meine Nerven langsam überstrapaziert wurden.

Lucas ...

Verzweifelt blinzelte ich die Tränen weg, damit sie es nicht mitbekam. Wer wusste schon, wie sie auf Emotionen reagierte?

»Beth, so heißt du doch, oder?«, hörte ich Corey plötzlich reden. Er lief langsam auf sie zu.

Beth strahlte plötzlich von oben bis unten.

Ja, natürlich! Vergessen wir mal das Benzin, das Messer und das Feuerzeug in ihren Händen. Hauptsache Corey lächelt sie an. Unfassbar!

»Das, was du da vor hast, wäre keine gute Idee«, sprach er weiter.

»Warum nicht? Kelly sagt, so werde ich sie los, weil du sie eh zurücknehmen wirst!«, sagte sie und kam noch einen Schritt näher auf mich zu. Automatisch wich ich etwas zurück, was immer schwieriger werden würde, da die Couch wenig Platz bot.

Corey rührte keinen einzigen Muskel, als er noch knapp zwei Meter von uns entfernt war.

»Ich kann sie nicht zurücknehmen, wenn sie diejenige war, die mich verlassen hat«, sagte er.

Ich blickte zu ihm auf, aber er starrte weiterhin Beth an.

»Das ist nicht genug ... das ist nicht genug ...«, begann Beth wie verrückt immer wieder zu sagen. Wobei ... sie war verrückt. Kein Zweifel.

Ich bemerkte, wie Corey immer wieder darauf achtete, wo ihre Hand mit dem Messer war. Wenn sie nicht so wild damit herumfuchteln würde, hätte er sie sicherlich überwältigen können.

»Bitte Beth ... nimm das Messer herunter«, sagte er so ruhig wie möglich.

Beth erstarrte und blickte ihn verstört an.

»Warum? Warum sollte ich das tun?«

Corey blinzelte nicht, während er sie ansah. Entschlossen, als wüsste er ganz genau, was jetzt zu tun war.

Dann passierte alles so schnell, dass ich kaum folgen konnte.

Corey brauchte einen Armhieb und das Messer flog in die nächste Ecke.

Beth' geschockter Blick brachte mich dazu, ihr das Feuerzeug zu entreißen.

»Neeeein!«, schrie sie und wurde von Nick, der schnurstracks in mein Apartment gelaufen kam, auf die Schulter geschmissen.

Beth war noch kleiner als ich und Nick war groß. Er packte sie wie einen Sack über die Schulter und störte sich nicht daran, dass sie schrie wie am Spieß.

»Die Cops müssten gleich da sein. Ich bring das Paket runter und ihr zwei ...«

Er winkte mit der freien Hand ab und ging dann hinaus.

Mit halbgeöffnetem Mund starrte ich ihm nach.

»Gehts dir gut?«

Corey kniete sich zu mir hinunter, griff sich meine Hände und sah mich von Kopf bis Fuß an, als hätte er einen Röntgenblick.

»Sie wollte mich wirklich abfackeln«, flüsterte ich geschockt.

»Ja«, antwortete er behutsam.

»So wirklich abfackeln!«

Ich schaute ihm in die Augen. Im Gegensatz zu mir besaß er einen klaren Blick. Denn ich stand kurz vor einem Zusammenbruch.

Er stand auf, öffnete alle Fenster im Wohnzimmer und kniete sich dann sofort wieder vor mich hin.

Wenn er nicht hier gewesen wäre, wäre Lucas ohne Mom aufgewachsen und ich hätte ihn verloren ...

Ohne zu überlegen, umarmte ich ihn.

»Danke, dass du da bist«, flüsterte ich und unterdrückte weiterhin ein Schluchzen.

Ich spürte seinen Atem an meinem Hals.

»Immer ...«, hörte ich ihn sagen.

Meine Haut bildete eine Gänsehaut und dann lag ich erst einmal für eine Weile in seinen Armen. Beruhigend rieb er mir immer wieder über den Rücken.

Keiner von uns beiden beendete den Hautkontakt, bis ich Corey plötzlich laut Luft holen hörte.

»Ich bin bei meiner Tante aufgewachsen ...«

Nichts ließ ich mir anmerken, hörte einfach zu, während ich in seinen Armen lag.

»Zumindest dachte ich das ...«

Stirnrunzelnd hörte ich weiter zu.

»Kurz vor meinem 18. Lebensjahr bekam ich die Nachricht, dass mein toter Großvater mir etwas vererbt hatte. Damals hatte man mir gesagt, dass meine Eltern früh gestorben sind. Ein Autounfall. Ich glaubte die Geschichte. Warum auch nicht. Warum sollte meine eigene Tante auch lügen?«

Die Bitterkeit in seiner Stimme machte mich nervös. Aber ich ließ ihn ungestört weiterreden.

»Ich war bei einem Spiel, als diese Testamentseröffnung war. Meine Tante ging für mich hin. Sie hatte nie wirklich viel übrig für mich gehabt. Wir lebten zwar zusammen, aber Interesse an meinem Leben besaß sie nicht wirklich. Das sollte sich ändern.

Kurz bevor ich erfuhr, dass ich erben würde, kam sie plötzlich zu meinen Footballspielen, sie stand morgens plötzlich in der Küche und machte Frühstück ... es war so skurril, aber ich dachte mir nichts dabei. Jedenfalls ging sie für mich zu dieser Testamentseröffnung, weil mich das wirklich null interessierte und dann ... tja, dann teilte sie mir mit, ich hätte 100.000 Dollar vererbt bekommen.«

Ich ließ ihn los und blickte ihn überrascht an.

»100.000 Dollar?«

Die Bitterkeit war ihm nicht nur anzuhören, jetzt konnte man es auch in seinem Gesicht sehen.

»Ich war auch baff, denn viel besaßen wir beide nie.«

»Ich hab das Gefühl, die Geschichte endet nicht mit einem Happy End«, sagte ich.

Corey lächelte gezwungen. »Sie hatte gelogen. Mit allem.«

Ich legte den Kopf leicht schräg. Was meinte er damit?

»Sie war 16 Jahre alt, als sie mich bekam. Die Scham damals war so groß, dass ihre Schwester und ihr Mann mich aufnahmen. Die beiden kamen mit dem Auto um, als ich drei Jahre alt war und ich musste zurück.«

»Moment, deine Tante war deine ...«

Er nickte, sah mich aber dabei nicht an, sondern eher auf meine Schulter.

»Sie hielt es geheim. Man sah ihr an, dass sie noch jung war ... tja, ich wurde nie von meiner Tante aufgezogen, sondern von meiner Mom. Nur wusste ich es nicht.«

»Das verstehe ich nicht. Wie kamst du denn auf die Wahrheit?«

»Das Testament ... mein Großvater war ihr Dad. Und er kannte das Geheimnis, starb aber zu früh, um mich aufzusuchen. Ich sollte zu meiner Volljährigkeit die Wahrheit erfahren.«

»Okay?«

»Meine *Mom* warf den zugehörigen Brief nicht weg.

Das war ihr Fehler. Kurz nach der Testamentseröffnung fand ich ihn und erfuhr so von der Wahrheit.«

»Scheiße«, kommentierte ich.

»Wenn es nur das gewesen wäre, Gin. Sie hat nicht nur dabei gelogen.«

Ich wartete ab, bis er weitersprach.

»Keine Ahnung, wie sie den Notar bestochen hatte ... diese 100.000 Dollar waren nicht alles, was man mir vererbt hatte.«

»Was?«

»Sie steckte sich 1,5 Millionen Dollar ein, obwohl ihr lieber Daddy sie direkt vom Erbe ausgeschlossen hatte.«

»1,5 Millionen Dollar, die für dich bestimmt waren?«, fragte ich geschockt nach.

Er nickte, sagte aber nichts weiter dazu.

»Miststück«, fluchte ich und er schnaubte lachend.

»Glaub mir, ich hatte noch weniger nette Worte für sie übrig.«

Wie musste sich das anfühlen? Wenn die eigene Mutter nicht nur wegen ihrer Herkunft gelogen, sondern ihn auch noch ums Geld betrogen hatte.

Aber jetzt ergab es alles irgendwie einen Sinn.

»Deswegen warst du geschockt, als du erfahren hast, dass ich bereits ein Kind habe.«

»Nein, Gin!«

Sofort berührte er meine Wange und strich so verdammt zärtlich darüber.

»Ich war geschockt, das ich mich in eine Frau verliebe, die das schafft, was meine Mom nie geschafft hat.«

Stirnrunzelnd schaute ich ihn an.

»Du liebst Lucas. Und er liebt dich. Das ist alles, was ich wissen musste.«

»Aber sie hat dich betrogen und ...«

»Sie hat dafür bezahlt, Gin. Glaub mir. Das Geld zahlte sie mir so schnell es ging zurück. Selbst meine Mom hatte Angst vor dem Knast.«

Ich fragte nicht, ob sie noch Kontakt hatten. Das erklärte sich irgendwie alles von selbst.

»Es tut mir leid«, entschuldigte ich mich. »Ich hätte wissen müssen, dass du nicht umsonst über deine Vergangenheit reden willst. Aber ...«

»Nicht Gin. Bitte. Mir ist klar, dass ich darüber hätte längst reden sollen. Aber in Verdrängung bin ich so ziemlich der Beste. Aber dir musste ich es sagen.«

»Warum?«

»Das Offensichtliche ist ja mal, dass ich nicht mehr ohne euch sein kann.«

Er hatte »euch« gesagt.

»Und das nicht so Offensichtliche ist ...«

Corey streichelte mir wieder über die Wange.

»Dass ich niemals ohne euch nach Chicago gegangen wäre ...«

»Aber ...«

»Glaub mir, Gin. Wäre ich ohne euch nach Chicago

gegangen, hätte ich sofort den nächsten Flieger zurück-genommen. Was bringt mir eine Profikarriere, wenn zu Hause niemand auf mich wartet?«

Mein Herz begann schneller zu schlagen.

»Und ich hätte mehr Geduld haben sollen. Ein Typ, der noch nie eine Beziehung geführt hat, rennt nicht mit allem sofort zu seiner Freundin, um es ihr zu erzählen«, sagte ich.

Das erklärte diese Abneigung gegen eine Beziehung. Das erklärte einfach sein ganzes vorheriges Verhalten gegenüber Frauen.

Er grinste endlich einmal so intensiv, dass es nicht gestellt sein konnte.

Im Hintergrund hörte man jetzt die Sirenen der Polizei.

Ach ja, da war noch etwas ...

»Du hast mich gerettet«, flüsterte ich.

»Ich glaube, ich habe mich auch damit selbst retten wollen«, flüsterte er zurück und machte mich noch schwindeliger bei dieser so romantischen Antwort.

Dann küsste er mich. Ich küsste ihn das erste Mal mit dem Wissen, Corey Winter wirklich zu kennen.

»Ich liebe dich«, murmelte ich gegen seine Lippen.

EPILOG,

Zehn Jahre später:

COREY

»Ach komm schon, Sweetie«, flüsterte ich und verschwand unter der Bettdecke.

»Schon wieder? Wir haben doch erst ...«, murmelte sie halbverschlafen, streckte mir aber ihre Hüften entgegen.

Von wegen, sie wollte nicht.

Ich war gerade dabei ihren Slip hinunterzuschieben, als der erste Ruf kam.

»Daddddy!«

In Schallgeschwindigkeit lag ich wieder neben meiner Frau und über der Decke.

Unsere 5-jährige Tochter namens Abby rannte herein und auf unser Bett.

Gin grinste, während ich am liebsten gebrüllt hätte. Doch ein Blick in die Kulleraugen unserer Tochter und schon hatte ich es wieder vergessen.

Sie hielt ihr Peppa-Pig-Kuscheltier in den Händen und grinste mich an.

»Du hast versprochen, dass wir heute Schwimmen gehen.«

»Ja, das tun wir auch. Aber nicht um acht Uhr morgens, Babe«, antwortete ich ihr.

Abby machte einen Schmollmund, den nur sie hinbekam, wobei gerade ihre 3-Jährige Schwester Lucy hereingelaufen kam. Beide konnten mir äußerst gut ein schlechtes Gewissen machen.

»Wann gehen wir schwimmen, Daddy?«, fragte jetzt auch Lucy.

Beide Mädels sahen aus wie ihre Mom. Das Mundwerk hatten sie von mir. Aber hey, wenn ich schon zwei wunderschöne Mädchen machte, mussten sie sich zumindest durchsetzen können. Auch wenn seit ihrer Geburt ein Baseballschläger darauf wartete, die ersten Typen in Schach zu halten, die irgendwann hier auftauchen würden, war ich stolz darauf, was wir für super Babys hinbekommen haben.

Seufzend schüttelte ich den Kopf, als ich Lucy antwortete: »Honey, es ist noch zu früh! Wie wäre es mal, wenn ihr euren Bruder einfach mal fragt, ob er Lust hat, mitzukommen?«

Das musste ich nicht zweimal fragen. Sie sprangen beide gleichzeitig vom Bett und schnurstracks in Lucas Zimmer. Der rief nämlich drei Sekunden später:

»Vielen Dank auch!«

Ich lachte lauthals, während Gin mich tadelnd anschaute.

»Du weißt, dass er seine Ruhe will.«

»Er will seine Ruhe, weil er 15 ist, Sweetie. Und glaub mir, wenn er nur annähernd zu viel von mir gelernt hat, dürfte er niemals allein sein ...«

Gin nickte, als hätte sie verstanden.

Sie war noch immer so heiß wie vor zehn Jahren. Zwei weitere Schwangerschaften und nichts hatte sich verändert zwischen uns. Scheiße. War das crazy, oder?

Ich drückte sie an mich, damit sie meine Erektion spüren konnte.

»Corey«, flüsterte sie mir so begierig ins Ohr, dass ich fast gekommen wäre. Fast.

»Ich rufe die Nannys an. Die sollen ...«, murmelte ich in ihr Haar. Ich brauchte sie so dringend wie die Luft.

Wir lebten mittlerweile seit vier Jahren in L.A. Hier spielte ich genauso lang Football.

Es gab einiges, was Gin und ich nach unserem Abschluss klären mussten. Chicago war nach diesem Zwischenfall mit der irren Beth erst mal auf Eis gelegt. Kelly landete wie Beth im Knast. Also, ich hatte jetzt nicht unbedingt um ein Abschlussgeschenk gebeten, aber das war schon echt ne geile Nummer.

Ich wusste wirklich nicht, wohin es uns danach verschlagen würde. Fest stand nur, dass wir es gemeinsam machen würden.

Und dann kam das Angebot aus Oakland. Wenige Meilen vom College entfernt. Bingo!

Gin begann Medizin zu studieren und ich tat auch das, was ich die ganze Zeit wollte. Football spielen.

Kurz nachdem Gin ihre Ausbildung zur Ärztin beendet hatte, flog ich sie kurzerhand nach Vegas um sie zu heiraten. Alles explizit von Lucas und mir geplant. Sie hatte keine Ahnung gehabt, heulte aber wie verrückt, als ihr klar wurde, dass ich es endlich offiziell machen wollte. Nun, sie schluchzte zehn weitere Minuten länger, als ich ihr klarmachte, dass Lucas nächste Woche offiziell mein Sohn werden würde. Sie müsste nur noch die Adoptionspapiere unterzeichnen.

Drei Wochen später war sie mit Abby schwanger und zwei Jahre später folgte Lucy.

Seit einem Jahr arbeitete meine Frau jetzt als Ärztin in der Chirurgie hier in L.A. Stolzer konnte man doch nicht sein, oder?

Nein. Das ging nicht.

Auch wenn wir Blake ständig mit seinen »wunderschönen Zwillingen« nervten, die ja »nicht zu übertreffen waren« und dieses ganze Bla Bla Bla.

Nick hielt wenigstens die Klappe, wenn es um seinen 6-jährigen Knaben ging, der bereits mehrere Wissenschaftswettbewerbe gewann.

Okay okay, vielleicht hatten wir alle das große Los gezogen, als wir unsere Frauen kennengelernt hatten. Who knows?

Aber während Gin sich an meine Seite schmiegte und ich dabei zuhören durfte, wie unser Sohn gerade mit seinen zwei Schwestern herumblödelte, fühlte ich mich als absoluter Gewinner.

Wisst ihr noch? Ich hatte mal von zwei Typen von Männern geredet ... vergesst das mal ganz schnell lieber.

Was ein offenes Gespräch und die absolute Wahrheit alles möglich machen konnten ...

Unglaublich.

ENDE

NACHWORT

Die Catch-me-Reihe ist mit Winters Geschichte zu Ende erzählt.

Es war eine lange Reise. Eine Reise, die so erfolgreich war, dass ich es immer noch nicht ganz glauben kann.

Blake, Nick und Corey sind Männer, die ihre Wege nur mit ihren Frauen gehen können, und ich hoffe, ihr seid diese gerne mitgegangen.

Ich plane für 2019 eine neue New-Adult-Reihe, die auch auf dem College spielen wird.

Dieses Mal bekommen drei Frauen die Chance auf ihr Happy End.

Ich freu mich auf das neue Kapitel in meinem Autorenleben, auch wenn es immer schmerzt, wenn ein altes zu Ende geht.

Danke an alle, die an Blake, Nick und Corey beteiligt waren.

Das Lektorat, die Korrektur sowie meine liebe Anja und meine Coverdesignerin Sabrina ... Ihr habt alle

dazu beigetragen, dass es die drei auf dem Markt gibt.
Ohne Euch wäre das niemals möglich gewesen.
Vielen lieben Dank für eure Arbeit, die Unterstützung
und den Eifer, mit dem ihr dabei wart!

Meine Familie war zu jeder Zeit mit von der Partie und
hat das, was ihr lesen könnt, von Anfang an unterstützt.
Ihr glaubt an mich und meine Träume und das bedeutet mir alles.

Ein letzter Dank geht noch einmal an euch, meine
Leser.
Ihr seid am Ende diejenigen, die ein Schmunzeln auf
den Lippen tragen solltet, wenn meine Story zu Ende
erzählt ist. Ich hoffe, ich habe es auch diesmal geschafft.
Ich freue mich auf euer Feedback.

Eure Emma

Weitere Informationen über die Autorin und ihre
Bücher findet ihr auf Facebook:
https://www.facebook.com/EmmaSmithAutorin/
oder auf Instagram:
https://www.instagram.com/emmasmithautorin/

Ab 27.01.2019
Ein Kuss ist eben kein Kuss

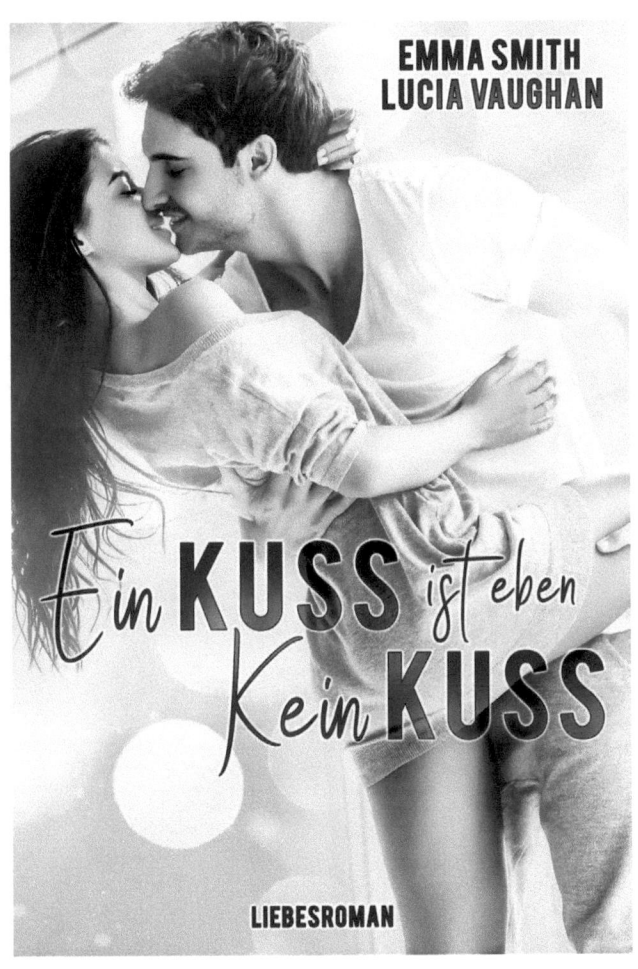